LAS
ALUMBRADAS

Grijalbo

El papel utilizado para la impresión de este libro ha sido fabricado a partir de madera
procedente de bosques y plantaciones gestionadas con los más altos estándares ambientales,
garantizando una explotación de los recursos sostenible con el medio ambiente y beneficiosa para las personas.

Las alumbradas

Primera edición: julio, 2023

penguinlibros.com

ISBN: 978-607-383-044-7

Impreso en México – *Printed in Mexico*

Para Venus, Zoé, Themis y Alessandro
Para el fuego que lo inició todo, mi madre

Cuando regreses
y ni los perros se inmuten
ni viejos conocidos
salgan a tu encuentro,
comprenderás
por fin
que partir
para no volver
es morir
cuando se vuelve.

MOISÉS ROBLES

Uno puede ir de visita
o solamente quedarse mirando
la ventana que uno ama.
Ese sitio queda entre los cerros.

AMADO ADEMAR

Capítulo 1

Aunque Lena era feliz, realmente feliz, aquella mañana parada en lo alto de uno de los cerros que bordeaban la hacienda, extendió la mirada más allá del conocido páramo y deseó, como solo una bruja puede hacerlo, que le pasara todo.

Todavía la Revolución era un sueño lejano para el observador de aquel caos incipiente que tomaba forma primero en la promesa de una modernidad necesaria que elevaría al país al pináculo merecido. El polvo y la sangre de años anteriores que persistían sobre el suelo se limpiaban constantemente y en el caso de no lograr su extinción, se minimizaban anteponiendo otras prioridades. Las creencias que imperaban entre los mexicanos y que habían domesticado a la mayor parte de la población eran otra forma de sosiego ante cualquier amenaza de sublevación rural. Aun así, debajo de la mesa más sofisticada y en la silla vacía de la casa más pobre había una verdad que ni toda la fe amontonada podía ocultar: al país se lo estaba llevando la chingada por una u otra cosa.

Esta historia empezó con el deseo de una mujer y el amor que creció en ella por la tierra donde nació. La suerte quiso que Lena naciera bajo el sol de Guerrero, probablemente uno de los estados más calientes de todo el país. Cualquiera que hubiera visitado, por voluntad o mero accidente, aquella tierra, habría constatado el carbón ardiente que bajo sus pies se movía, sobre su cabeza, después frente a sus ojos y finalmente dentro de ellos. El sol de Guerrero, pero en especial el sol de Acapulco, era un incendio, el sol mismo naciendo desde otra dirección. Arder en tierra sureña era voluntad y meta. Lena, por el contrario, rara vez sudaba en comparación con sus hermanas que, incluso viviendo desde su gestación bajo aquella tierra, soportaban menos de un par de minutos bajo el sol antes de comenzar a expulsar gruesas gotas de sudor por todos los poros de sus cuerpos.

Si el tiempo en las principales capitales del país se movía con rapidez, se diría que incluso con ganas de adelantar los eventos que harían la historia, no ocurría igual en Las alumbradas, donde cada acto que se gestaba dentro de la hacienda y en sus alrededores tenía la cualidad de sacudir solo las vidas de quienes lo testificaran; así ocurría salvo con la ausencia de mujeres Fernández, suceso en suma relevante que llegó a convertirse en motivo de especulación. Así podía constatarlo don Ismael, quien sabía la historia de las cinco generaciones que lo precedían. A pesar del fecundo árbol genealógico de la familia Fernández, ninguno de aquellos antepasados había nacido bajo el techo de Las alumbradas. Solo hasta que don Ismael se casó con Micaela y tuvieron a su primera hija, la hacienda recibió en sus márgenes el primer nacimiento de una Fernández. La llegada de aquella niña provocó el surgimiento de un fenómeno que otorgaría, desde aquel primer nacimiento y a todos los que ocurrieran dentro de las paredes de la hacienda, la herencia de diversos dones.

En Las alumbradas los indios e indias mexicanos vivían una existencia de consideración y afecto comandado en primera instancia por el propio don Ismael. Aunque no todos los hombres y mujeres trabajaban dentro de la propiedad, la mayoría se encontraba sujeta a ella por algún motivo. El respeto y aprecio que don Ismael sentía por la tierra que había sido de sus padres y antes de sus abuelos lo hacía querer consecuentemente a los indios e indias que habían hecho del páramo circulante a la hacienda su hogar. A diferencia de otros empleadores que abusaban elocuentemente de sus trabajadores, don Ismael pagaba con justicia las horas que estos trabajaban la tierra e incluso los animaba a hacerse con las suyas prestando su nombre en caso de que por su origen les fueran negadas. Como agradecimiento, los indios trabajaban con placer las tierras en donde no eran vistos como mano de obra prescindible y sus nombres, por complejos que fueran, merecían ser evocados con el mismo respeto que aquellos de origen español. Las indias, por su parte, compartían con las hijas de don Ismael sus talentos más privados. La cocina, la medicina tradicional, e incluso las artes que el ojo no podía explicarse, fueron algunas de las bondades que las indias volvieron materias de primer orden al lado de habilidades menos fecundas pero más solicitadas como el punto de cruz o el preparado de turrón.

De todas las hijas de don Ismael fue Lena quien mostró mayor comprensión en las artes cósmicas y terrenales que las indias infundían en las hermanas. Pronto la precocidad de Lena le permitiría poner en práctica lo aprendido cuando durante el quinto embarazo de su madre esta sintiera más dolor del que una mujer por parir podría esperar. Pasaba del mediodía cuando Micaela comenzó a padecer los dolores habituales de parto. Para su mala suerte, desde la noche anterior había comenzado el torrencial más largo del que se tenía memoria y el cual no se detendría ni al día siguiente, ni durante las próximas dos semanas.

Los que recuerdan aquellos días dicen que antes de caer la primera gota vieron cómo en el cielo se dibujó con nubes una enorme serpiente de lluvia. El pueblo, que creía en lo visible y en especial en lo que no tenía forma física pero podía percibirse y entenderse con otros ojos, predijo que la serpiente en el cielo devorando el horizonte de la noche no era otra cosa que el anuncio de una catástrofe que caería sobre Las alumbradas.

Ni las indias más experimentadas, ni el doctor que alguien logró traer desde el pueblo más cercano, lograban calmar los dolores de parto de Micaela, que pasaron de escucharse solo en algunas habitaciones de la propiedad, hasta abarcar los alrededores y más allá de los cerros circundantes de Las alumbradas. Entonces, ante la vista de todos, Lena bajó a la cocina, tomó las tijeras de costura que solían guardarse en uno de los cajones de la alacena y subió de regreso a la recámara de su madre. Luego, y sin saber cómo una niña de ocho años era capaz de girar el cuerpo de una parturienta, la vieron deslizar bajo el colchón de su madre las tijeras previamente abiertas.

El dolor que hacía algunas horas Micaela apenas había soportado se interrumpió al instante permitiendo, bajo aquel episodio de calma, la llegada de la quinta hija de don Ismael. Milena llegó al mundo acompañada por una corriente de sangre y vísceras que parecían, por su tremenda cantidad, provenir de al menos cinco mujeres y no solo de aquel cuerpo menudo de menos de un metro sesenta. Poco tiempo después se sabría que el dolor sufrido por Micaela había anticipado una muerte sobre la que ningún remedio humano o divino tendría potestad. Mientras tanto, y mucho antes de sufrir la pérdida de su esposa, don Ismael celebró con alegría el nacimiento de otra hija más. Al contrario de otros hombres que se deslindan de la educación y crianza de sus hijas, don Ismael disfrutaba ocuparse de ellas y participar activamente en la crianza de cada una. Durante años las generaciones de los Fernández habían sido lideradas por hombres y ninguna mujer. La ausencia de hijas había llevado a creer que los Fernández estaban pagando alguna suerte de pecado dada la poca religiosidad con que impregnaban sus existencias al negarse a participar en las fiestas patronales que se celebraban en otras comunidades. Los más maliciosos habían jurado que antes de que naciera la primera mujer Fernández la familia de hombres terminaría extinta por algún pecado. Había quien apostaba el aniquilamiento por causa de una futura mujer que llevaría a la familia Fernández a la locura o matanza como en la historia de Caín y Abel.

Quizá porque mucho se promovió el odio parental o porque el destino responde al llamado, más por diversión que por perversión, fue que nació cuarenta años atrás Virgilio Fernández. La presencia del joven terminó enloqueciendo por su belleza, más que a las mujeres, a los hombres que tanto hablaron de la carencia de mujeres Fernández. Bastaba con que Virgilio visitara los alrededores para que su olor natural embriagara a quien tuviera el infortunio de encontrarse a una distancia corta. Caporales, capataces de mano dura, revoltosos de mecha corta, todos sin pedir tregua caían ante el encanto de Virgilio que ni siquiera buscaba el enamoramiento comunitario ni la justicia para los hermanos, tíos o abuelos vejados. Hubo quien se apersonó en Las alumbradas y pidió audiencia con el apuesto Virgilio solo para ser rechazado y buscar algún afecto súbito que padeciera el mismo desamor que procura el desprecio. La historia del efebo Fernández terminó ilustrando el daño que provocan las habladurías para quien las propagaba. Del final de sus pasos nadie logra dar suficientes pruebas, hubo quien juró haberlo visto volar de regreso al cielo, y quien lo vio enterrarse en el hueco más caliente de la tierra para sentarse al lado del de dos cuernos. La verdad resultó más simple. Virgilio el apuesto terminó perdiendo la belleza con el paso de los años del modo más honroso posible, sin apenas preocuparse, sin prestarle más atención de la que los admiradores le dieron. Fue el esposo devoto de una sola mujer con quien tuvo, para no contrariar el hilo de la historia, otro varón.

Pasado algún tiempo después del parto, y sin que Micaela mostrara todavía algún signo de su futuro, se celebró una fiesta en honor de Evelina, la primogénita de don Ismael. Para la mayoría de las jovencitas de cierta edad, cumplir catorce años sin ser raptada, violada o forzada a una maternidad representaba todo un logro. No asombraba que las adolescentes de diez a doce años, indias y mestizas por igual, e incluso algunas españolas, tuvieran ya uno o dos hijos a su cuidado. El panorama para las mujeres era poco esperanzador. Llegar virgen a los catorce era una victoria.

La celebración tuvo como propósito, además de festejar la edad de Evelina, dar la bienvenida a la menor de las hermanas Fernández, Milena. Si un mes antes el cielo casi se venía abajo en la forma de un aguacero continuo, hoy no había una sola alma en el páramo que no contara entusiasmada los crisantemos de pólvora que iluminaban ese firmamento. El croar de los sapos y ranas o el ruido característico de las iguanas, e incluso el de algunas cigarras que insistían en llamar a la lluvia, fue silenciado por los fuegos artificiales. El cielo sobre Las alumbradas brillaba con tal fuerza que resultaba lógico comprender por qué le había sido dado aquel nombre.

Dispuestas como otro racimo, se encontraban al pie de las escaleras las hermanas Fernández, a excepción de Milena, la recién venida al mundo, y de Lena, a quien ni los festejos ni demasiada gente solían agradarle. Seguro de que estaba cabalgando o escondida en algún recoveco del páramo, don Ismael mandó por ella. Esta vez Lena no había buscado el aislamiento sino la observación. La presencia de Lena en lo alto de los cerros que resguardaban la bahía no correspondía a ninguna causa lógica: su visita, como muchos otros eventos que realizaba en los márgenes de la más intrínseca intimidad, transitaba en espacios lejanos a las leyes creadas por los hombres o, dicho de otro modo, a las reglas establecidas por su padre y secundadas por su madre y hermanas.

Plantada en lo alto del cerro en el que su deseo la había colocado, Lena observaba entusiasmada cómo los navíos entraban y salían del puerto primero como puntos y luego como verdaderas casas flotantes cuyo interior era un misterio. Se preguntaba qué traían consigo y qué se llevaban. Aunque ninguno de ellos era el Galeón de Manila, ni su ruta era medianamente cercana a la que alguna vez Urdaneta planeó, la visita de las siguientes embarcaciones imitaba el propósito del intercambio o, mejor aún, el sueño del viajero que traza rutas sobre la movible Tierra e intenta establecer en la nueva conquista su propia firma. Todavía y al paso de los años podía encontrarse en el puerto, en sus poblaciones circundantes e incluso lejos de él, objetos cuya ancestral composición delataba su origen asiático. Lena quedaba cautivada por las vasijas que eventualmente llegaban a sus manos gracias a la compra que su madre había hecho con algún comerciante.

Especial interés le merecían las prendas que ocasionalmente se sumaban a la compra junto con un abanico, las cuales analizaba con el apetito que solo una costurera podría tener. Así como las artes de la magia le habían resultado naturalmente fáciles de interpretar, la costura que también había aprendido gracias a las indias se encontraba en el mismo espacio. A diferencia de sus hermanas, solo Lena disfrutaba realmente el oficio de la aguja en la tela, trazando a su manera un camino invisible que une al deseo con el hecho. Por tanto, cuando Lena dedicaba horas y horas a la inspección de esas naves e imaginaba lo que traían consigo, no solo lo hacía con el espíritu de una niña curiosa, sino como una aprendiz en el oficio, y fantaseaba con las telas que un día, además de llegar al puerto, lo harían hasta sus propias manos.

Aunque los damascos, tafetanes, rasos e incluso mantelería fina hacían soñar a Lena, era lo que aún no conocía lo que la impulsaba al viaje. En el corazón de Lena no eran los hilos de oro o plata que tenían algunas telas los que iluminaban su interior, sino las rutas invisibles que seguían hombres y mujeres en pos de lo desconocido. Su mirada inquieta replicaba la línea curva que trazaban los navíos cuando aparecían en el horizonte y llegaban hasta la orilla geográfica donde concluían el viaje, finalmente anclados. Los ojos de Lena imaginaban un continente remoto, un lugar al que solo podía ingresar a través del trance. Cuando se lo proponía, se imaginaba alguna de las rutas, aunque elegía permanecer anclada a lo conocido, a la tierra que la había visto nacer, al lugar donde estaba fincada, además de su vida, la de quienes amaba. Se contentaba con soñar las posibilidades de una travesía a bordo de aquellas casas flotantes y se veía a sí misma como un artefacto de fantástica composición de los que había admirado. La imagen no duraba lo suficiente, por mucho que un trayecto alimentara su curiosidad, su amor por la hacienda se imponía alejándola de la idea de abandonarla.

Capítulo 2

Si bien la celebración no tenía como propósito específico que alguna de las hijas de don Ismael atrajera la atención de los ya de por sí interesados jóvenes, resultó inevitable que esto no sucediera. La belleza de las hijas de don Ismael y Micaela era notoria. Aunque caracterizada por rasgos quizá demasiado maduros para su edad, el atractivo de Evelina radicaba precisamente en la distribución agraciada de algunas arrugas prematuras en la frente, producto del sol que golpeaba a veces con demasiada fuerza su delgada y pálida piel. También Faustina destacaba, aunque no por su rostro, sino por un comportamiento mesurado que la hacía imitar algunos de los figurines que decoraban las revistas de moda que se distribuían en ciudades más prósperas. De las cuatro hermanas, la más afortunada en términos físicos era Laureana, cuyos rasgos parecían haber sido hechos a mano por encargo divino. Muchos años después, cuando Laureana alcanzó la plenitud de la primera juventud, se llegó a decir entre los indios que cuando esta sonreía y procuraba la alegría en la forma despampanante de una carcajada, los capullos más cercanos a ella se abrían como si fuesen llamados por un nuevo orden impuesto. Hubo quien juró que la tarde que Laureana tuvo su primera menstruación dos hermanos unidos por la sangre decidieron olvidar el vínculo filial que los unía y buscarse como solo los amantes pueden permitírselo.

Aunque no había tantos jóvenes en edad casadera, como por ejemplo los había en las grandes ciudades, la hacienda se llenó de suficientes convocados como para que ninguna joven soltera, Fernández o no, quedara desamparada para bailar alguno de los valses que esa noche irrigaron con su musicalidad la propiedad y sus alrededores.

Entre los convocados había varios jóvenes, cada uno atento a distintas cuestiones que podían tener que ver o no con socializar con las Fernández, pero hubo un joven en particular que fijó su interés en la mayor de ellas. Su nombre era Patricio Erasmo Nájera y bastó con que compartiera algunos pocos minutos con la madura y reflexiva Evelina para enamorarse de la adolescente. Distanciados del resto de invitados, ambos jóvenes prometieron volverse a ver y con ello llegar hasta las últimas consecuencias que solo podían merecer quienes han encontrado repentinamente el amor sin apenas buscarlo. Evelina había atrapado la atención de un súbito prospecto, pero en el caso de Laureana, con apenas nueve años, la fascinación se dio de otra manera, más bien con curiosidad cuando miró al joven amigo que había acompañado a Patricio y su padre. El adolescente, de unos trece años, se distinguía sobre los demás jóvenes de su edad en rasgos y modales. El carácter audaz de Laureana la hizo espiarlo en cada uno de sus movimientos. La elegancia con que el adolescente se desplazaba por los salones de la hacienda, así como el tono en su voz que usaba para referirse a tal o cual cosa resultaron lo suficientemente atractivos como para que una niña como Laureana se precipitara hacia un tiempo para el que todavía no estaba preparada ni física ni mentalmente.

La persecución que Laureana hizo al adolescente no duró demasiado cuando este, de nombre Lisandro, confrontó a la pequeña espía. Antes de que Laureana pudiera excusarse, la entrada violenta y accidentada de Lena a caballo atrajo por completo la atención del joven y de la mayoría de los invitados a quienes la figura de la adolescente Lena, empapada en sudor y con ropas que no iban de acuerdo con el orden de la noche, capturó la curiosidad general. Ante los ojos de Laureana acababa de ocurrir lo que siempre sucedía cuando Lena hacía acto de presencia. Para nadie que la conociera era ajeno el carácter indócil de Lena que se distinguía por encima del de sus hermanas siempre apacible y normativo. Los actos de Lena, del tipo que fueran, contaban con la venia paterna que no parecía incomodarse ante lo absurdos o peligrosos que pudieran resultar. A su cortísima edad Lena había usurpado ya las funciones y desacatos que un adolescente de quince años hubiera hecho suyos, como beber pulque o apostar en juegos de azar.

Laureana supo que nada tenían ya que hacer ni sus grandes ojos ni la respingada nariz que tanto su madre como sus hermanas alababan hasta el cansancio, y menos aún el enorme vestido que con sus inacabables ruedos había demorado en su confección casi un mes. La presencia de Lena actuaba como esos temblores de costa que a veces azotaban a la hacienda y ponían la tierra, usualmente firme, blanda e imposible de transitar. Laureana, que como sus hermanas se había acostumbrado a dichos movimientos telúricos, raros pero contundentes, comparó desde esa noche la presencia de su hermana con ellos. Al igual que algunas columnas de piedra o tabique que había visto venirse abajo con las sacudidas, ciertas personas imitaban la descomposición de sí mismos cuando veían al temblor Lena entrar en acción. Laureana constató su hipótesis cuando Lisandro cambió las preguntas dirigidas originalmente a ella por otras que intentaban descifrar el temblor Lena que acababa de robarse la escasa atención que hubiese merecido el conjunto de su belleza. Vencida y sin posibilidades de apaciguar la sacudida que envolvía los pensamientos de Lisandro, Laureana dio al joven la información solicitada. El nombre de Lena permanecería en los labios de Lisandro a partir de aquel momento como recordatorio de su inesperado viaje a uno de los confines más olvidados por Dios y el gobierno.

Capítulo 3

El noviazgo de Evelina y Patricio transcurrió con rapidez, con visitas de dos horas cada tres días y promesas que intentaban enmendar los días de ausencia. La eternidad se sentía posible para los jóvenes enamorados. Aunque en un principio ambas familias tomaron con sorpresa la noticia del compromiso, especialmente porque pertenecían a una clase social que podía permitirse esperar algunos años antes de casarse y disfrutar dos años de noviazgo en calma, los jóvenes parecían comprender como solo dos adultos podrían hacerlo la constitución ambigua y vulnerable del tiempo. Asumida aquella certeza, Evelina y Patricio practicaban con éxito un interés, respeto y devoción mutuos que convencieron por igual a las partes dudosas. Solo Lena persistió en su mal humor por lo que declaró debía tratarse del principio del fin. Para Lena resultaba incomprensible el deseo de su hermana no solo por el matrimonio, sino por las obligaciones y responsabilidades que este demandaba. Enojada, no tuvo reparos en aludir a la decisión de Evelina por casarse como el más egoísta acto del que tenía memoria. Evitó a su hermana los días siguientes a la visita de Patricio y a los padres del joven que arribaron a la hacienda para pedir la mano de Evelina. E incluso decidió enfermarse durmiendo en una cama empapada que, además de obligarla a guardar reposo, le provocó una serie de estornudos tan escandalosos que incomodaron a ambas familias durante la cena que formalizó el compromiso entre Patricio y Evelina. Ninguno de los otros planes con que Lena intentó chantajear a su hermana funcionaron.

Lena ignoraba que libraba una batalla perdida, pues Evelina, de entre todas sus hermanas, era quien más deseaba, además del matrimonio, repetir la suerte de su madre a quien veía como un ejemplo por encima de todos los personajes que admiraba, pertenecientes o no a su propia familia. A diferencia de Lena, Evelina deseaba ser madre, maestra, enfermera, cocinera y en general ejercer todas las habilidades en que había visto a su madre triunfar. Para Lena, aquellas profesiones súbitas no le merecían ni mucho asombro ni mucho respeto, por el contrario, hallaba en cada una de ellas un hartazgo anticipado, a menos que fuesen ejecutadas por gusto propio o por el pleno convencimiento de que necesitaban hacerse. El que Evelina encontrara en las posibilidades de aquella rutina un amor y entusiasmo espontáneo contradecía de entrada el gusto que siempre había mostrado para la vida hedonista en que había sido criada. No es que para Lena la vida estuviera reducida al espectro geográfico que conformaba Las alumbradas, sino al espacio sostenido por sus habitantes. El menor cambio supondría una cadena de acciones para las que consideraba que no estaba preparada. El matrimonio y una eventual mudanza, por las causas que fueran, eran circunstancias que amenazarían la calma de los hechos conocidos. Secretamente Lena deseaba que algo interrumpiera los planes de Evelina.

Una semana antes de la boda, Patricio fue asesinado por dos pistoleros a la salida de la joyería, la única en todo el puerto, a donde fue a recoger las sortijas para la ceremonia. La noticia del trágico suceso, que ocurrió poco después de la aurora, necesitó una hora más para llegar hasta Las alumbradas. Ni don Ismael ni Micaela imaginaron lo terriblemente mal que Evelina tomaría la noticia de la muerte de su prometido. En cuestión de minutos Evelina pasó del shock a un estado permanente de parálisis de la cintura para abajo que poco después ningún médico supo cómo tratar. Las indias que amaban a Evelina como a una de sus propias hijas acudieron una a una con los conocimientos que tenían e hicieron lo poco, mediano o mucho que sabían sin lograr mayores resultados que una sacudida momentánea en los pies. Los temblores, producidos por la ingesta exagerada de un peyote molido con pimienta en polvo o a causa de la inhalación prolongada de hierba de San Juan mezclada con aceite de ricino, incluso motivados por la colocación de una mezcla que solo de verla provocaba arcadas, no duraban lo suficiente para creer que el remedio en turno resultara en la ansiada cura. Luego de agotar los remedios conocidos llegaron hasta Las alumbradas otras indias con curaciones igual de elaboradas pero sin más avance que los que ya habían testificado. Días después fueron las mestizas, mujeres con lo mejor de dos mundos, quienes se sumaron en la batalla por salvar la mitad del cuerpo de Evelina. Ni indias ni mestizas tuvieron éxito. Al pasar el tiempo se concluyó que lograr que Evelina mantuviera con movilidad la mitad del cuerpo era ya suficiente milagro para agradecer a Dios y con ello dejar en paz la otra mitad que no servía, al menos de momento.

Capítulo 4

Aunque la muerte de Patricio había ocurrido a manos de dos delincuentes plenamente identificados y a quienes más tarde se atrapó tratando de intercambiar las sortijas por un barril de pulque, Lena sintió que las dos balas que había recibido su cuñado no salieron de dos pistolas distintas, sino de su mente, de su corazón, desde sus propios deseos. Aturdida y profundamente arrepentida de lo que pensaba había sido su culpa, Lena decidió resarcir por medio de sus dotes mágicos el daño que Evelina sufría, pero fue inútil. Pronto Lena reconoció una máxima en la magia que aplicaría a partir de aquel momento en los días futuros cuando volviera a recurrir a la prestidigitación: se había dado cuenta de que solo había en ella la mitad del poder para resolver un problema, el resto quedaba en manos de quien lo solicitara o pudiera hacer algo al respecto. Así eran los beneficios de orden místico. En efecto, los alcances de la magia eran inconmensurables solo cuando a quien la magia iba dirigida tuviera el corazón abierto para recibir dicho milagro. El fracaso de cada hechizo empírico que Lena ejecutó demostraba que, tal y como temía, Evelina no solo no deseaba curarse, sino que deseaba morir.

La muerte de Patricio no fue la única pérdida que experimentarían don Ismael y su familia. Un mal producido en las entrañas donde se habían gestado las hijas de Micaela se llevó su vida cuarenta días después de la muerte de Patricio. Entre las indias y alguno que otro mestizo se tenía la creencia de que si al muerto se le lloraba mucho, este ya no podría irse y en cambio terminaría vagando por toda la eternidad en circunferencia de sus seres amados. En el peor de los escenarios, ya no sería la fallecida quien deambulara sobre la tierra, sino la muerte misma que decidiría aprovechar el prolongado luto y llevarse consigo todas las vidas que a sus ojos infinitos arrastrara la sombra interminable del duelo.

El sufrimiento por la muerte de Micaela, que de nuevo volvió a oscurecer Las alumbradas, fue tan profundo que hubo que colgar en cada puerta y ventana de la hacienda bules con agua bendita con la intención de hacer pensar a la muerte que no deambulaba por una propiedad cualquiera sino por una iglesia donde sus antojos no tenían poder. El sortilegio, no obstante la precaución y cuidado con que fue suspendido, no funcionó cuando la muerte decidió llevarse consigo la vida de la más joven de las hermanas Fernández. Milena murió no por tristeza, pues aún era un bebé para saber que su madre había muerto, sino por ser la más cercana a su carne. La breve vida de la quinta hija de don Ismael apenas había juntado el tiempo suficiente para ser bautizada.

En un breve lapso de tiempo madre e hija se unían más allá de la vida. Aunque no se acostumbraba, la voluntad de don Ismael fue la de enterrarlas, primero a su esposa y luego a su hija, en uno de los cerros que bordeaban a Las alumbradas. A pesar de que el dolor ensombreció los corazones de las hijas de don Ismael y también a él, no sucedió lo mismo con la flora y fauna que rodeaban la hacienda. Por espacio de veinticuatro días y sus respectivas noches, el paisaje, en su mayoría arenáceo y correspondiente casi siempre a una misma desolada y polvorienta paleta de tonos debido al calor abrumador que sofocaba todo impulso de vida vegetal, cambió a vistoso, haciendo de la hacienda una especie de oasis que incluso rodeado de cerros podía distinguirse a la distancia.

Si hubiera sido capaz de comprender que aquel universo de colores y vivacidad pertenecía a la unión de su esposa e hija con el entorno de la hacienda, don Ismael habría sufrido un poco menos sus dos pérdidas. En su lugar fueron las indias y Lena quienes interpretaron el fantástico hecho como la forma en que su madre y hermana se despedían de la vida física para volver al orbe donde ni el tiempo ni la forma son limitados. Pese al colorido de aquellos días de duelo y al acompañamiento que Lena dedicaba a su padre día y noche, este no demoró en enfermar. La tristeza que había entrado en el corazón de don Ismael no tenía fecha de vencimiento ni aproximación de cura.

La violenta palidez y las remarcadas ojeras que se estacionaron en el rostro de don Ismael acentuaban la gravedad de su salud física. Solo cuando comenzaron a surgir supuestos hijos ilegítimos y hermanos y hermanas falsos a demandar su parte correspondiente de tierras, don Ismael recuperó en cuestión de minutos los kilos perdidos y las ganas por vivir para defender el patrimonio destinado a sus hijas. En medio de la pena, se obligó a desarrollar un tipo de horario que lo levantaba de la tumba para sacar con sus propias manos a quienes anhelaban su muerte y posesiones. Apenas salía el último demandante de la codiciada propiedad, don Ismael regresaba al cobijo de su habitación y se permitía todo tipo de dolencias tanto físicas como espirituales.

Al cabo de varios meses de correr personalmente a los aprovechados que buscaban una buena tajada de Las alumbradas, la salud de don Ismael decayó aún más. Ninguno de los remedios o tisanas que Lena había elaborado con la venia de las indias de la hacienda mejoró el estado de su padre. Ni siquiera Chilo, la india más vieja de toda la hacienda, que solía inventar sobre la marcha algún brebaje impulsada por el instinto, logró curar el desorden anímico del querido patrón. Sobre los conocimientos habían imperado conjeturas y posibles hipótesis que a la larga parecían complicar aún más el agravado estado de don Ismael. Años de aprendizaje místico parecían no significar algo más que un historial de citas aprendidas. En la práctica ningún remedio alcanzaba para animar un corazón abatido. Solo la historia podía contradecir el desánimo de Lena que había visto los mismos remedios reparar dos que tres desgracias. A su corta edad Lena había practicado toda suerte de trabajos mágicos siempre con la mirada de una india sabia sobre sus hombros. Al principio, sin ser consciente de ello, Lena conocía la cantidad de orégano que se ponía a hervir para provocar abortos a las adolescentes, casi niñas, que solían entrar a la cocina de la hacienda a altas horas de la noche en busca de que sus tías o madrinas les prepararan el remedio para evitar que la violencia con que habían sido empujadas hacia la adultez dejara consecuencias que nunca podrían mirar con ternura. Cada catástrofe, por menor que fuera, lo sabía Lena, tenía su correspondiente arreglo. Casi todo podía despacharse con algunas raíces y un tanto de palabras o cantos. Ella misma había visto con asombro cómo una fiebre descomunal le había bajado en cuestión de minutos después de que Chila le hubiese cantado al oído mientras le sobaba la panza con una pasta que apestaba a excremento fresco.

El camino por la memoria de aquellos días en que entró con supervisión en la cosmogonía prehispánica dibujó una sonrisa en Lena. Una sonrisa que de pronto iluminó la oscuridad latente que habitaba en la hacienda y en ella misma. Aunque aún era muy joven, Lena era consciente de la disciplina con que las indias preservaban y rescataban, pese a la intromisión étnica, sus raíces más profundas. Recordó las casas flotantes sobre el mar y cómo a pesar de que entraban al mundo conocido toda suerte de objetos y costumbres europeas, las indias idearon un misticismo único, veloz a través de la oralidad que resistió la vorágine española de poblar lo humano y de renombrar lo divino con un mote que los acercara al pabellón malicioso donde colocaban todo lo que no podían entender. Impulsadas por su padre, Lena y sus hermanas no permitían que el fuego vecino quemara el pasado indio conocido en la forma de tradiciones, costumbres y creencias. La mejor manera de resistir, había señalado don Ismael, era recordar a los primeros, a quienes habían estado antes.

Súbitamente vino a Lena la imagen solicitada. Supo que para salvar a su padre debía encontrar un arbusto de heliotropos. Esperanzada en sus beneficios se dirigió al establo y ensilló a Lula, su yegua favorita. Cabalgar, así como coser, eran dos habilidades que Lena había aprendido con rapidez y desarrollaba con amplia ventaja sobre sus hermanas. Por supuesto, Lena amaba más una actividad que la otra. La cabalgata en el páramo, ya sin el rastro de los árboles que habían brotado meses antes, fue una experiencia amarga. El luto por su madre y hermana, así como la tristeza por Evelina y ahora el temor por la salud de su padre, eran una serie de eventos desafortunados para los que de pronto se sintió incapaz de combatir ni con toda la magia del mundo. Quizá, pensó aturdida, exigía demasiado al mundo espiritual revelado por las indias. El inhóspito paisaje salpicó sus ojos con una tristeza a destiempo. No lograba identificarse ni con el panorama ni con ella misma. El temor que revolvía sus entrañas era un asombro nuevo que lo mismo amagaba su ánimo que sus pocas esperanzas. Ni el páramo ni el horizonte frente a ella resultaban conocidos. Aunque había nacido y crecido en Las alumbradas y jugado infinidad de veces en sus contornos, estirándolos y acortándolos según sus deseos, Lena fue incapaz de reconocer sus memorias geográficas e incluso de identificar los caminos que había recorrido por años. De pronto resultó inesperadamente difícil encontrar la planta que tanto necesitaba. Una búsqueda que le habría llevado menos de una hora acabó por extenderse toda la mañana. De repente, a la izquierda y de reojo, Lena reconoció la silueta de los heliotropos. Con la ligereza de quien se siente salvado anticipadamente, Lena bajó a toda prisa de la yegua, arrancó un buen racimo de heliotropos y lo guardó a la altura de su pecho. Luego, cuando subió sobre Lula notó que, pese a contar con luz, pues quedaban algunas horas antes del atardecer, apenas podía identificar el lugar en que se encontraba. El paisaje frente a Lena no arrojaba ningún rasgo particular. No solo había salido de Las alumbradas, sino también de los límites conocidos. Sin percatarse del recorrido, Lena había transitado más allá de los trazos usuales, de sus pensamientos y hasta de las invocaciones comunes. La prisa con que abandonó la hacienda la había hecho olvidar cosas elementales para la supervivencia, como algunas cerillas para iluminar el camino de regreso por si la noche la sorprendía, e incluso agua.

En toda su vida, y apenas era una adolescente, Lena jamás se sintió tan indefensa como en aquel momento. Cualquier cosa que sucediera en los minutos siguientes significaría más de lo que su padre o hermanas podrían soportar. Antes de que su ausencia fuera notoria, en el caso de que no la hubieran notado ya, Lena comenzó a cabalgar por el páramo apostando a que fuera Lula, y no ella, quien recordara el camino de regreso. No quedó duda de que esta lo recordaba cuando comenzó a andar segura de sí misma y saltando con destreza entre piedras y pequeñas zanjas, todos obstáculos sin importancia. La luz del sol, roja como un maduro jitomate, caía detrás de ambas con rapidez. El miedo con que Lena volteaba sobre su hombro izquierdo la hacía imitar una suerte de vampira mítica para quien la noche, y no el día, representaba su peor temor. La prisa con que apuraba el trote de Lula agitó al pobre animal de tal manera que la yegua saltó torpemente en el cauce de un río y al no calcular instintivamente la profundidad del cauce atoró una de sus patas con tal brusquedad que terminó por arrojar a Lena a un costado.

Los golpes que sufrió desde el hombro hasta la cadera del lado izquierdo de su cuerpo la incapacitaron para levantarse. Lula, por el contrario, se reincorporó con relativa rapidez y siguió por el camino que su memoria le dictaba, olvidando por completo a su jinete. Inquieta por lo que implicaría que su yegua llegara a Las alumbradas sin ella, Lena intentó detener a Lula llamándola insistentemente por su nombre sin lograr que parara. Dos veces más Lena buscó incorporarse sin éxito. El dolor, moderado, que persistía en su cuerpo tenía dos rutas. La primera era su tobillo izquierdo y la segunda era a la altura de su pecho, justo en el lugar en donde había guardado los heliotropos. Cuando Lena abrió los primeros botones de su vestido bajo el cuello comprobó lo que temía: las pequeñas flores moradas se habían incrustado de tal modo que parecía que la planta le había germinado y brotado a través de la caja torácica.

Comprendió que la resistencia al dolor que experimentaba, que en otras circunstancias hubiera resultado apenas soportable, era por causa de la flor que al habérsele enterrado en la piel por la caída había comenzado a producir sus beneficios de sosiego en ella misma. La tranquilidad que experimentaba, además de aletargar la intensidad de sus heridas, la había hecho entrar en un trance que pronto la alejó no solo del espacio físico, sino de sus propios pensamientos. La modorra que abrazaba el cuerpo de Lena la hacía mantener los ojos abiertos aunque no así la consciencia pues fue incapaz de ver al joven que caminaba directo hacia ella. Luego, y como si se tratara de una hoja, diminuta y sin peso alguno, el joven levantó a Lena entre sus brazos y comenzó a caminar por la ruta de vuelta a casa.

Capítulo 5

Una hora después, Lena despertaba en su recámara de Las alumbradas. A su alrededor, en pulcro silencio, se encontraban sus tres hermanas. El sigilo que reinaba en la habitación contrastaba con el rojo escarlata que asomaba de un lienzo de tela arrumbado en el piso. Lena recordó sus heridas y levantó la delgada sábana que cubría su cuerpo. Su tobillo izquierdo se encontraba vendado. Volvió la vista a la altura de su pecho y comenzó a palpar ahí donde recordaba haber visto enterrados los heliotropos. No encontró ningún rastro del racimo ni en su piel ni en ningún otro lugar de la habitación. Incrédula por la desaparición total de la raíz, se desvistió con la rapidez que un tobillo vendado permitía y comprobó que tampoco había rastro de los heliotropos en otro lugar de su cuerpo. Ni siquiera una marca. La tristeza de que el breve viaje hubiera sido en vano la deprimió de tal modo que ni siquiera puso atención cuando Faustina le hizo saber que su salvador se hallaba todavía en la hacienda, preocupado por su salud.

Dos días completos Lena los pasó recostada en cama. Con base en pretextos bien elaborados, las tres hermanas lograron ocultar el accidente de Lena a su padre. Para su fortuna, don Ismael no necesitó demasiadas palabras para creer lo que a las hermanas convenía. Cerca del atardecer del tercer día, Lena se levantó al fin de la cama. Si sufría o no era imposible saberlo pues su rostro lucía una tranquilidad imponente. Solo Lena sabía el porqué, aunque la herida de su tobillo aún no sanaba del todo, ella era ajena a cualquier malestar físico.

Del mismo modo en que las hermanas lograron silenciar por tres días seguidos el accidente de Lena, lo hicieron con la presencia de Renato, a quien pidieron se mantuviera lejos del radar paterno en alguno de los cuartos de los indios que trabajaban en la hacienda. Antes de permitirle quedarse, las hermanas intentaron convencerlo de que volviera en una hora prudente del día, pero la insistencia del joven pudo más y ellas aceptaron que se quedara en la hacienda aunque no bajo el mismo techo que la familia.

Por dos días continuos Renato se las arregló para trabajar como un indio en la hacienda. En cuestión de minutos memorizó el andar de los indios sobre la tierra con la pesadez que solo una identidad antiquísima podía permitirse. Sus pasos antes suaves adquirieron la consistencia que la tierra provee con su desajuste geográfico. Andar sobre adoquines lo había vuelto torpe desde los pies hasta la cabeza. Los relieves de la sierra, por el contrario, obligaban a un equilibrio físico constante. La muerte, lo supo Renato, aparecía a campo abierto en la forma de un peñasco o de un río sobre el que equivocadamente se cree tener el control. Agregó a la usanza impuesta las ropas que los indios vestían sumando al atuendo un sombrero de palma que ocultaba además de su rubio cabello el resto de un rostro lejano en todas sus facciones a la uniformidad que gobernaba la hacienda. La ayuda de las hermanas Fernández consumó el engaño que no era tal porque ni para los indios ni para sus mujeres Renato lograba pasar por uno de ellos. De hecho, más de una vez, lo habían ocultado colocando sobre su cabeza una paca de paja que cubriera hasta la sombra de su cuerpo. Lejano a la inspección de don Ismael que todavía, alguna que otra hora, se asomaba desde su ventana a constatar el avance de los trabajos diarios y luego, como se sabía, volvía a hundirse en el dolor conocido de sus pérdidas, Renato logró vivir entre las hermanas.

Recuperada completamente, Lena salió de la hacienda hacia las casas de los indios en busca del jinete. Mientras lo veía pensó en las palabras que usaron sus hermanas para describirlo. En efecto, el joven frente a ella era sumamente atractivo. Alto como una espiga, delgado como una penca de maíz y rubio como el trigo en su mejor hora del día. Los rasgos del joven parecían hechos a mano. Solo sus ojos contradecían el retrato del oro puro, con su negritud radiante y lustrosa. Parada en el páramo, Lena recordó vagamente lo que había ocurrido días antes. Luego de las presentaciones formales, ambos jóvenes conversaron largamente y con inusitada familiaridad, no como dos extraños que acabaran de conocerse, sino como dos amigos que se reencontraban después de una prolongada ausencia.

Después de acordar un futuro encuentro, Lena entró con rapidez a la cocina y pasó la hoja de un cuchillo por su palma. La sangre que emergía cayó sobre un cuenco de agua que luego colocó encima del fogón y que al paso de algunos minutos cambió su color escarlata por el morado común de los heliotropos. El olor a vainilla, característico de las flores, que brotó en los primeros hervores y que alcanzó las habitaciones cercanas en donde yacían las hermanas de Lena, llevó a estas a un estado de éxtasis y felicidad únicos. Lena había obtenido la revelación de esos siguientes pasos mientras repensaba por qué el dolor esperado por una caída de caballo no había terminado por manifestarse en ninguno de los días anteriores. Renato, con su excesiva preocupación y atenciones, le mostró lo inusual y rápida que su recuperación había sido. Entonces Lena pensó que todavía no era demasiado tarde para recuperar algo de lo que los heliotropos habían dejado en su organismo, y antes de perder una hora más del remedio oculto en su torrente de sangre, corrió a la cocina apenas despidió a su nuevo amigo.

Convencida de la efectividad de los heliotropos, aunque ya en una tercera forma física, Lena sirvió el brebaje en una ancha taza que subió a la recámara de su padre. La bebida hizo su efecto y en menos de una hora don Ismael recuperó el color y peso acostumbrados. Lena sonrió satisfecha al confirmar que, pese a la incalculable congoja, su padre no deseaba morir. Aun cuando el brebaje hiciera lo suyo, por sí solo no habría bastado si la parte involucrada no deseaba, como en este caso, salvarse.

Capítulo 6

Lamentablemente para don Ismael su salud no regresó a tiempo para salvar Las alumbradas. La hacienda, resguardada, aunque algunos dirían que custodiada por una colmena inusual de cerros, sobresalía por una ubicación que la acercaba al poderío solo posible de un fuerte. Si bien la tierra de aquel páramo no era fértil, sí que era propicia para la crianza de caballos. Los ejemplares que la familia que don Ismael criaba desde hacía varias generaciones eran una mezcla del caballo criollo y el caballo español. Desde el norte del país llegaban hasta Guerrero compradores en busca de uno de los famosos caballos de Las alumbradas por el simple gusto de poseer alguno de los magníficos ejemplares. Muchos años antes de que don Ismael heredara el negocio familiar, su abuelo don Irineo tomó la terrible decisión de envenenar los noventa y cinco caballos que en aquel tiempo había criado, cuando un español decidió que precisamente noventa y cinco caballos era la cifra justa que necesitaba para terminar de conquistar el sur del estado que los indios defendían por la ventaja de moverse por la sierra con la facilidad que dan los pies que en ella han aprendido a andar.

El mercurio que don Irineo consiguió luego de sobornar a otro español con su mejor caballo —que este usaría como regalo para su prometida también española, y que al final murió por un brote de varicela en el barco que la traía a tierra azteca— no demoró demasiado en matar a los noventa y cinco ejemplares. Los pobres caballos y yeguas se fueron desplomando uno por uno, convirtiendo a Las alumbradas y hasta donde el ojo pudiera ver en una descomunal necrópolis equina. Afortunadamente para don Irineo una de las yeguas envenenada tuvo a bien parir, aun muerta, al potrillo que continuaría la tradición de la crianza iniciada años atrás.

Don Ismael se dirigió a las caballerizas y miró sus setenta y siete caballos y yeguas. La crianza, aunque disminuida al paso de los años, seguía honrando el apellido de todos los hombres que lo precedían. Él, por el contrario, sintió que acababa de deshonrarlos a todos juntos una vez que su tristeza fragmentó sus capacidades para la crianza. Incapaz de envenenarlos, abrió las puertas de las caballerizas de par en par y disparó al aire. Los caballos salieron en bandada por el páramo primero como una larga mancha y luego como lunares que poco a poco se van fundiendo con el paisaje. Muchos años después había quien juraba haber visto a los setenta y siete caballos de don Ismael galopar libres y en manada por el páramo.

La noticia de la inminente retirada de Las alumbradas terminó por consumar un periodo de dolor y duelo liderado por las muertes de aquellas a quienes don Ismael e hijas recordaban a cada segundo. Luego, cuando el día del adiós se escribió en el calendario, las hermanas, a excepción de Lena, admitieron que quizá aquel cambio pudiera minimizar el dolor de las recientes pérdidas.

Capítulo 7

La mañana antes de abandonar la hacienda, Lena salió al páramo y subió al cerro más alto. Ninguno de los cerros que rodeaba Las alumbradas tenía nombre. Ninguna hermana había considerado nunca nombrarlos. La manera en que se dirigían a ellos no tenía forma oral, bastaba con saberlos parte del paisaje habitual para situarlos dentro de una homogeneidad conocida. Aunque había escalado consciente de que podría tratarse de la última vez que viera desde esa distancia a Las alumbradas, Lena no deseaba pensar en ello. No aún. Observó el paisaje tratando de pensar en otras cosas, en otras siluetas de sí misma a través de los años. Lamentablemente para Lena ni el tiempo y ahora ni la hacienda eran espacios en los que sus deseos tuvieran voluntad. El abandono de su infancia y adolescencia había ocurrido de súbito, sin permitirle ahorrar suficientes memorias para el futuro, sin dejarla abrazar alguna posibilidad de retorno. Luego, los episodios donde su madre y hermana habían abandonado sus vidas terminaron por colocar en ella una adultez repentina. La despedida de Las alumbradas acabó por estacionar un pensamiento temido, quizá con el tiempo ella llegaría a opinar igual que sus hermanas y agradecería la desgracia que hoy era tajante.

Solo la presencia de don Ismael sacó a Lena de sus cavilaciones. Aunque desde la muerte de Micaela y Milena padre e hija no habían hablado demasiado, bastaban un par de miradas entre ambos para saber lo que pasaba por la mente de uno y otro. Si bien don Ismael nunca había lamentado no tener un hijo varón, había ocasiones en que Lena compensó simbólicamente dicha ausencia. Pero además, por sobre el lazo parental que tenían padre e hija, el amor que ambos sentían por Las alumbradas, igual en dimensión y contenido, era lo que particularmente los hacía padecer en la misma forma la inminente despedida geográfica.

Le gustó compartir con su padre aquella última imagen de Las alumbradas. Ni siquiera con sus hermanas hubiera llegado a sentirse tan cómoda, tan ella misma. Sabía que también su padre, mientras miraba el paisaje, tenía en mente la idea de arrancar los espacios o parajes que habían formado sus memorias, para así salvarlos de quienes ocuparan con sus nuevas acciones los lugares en que habían andado ella y sus hermanas. A minutos de abandonarla, Lena estaba convencida de que quien arribara a la hacienda no alcanzaría a amarla ni la mitad de lo que ella lo había hecho.

Capítulo 8

El arribo a la ciudad de Chilpancingo, capital de Guerrero, se efectuó con rapidez y economía. Instaladas en una pequeña pero bastante cómoda casa, las hermanas pronto irradiaron con su presencia los angostos cuartos, separándolos del frío que por primera vez conocían. Aunque la situación política del país todavía era una subida al cerro más alto, el ambiente de la capital parecía apostar por el urbanismo e igualdad prometida. La naciente ciudad se vestía con colorido abrazando las festividades recién adoptadas, todas de índole religiosa. Les llevó una semana completa deshacer las maletas. El espacio en que debieron guardar los objetos más preciados, aquellos que de no sujetar con sus propias manos eventualmente terminarían borrados al paso del tiempo, hizo a las hermanas elegir con extremo cuidado los elementos que habrían de conservar. Elegir un mantel en lugar de un florero que su madre hubiese llenado día a día con rosas implicaba que el segundo terminaría arrumbado o vendido en el mercado como antigüedad curiosa. Evitaron pensar en lo que no tenía remedio, en lo que efectivamente escapaba al control de sus manos y de las circunstancias. De aquel modo más simplista y efectivo, aseguraron solo lo que representaba un elemento único en su formación sentimental. Bajo aquel criterio, Lena guardó un puñado de la castaña tierra en un pequeño bule. Después de pensarlo por horas, decidió que en lugar de llevarse el libro que había escrito bajo el cuidado de Chilo, el cual contenía los secretos del mundo indio, llevaría su pequeño arsenal de costura, cuyas herramientas, pensó, le serían más útiles. Luego de un sesudo análisis, Lena concluyó que el misticismo atrapado entre las hojas del libro no debería salir de las orillas establecidas de Las alumbradas, ya que allí había sido donde lo había conocido.

Ninguno de los objetos que acarrearon bastaría para instalar una hacienda artificial en la pequeña casa. Hubiera resultado imposible saciar los espacios con los floreros y cortinas o alfombras costosas, si era al fin tan reducido y extraño. Los objetos elegidos como tótems de conquista para la nueva tierra resultaron una suerte de armas que cada hermana empleó en la necesidad de conseguir dinero. Las labores domésticas que habían memorizado casi como una curiosidad fueron reinterpretadas con la intención inequívoca que una casa demanda sin importar la hechura. Aquella que había aprendido cómo procurar conservas volvió a hacerlas para venderlas en el mercado del domingo, y aquella que había aprendido cómo zurcir enaguas o mantelería de nuevo enlazaba la aguja luego de anunciarse entre las criadas de las damas de alta sociedad.

El primer año y sin apenas ser consciente de ello, Lena lo pasó acurrucándose en la cama cada noche como una niña sosteniendo entre sus manos otro de los bules donde había guardado las agujas de coser. Cada hora antes de dormir, Lena las contaba hasta quedarse dormida. La fuerza con que sus callosos dedos apretaban el bule encima de su pecho era su manera de lidiar con el presente y de recordar que de momento aquella era la vida en la que debía poner su mente y corazón. El hacinamiento de los días y noches en donde había otras prioridades que resolver produjo una neblina en las memorias todavía frescas por la vida anterior. Antes de que finalizara un segundo año lejos de Las alumbradas ya casi ninguna nombraba los días en el páramo ni los que ocurrían al interior de la que había sido su primera casa. La vida en la ciudad las volvía más prácticas. La madurez con que las hermanas atendían los nuevos deberes, y aun los ya conocidos, las hacía parecer mucho mayores. Hasta Laureana, quien todavía era demasiado pequeña, revelaba comportamientos alejados de la edad que tenía.

Más pronto de lo que hubieran querido, las hermanas sucumbieron al rigor de la capital. En la ciudad ninguna tenía potestad para plantar su propio horario de actividades. Las horas que en Las alumbradas fueron dedicadas a la lectura y cuyo propósito secreto había sido fomentar la hermandad, en la nueva localidad fueron reemplazadas por oportunidades para el quehacer diario en la cocina o en la lavandería. Ninguna hermana podía darse el lujo de abandonar la jornada que le hubiera sido impuesta previo acuerdo. Para la mayoría de los habitantes de la alta sociedad no era un secreto la desgracia que perseguía a la familia Fernández ni cómo intentaban salir a flote. Además del cuchicheo, las hermanas no fueron ajenas a los atavismos y dogmas que lideraban el orden de la sociedad. A pesar de ser un núcleo urbano de reciente configuración, la capital exigía credenciales precisas. Una buena conducta y, más aún, un adecuado entendimiento de la clase social a la que se pertenecía ahorrarían problemas y desajustes en el reciente orden instaurado. El comportamiento autónomo y libertario que en Las alumbradas había sido tradición y costumbre, en la nueva geografía requirió ser nuevamente reflexionado. Hasta los pensamientos individuales que no llegaban siquiera a convertirse en oraciones compartidas debieron ajustarse al nuevo modelo de vida.

Todas excepto Lena adoptaron su personalidad a las normas dispuestas. Si las hermanas habían iniciado un proceso de cambio, Lena por el contrario todavía calzaba diariamente las zapatillas con que en su rango de hacendada habitaba Las alumbradas. No se trataba de que amara los ajustados zapatos, los cuales apenas había usado algunas pocas veces en la hacienda por preferir las botas para recorrer el páramo, sino que ahora calzarlas era el modo con que reverenciaba las memorias en Las alumbradas. Todavía algunas noches, mientras abrazaba el bule con las agujas de coser, Lena se permitía imaginar cómo sería regresar a la hacienda o mejor aún, cómo lograría tan lejana meta. A diferencia de sus hermanas, Lena continuaba mirando al pasado y alimentando algunas noches la idea de tornar.

Tanto y tan fuerte era el desagrado que mostraba Lena hacia la nueva casa, que hasta las tareas más simples que realizaba en ella cobraban una complejidad que terminaba por agotar su ya de por sí poco entusiasmo. Don Ismael había instalado a sus hijas y casi de inmediato tuvo que dejarlas, pues había aceptado el puesto como capataz en una hacienda, por lo que cuando las visitaba en Chilpancingo invariablemente pasaba un par de horas tratando de resolver desajustes de la casa. Uno de los más extraños era el acceso al zaguán, cuya cerradura doble parecía negarle el acceso únicamente a Lena. Apenas quedaba listo y teniendo como testigos del exitoso ajuste tanto a su padre como a sus hermanas, Lena entraba y salía por el zaguán convencida de que la chocante situación se había remediado, tan solo para volver a quedarse afuera la siguiente vez que por alguna razón, menor o mayor, debiera salir de la casa. La puerta continuó cerrándosele en las narices por meses a Lena hasta que durante un sueño, la india Chilo se le apareció y le pidió que se disculpara con la casa por todas las veces que había andado por su piso recordando a la otra. Hasta que Lena pidió el requerido indulto y prometió a la vivienda más gentileza en el viaje de sus pies por cada cuarto, así como un extrañamiento más mesurado pero no por ello menos continuo, la puerta nunca más volvió a trabarse. Lo que no había logrado la habilidad de una mano terminó solucionándolo una sincera disculpa.

Capítulo 9

Negarse a participar de la vida a la larga adormece al espíritu. Lo supo Lena cuando despertó aquella fresca y última mañana de noviembre y observó, todavía dentro del sueño, la dinámica de extremidades y palabras que sus hermanas promovían en función del aseo. Se sintió culpable por no poder replicar el entusiasmo de su hermandad. Las amaba y sin embargo apenas podía identificar en ellas los rastros de su sangre. No sentía ni de lejos la felicidad que las cosas rutinarias, como el barrido de los cuartos, provee a un corazón que ha hecho de lo simple un triunfo que se recuerda en los días finales de la existencia.

Se habían prometido visitar la plaza y volver a tiempo para leer en la sala o platicar sobre aquello que hubieran visto. Lena no podía, o quizá podía pero se negaba a hacerlo, entender cómo sus hermanas se habían adaptado con regular rapidez a la pobreza y brutalidad de aquellos cuartos encimados. Intrigada, Lena se preguntaba por qué sus cuerpos siempre sueltos y abastecidos por el glamur de las buenas telas parecían no experimentar la disminución de la libertad tanto corpórea como espiritual.

Terminó de contemplar, sin animarse a decir si con fastidio, la espontánea obra que sobre la felicidad sus hermanas establecieron en el más diminuto de los cuartos. Volvió al sueño con la esperanza de que olvidaran llamarla. Solo la distancia que establece el inconsciente lograba animarla. Se imaginó, entonces, en Las alumbradas rumbo al encuentro con su padre en alguno de los varios rincones terrestres.

Incluso instaló un detalle inusual en la memoria artificial portando alguno de los vestidos que en su momento se negó a usar porque le imposibilitarían montar a caballo.

A lo lejos la voz delgada, casi inaudible, de Laureana se cuela en los escenarios adulterados del fabricado sopor y Lena regresa al cerco familiar. Incapaz de contradecir el plan de sus hermanas, se une al cortejo y asiste con humor fingido en todas las aventuras que estas inventan, pero siempre negándose a memorizar los momentos que al entrar en su cuerpo terminarían por disolver los primeros días de fiesta. Así que aunque se ríe y canta y está con cada una de sus hermanas, realmente no está mirando y tampoco cantando y menos aún es la cómplice perfecta que sus ademanes y frases súbitas celebran.

El empeño que Lena pone en afianzarse al aquelarre de sus hermanas la hace ignorar que no estarán solas, o quizá no recuerda que sus hermanas le dijeron que tendrían la visita de un viejo amigo, por eso apenas nota la presencia de Renato que se suma al grupo. La mano de su querido amigo coloca entre sus dedos una granada tan escarlata que parece un corazón recién extraído. Lena lo sostiene entre las manos no como la fruta que es, sino como el órgano que el rubí ardoroso lo hace parecer y se lo lleva al pecho porque sabe que Renato ha visto lo que ella miraba dentro de su memoria y lo abraza decidida a que ese nuevo instante permanezca más allá del momento en que ocurre y persista como una de las muchas fotografías que revela mentalmente día a día, aunque sepa que está quemando la plata que las vuelve eternas. Ambos amigos, cómplices más allá de las palabras, salen de ese instante que parece eterno, se agregan a la comitiva y llevan la algarabía hasta la casa paterna de nombre, mas no de práctica. Luego de despedir a Renato y una vez en el silencio de su habitación, Lena engulle la granada como si pretendiera con aquel arrebatado movimiento recuperar el corazón que se le ha quedado en Las alumbradas.

Después de su paseo aquel domingo en el que, sin darse cuenta, se acoplaron a las costumbres de la capital, las hermanas podían empezar a ver a futuro. Empeñadas en dar pie a un nuevo horizonte, pues finalmente al cabo de dos años habían logrado instalarse en la ciudad, volvieron la vista en Laureana, a quien decidieron podía permitírsele una educación mejor de la que estaba recibiendo. Hicieron cuentas, tanto el dinero que ellas ganaban, como el que su padre llevaba enviándoles como capataz, alcanzaba para pagar las mensualidades de algún internado o academia donde la más joven de las Fernández recibiera algo más que las clases de álgebra o biología que ellas, turnándose, le daban en la cocina. Pese a las buenas intenciones y el esmero con que procuraban capacitar a la menor de las Fernández, sabían que ni el ánimo que apostaban en sus respectivas clases ni el ambiente restringido y solitario para una joven que necesitaba de amigas de su edad eran suficientes para una educación digna. A los contras se sumaba el del tiempo que invertía cada una y que limitaba aquel que dedicaban para efectuar los trabajos por encargo necesarios para mantener la casa y a ellas mismas.

Capítulo 10

Aunque la Revolución mexicana aún no presumía sus garras, el león que se adivinaba en los pequeños levantamientos de indios y obreros contra la clase gobernante era más que evidente. Quienes observaban desde la trinchera sabían que era cuestión de pocos años más para que estallara la otra gran guerra que el país necesitaría para ser la nación que estaba destinada a convertirse. Incluso don Ismael, cuando llegó a escuchar algunos de aquellos rumores, temió que Las alumbradas se volviera con el tiempo el cuartel de los siervos del gobierno acostumbrados a arrebatar cuantas tierras les interesara para beneficio propio o el de su causa, cualquiera que esta fuera. E incluso llegó a imaginar cómo sería una guerra en Guerrero. Temía por sus hijas y por el abandono al que las había llevado cuando sus únicas opciones de trabajo se limitaron a las pocas haciendas colindantes a Las alumbradas donde su reputación lo destacaba sobre otros trabajadores. Para él, aunque pasaran los años y contara con la suerte de verlas envejecer, siempre serían sus niñas. Las visitas que les hacía ocurrían cada quince días y a veces hasta treinta.

Lejos de sus hijas don Ismael comprendió que más que requerirlo como padre, iban a necesitarse entre ellas mismas. Dejando el miedo por una nueva cruzada entre indios y españoles, don Ismael confiaba en el buen juicio de sus hijas, salvo por Lena, a quien sabía en determinadas circunstancias presa de un humor volátil. No necesitaban hablar de la hacienda para estar seguro de que la pensaban eventualmente. La última vez que la contemplaron había sido desde el cerro y después cada uno por su lado entre sus recuerdos, escarbando en las memorias más queridas. Don Ismael revivía constantemente el día que llegaron a la nueva casa y cómo una vez instalados cada una de ellas se resguardó en sus habitaciones. El silencio de aquel primer día, similar al que inunda algunos velorios, había entrado en sus venas con la gravedad de una enfermedad que arrastraría el resto de su existencia. No tuvo entonces a la mano ninguna palabra con qué iluminar la amargura general ni tampoco en los días siguientes. Aunque siempre había sido un hombre elocuente, que contaba con reflexiones afines al momento, parecía que el desgaste de los malos días previos hubiese agotado los recursos de un padre acostumbrado a usar las palabras con destreza. Todavía dos años después, don Ismael en su papel de padre articulado seguía sin acudir a la hija que más necesitaba de sus oportunas deliberaciones.

Con el tiempo se había acostumbrado a mirar a Lena de reojo atravesando la angosta sala, incómoda a ratos calzando los lujosos zapatos viejos que restauraba una y otra vez, negándose finalmente a dejarlos ir junto con la posibilidad de volver a usarlos en Las alumbradas. Si don Ismael evadía a su hija no era solo porque no tuviera palabras, sino porque la culpa que sentía era demasiado grande y sabía que una charla entre ambos la haría salir de sí misma sin poder encerrarla en el cajón donde estaban custodiados otros sinsabores.

Capítulo 11

El internamiento de Laureana se efectuó con la llegada del tercer año en la ciudad. Las órdenes religiosas no eran otra cosa que un plan elaborado para introducir la religión en todos los recovecos posibles del pueblo mexicano. Fue notorio para las hermanas que a medida que se alejaban de la hacienda, el folclor con el que habían sido criadas poco a poco se desvanecía dando pie a otras voluntades místicas menos cercanas. En el transcurso de los años vividos en Las alumbradas, más que experimentar una existencia laica, habían visto como propias las leyendas que las indias repetían en la cocina o demás cuartos de la propiedad. La existencia de brujas que dejaban sus pies sobre la lumbre y volaban convertidas en bolas de fuego, o la existencia de hombres y mujeres capaces de alterar su forma física y andar como perros o búhos se volvió maná diario. Exceptuando a Faustina, a quien la religión llegó a interesar como tema cultural, ninguna era demasiado religiosa.

La educación para las mujeres, aunque limitada por asumir como regla general que el destino de una buena y decente señorita estaba en el gobierno de su casa, era un requisito indispensable para su dignidad propia. En el caso de las jóvenes que como las de la familia Fernández no terminaban de pertenecer a las clases establecidas por la alta sociedad española, una creencia popular era considerar indispensables sus funciones en el hogar, más que un requisito familiar, se veía como un elemento casi político. El dominio de los hombres en todos los espacios de la sociedad fomentaba la creencia de que solo la práctica constante de la fe podía salvar a las mujeres, en especial a las jóvenes más o menos atractivas, de los múltiples caminos de la perdición que el diablo disponía para ellas con todos los trucos posibles. El estudio constante en algunas materias, justificaban, mantendría ocupadas sus indisciplinadas mentes hasta que un hombre, por supuesto de su misma clase social, las desposara y a través del sacramento del matrimonio concluyera el acto de purificación destinado a su corrompible género. La educación por tanto era un asunto que debía atenderse con rigor pues desde que las hermanas habían abandonado Las alumbradas habían pasado ya tres años y el tiempo, se sabía, seguiría sumando años y en el caso de Laureana, ideas que ninguna podía permitirse a menos que estas incluyeran la posibilidad de aportar dinero a la familia.

La supervivencia diaria había llevado las pasiones de las hermanas, esas que efectuaban como esparcimiento propio, al terreno del trabajo donde un talento significaba la posibilidad de dinero para la compra de alimentos o productos varios para la casa que no pueden ignorarse porque a su vez facilitan un poco más la vida a pesar de las otras, incluso más contundentes, necesidades. En el caso de Laureana, las hermanas anticipaban que su habilidad en la pintura podría permitirle trabajar como retratista y quizá, si alcanzaba una madurez apropiada, podría llegar a pintar algunos de los cuadros marianos que tanta demanda tenían en Europa y con los cuales se tenía la intención de ilustrar en México la fe ya establecida. Por el momento era temprano apostar a aquella idea. En tanto Laureana no contara con instrucción plástica apropiada, su talento, que era indiscutible, se limitaba a la creación de bocetos con acuarelas.

La alegría que sintieron cuando Laureana aceptó de buena gana alejarse de sus hermanas solo fue interrumpida cuando Lena hizo una cautelosa observación con respecto a su joven hermana: que acabaría por olvidar las raíces que la unían a Las alumbradas. De todas las hermanas Fernández, Laureana era quien más indiferencia mostraba por sus orígenes. Lena recordó que tres años antes, cuando partieron de Las alumbradas, aquella ni siquiera había derramado alguna lágrima por el adiós a la tierra que la había visto nacer; incluso había sido de entre todas quien más entusiasmo mostró con la mudanza y la nueva vida que las aguardaba. Con aquella segunda observación Lena, muy incómoda, sostuvo convencida que, en efecto, Laureana consumaría el olvido por las pocas memorias de su niñez en la hacienda sin siquiera lamentarlo. Laureana, a opinión de Lena, carecía del carácter necesario para vivir en el páramo donde estaba afincada la hacienda. Un recuento rápido del paso de Laureana por Las alumbradas apenas la situaba montando a caballo o atrapando grillos o luciérnagas en alguno de los muchos paseos que hacían en conjunto.

Todas y cada una de las observaciones que Lena hizo acerca del temperamento de su hermana eran ciertas.

Desde el primer día que Laureana llegó al internado, supo hacer de este el hogar que necesitaba. El espíritu de Laureana era muy diferente al de Lena en cuanto a que esta decidía romper las reglas sin importarle las consecuencias que su desobediencia causara. La menor, por el contrario, deseaba orden en todos los aspectos de la vida. Un espacio como el internado que tenía reglas hasta para la hora del aseo diario resultó estimulante para el carácter metódico de la joven.

Capítulo 12

Siete años transcurrieron desde que las cuatro hermanas y don Ismael abandonaron Las alumbradas. El paso del tiempo, pese a las circunstancias atropelladas que sacaron a la familia de su origen, terminó siendo amable con ellas y su padre. Con mucha paciencia cada hermana había encontrado una ocupación afín a su carácter. Faustina logró convertirse en institutriz, Lena en costurera y Evelina, debido a su amorosa y paciente personalidad, en el alma y guía de las hermanas Fernández. El tiempo había logrado que vivieran conformes con el pasado y aceptado con más calma la pobreza de su presente. Hasta don Ismael, que en siete años apenas había podido visitar a sus hijas poco más de cuarenta veces, había llegado a mitigar el dolor en su alma por las muertes de su esposa e hija.

Las hermanas testificaban día a día el crecimiento espectacular e invasivo que gobernaba a Chilpancingo. La ciudad como la conocieron más que crecer con organización, lo hacía adaptándose sobre la marcha debido a las diversas direcciones que intentaban liderarla, lo que propició que terminara convirtiéndose en un experimento cultural y social dictado desde el centro del país y no por las necesidades de quienes en ella vivieran. Las recientes edificaciones intentaban imitar la grandilocuencia vitoreada de la Ciudad de México y dejaban de lado la natural arquitectura desarrollada los últimos años. El remedo, torpe, de los altos mandos de la sociedad en Chilpancingo no era inusual pues la mayoría de las capitales más importantes seguían la ruta urbanista establecida desde la presidencia.

Las hermanas observaban por igual atropellos y alabanzas, pobreza y magnanimidad. En medio de aquellos contundentes polos lograron configurar su propio mundo. Aisladas por decisión propia, solo se permitieron los amigos que sus posibilidades económicas y educativas les concedieran. Renato era un amigo presente aunque no tan constante, Lena y él, contrariando las dificultades que la distancia impone, desarrollaron un lazo más allá del que tendrían dos amigos en su mismo contexto, y en aquellas espaciadas pero entrañables visitas parecían dos hermanos nacidos en vientres distintos. La inclinación que Lena sentía por su amigo era una forma de mantener vivo el recuerdo por la hacienda y, especialmente, su anhelo por volver a ella. Solo junto a Renato, Lena se permitía exteriorizar sus deseos de regresar a Las alumbradas. Hacía años Lena y sus hermanas concertaron no mencionar la hacienda a menos que fuera para rememorar los aniversarios luctuosos de su madre y hermana, eventos que conmemoraban con gran honor y respeto y que por su intimidad solo permitían la presencia de Renato. La distancia les había permitido mirar, más con agradecimiento que con dolor, el poco tiempo que su madre y hermana vivieron.

Al paso de los años la presencia jovial de Renato había trasgredido, de la mejor manera, el perfil de un amigo oportuno, a la de una figura masculina que representaba a don Ismael cuando resultaba prácticamente imposible la asistencia de este último. Poco a poco las visitas espaciadas tuvieron mayor relevancia hasta parecer un integrante más de la familia. La confianza con que Lena abrazaba la asistencia de Renato lo había convertido en un testigo único en su tipo. Solo junto a él, Lena olvidaba la formalidad y mesura que establecía, con mediano éxito, en relación con sus hermanas. Cerca de Renato, Lena volvía a repetir los atropellos característicos de su conducta y se asumía un muchacho de la cintura para abajo, esto para mala suerte del propio Renato que estaba lejos de ver a Lena como un hombrecillo o compañero de juerga.

No obstante la diferencia entre ambos afectos, la relación de los jóvenes amigos, impulsada primero por un agradecimiento, derivó como era natural en un lazo más cercano al que tendían dos hermanos que comparten además de sus alegrías los amargos vericuetos del día a día. Era con Renato y solo con él con quien Lena podía nombrar sus temores más oscuros, aquellos que incluían casarse sin amor si con ello pudiera comprar Las alumbradas. La confidencia no asustó a Renato sino que por el contrario alentó la idea de que aunque fuese por dinero Lena sería capaz de mirarlo como un futuro enamorado. Antes de que Renato llevara demasiado lejos aquella esperanza, Lena se encargó de desahuciar sus anhelos cuando repitió, con cuidado y excesiva ternura, que jamás podría convertir en su esposo a un hombre que había visto en primera fila sus claroscuros. Zanjada toda posibilidad, al menos de momento, Renato mantuvo sus aspiraciones aletargadas esperando un mejor tiempo para despertarlas.

A diferencia de la vida de Renato, que continuaba siendo privilegiada, la de Lena había sufrido reveses importantes. Los años transcurridos no habían hecho sino impulsar en Lena su anhelo por volver al hábito conocido en que todo tenía orden y respuestas. Planear el futuro frente a ella, sin llegar a ser insoportable, resultaba una difícil tarea de llevar a cabo. Las carencias de Lena no eran materiales sino geográficas. La libertad conocida en la hacienda, en la capital estaba cercada constantemente por los prejuicios de la clase social colindante. Colocadas en un área gris, ninguna de las hermanas terminaba por identificarse con una clase social. Tenían físicamente el aspecto de un rango medio alto pero apenas los recursos de la clase media baja para satisfacer las expectativas que esta exigía.

Solo Renato, lejano a las imposiciones de su estrato, entraba y salía, dependiendo del humor de Lena, del océano en que naufragaba su mejor amiga. Nadie mejor que él penetraba en el miedo que abrazaba a Lena durante la madrugada y le restregaba la imposibilidad de volver a Las alumbradas. Solo él, a través de su silencio oportuno y caviladas expresiones era capaz de distanciar a Lena de las sombras que constantemente pretendían separarla de su presente, y luego, de su futuro.

Capítulo 13

Si bien las hermanas se tenían entre ellas para lidiar con la constante metamorfosis citadina, no sucedió igual con Laureana, que saltó de la infancia a la primera juventud solitariamente apenas recordando los años junto a ellas. Las cartas que recibía y escribía a Evelina, y que esta contestaba intentando restaurar en cada línea el lazo que la unía al pasado y a sus hermanas, no bastaban para que Laureana no se sintiera al final de la noche como un objeto del que debieron desprenderse.

Pero si la distancia con ellas endureció su carácter, no ocurrió lo mismo con su belleza, que tomó matices y rasgos mucho más espectaculares. A la distancia resultaba difícil encontrar similitudes entre ella y sus hermanas. Laureana pasó de ser una niña de caracteres angelicales a una joven cuya belleza la hacía sobresalir a ratos agresivamente por encima de las demás jovencitas de su edad. Si Laureana envidiaba las aventuras que imaginaba sus hermanas vivían, pronto ella misma se encontró atrapada en una que ni en sus más elaborados sueños llegó a imaginar. La violencia del primer amor entró de golpe en su delgado y prístino cuerpo apenas dándole tiempo de comprender lo que acababa de ocurrir. El decoro con el que siempre había llevado sus pasos en el internado fue profanado cuando conoció a Quirós, uno de los nuevos profesores contratados para el siguiente periodo educativo.

Aunque en la teoría Laureana era ya una mujer entrando en su primera juventud, en la práctica todavía era una niña, una pequeña que no podía comprender las pulsaciones que la aquejaban debajo de la carne. Escribió a la única persona que podría esclarecer las sacudidas sureñas que comenzaba a experimentar cuando sus ojos se dirigían al responsable de aquellos temblores nuevos e inesperados. Las líneas escritas, incoherentes y cortadas de tajo para iniciar sobre las primeras el principio de otras más, fueron rápidamente entendidas por Evelina, que reconoció en aquella extraña e inquietante confesión el nacimiento de una mujer y el adiós definitivo a la niña con la que había crecido. De golpe Evelina se encontró contando los años en que ni ella ni sus otras hermanas se habían preguntado lo suficiente por Laureana para visitarla o hacerla ir a casa. Se sintió triste como no lo había estado desde las muertes de su madre y hermana. La indiferencia con que habían tratado a Laureana era indigna. Ni todas las cartas que mutuamente se habían escrito, y podían contarse en cientos, eran capaces de reemplazar los siete largos años en que ellas, enfocadas en sus propios problemas, habían dejado de procurar, aunque ciertamente nunca de amar, a la más pequeña de ellas.

Incapaz de dar una respuesta que calmara la pasión que golpeaba a su Laureana, Evelina leyó durante cinco días y cinco noches una y otra vez la extensa carta. Las palabras que necesitaba no aparecían ni en su mente ni debajo de su lengua. Ella, que era de entre todas las mujeres Fernández la más articulada, la mejor a la hora de poner por escrito o a través del habla las emociones que se pasearan por su alma, se encontró silenciada por primera vez en su vida. En la memoria de Evelina existía el recuerdo de una única pasión apagada demasiado pronto. El recuerdo de Patricio estalló en ella como un trueno lo haría en el cielo. Ni porque el familiar estruendo la persiguió otros diez días más, Evelina supo cómo poner por escrito las emociones que una mujer identifica el día que se reconoce como tal y guarda en un cajón del tocador las costumbres de la niña que fue.

El nombre de Lena saltó sobre sus pensamientos como la hermana ideal a quien acudir para resolver la situación de Laureana. A pesar de que en la teoría de las emociones Evelina se reconocía más prudente y sabia, en la práctica se admitía todavía mejor perdedora.

Reconocía con sorpresa que el carácter aventurero de Lena, si bien la había colocado alguna que otra vez a expensas de dolorosos resultados, la experiencia ganada que a la larga derivó en una madurez inaudita compensaba con creces el desgaste emocional previo. La idea de acudir a Lena, no obstante la reflexión, no prosperó. Para ninguna hermana era un secreto lo distintas que eran Lena y Laureana y que por esas mismas lejanías emocionales había surgido sin darse cuenta una suerte de competencia. Aunque dichas diferencias no habían aún alcanzado márgenes preocupantes, para Evelina resultaba una terrible idea contar a Lena lo que pasaba en el corazón de Laureana.

Luego de reflexionarlo durante días, Evelina decidió mantener en secreto el enamoramiento de su hermana y escribir, con mucha dificultad, una serie de consejos acordes a su edad y decoro conocidos. Las líneas escritas contrastaban con las respuestas que Laureana otorgaba. El afecto de Laureana crecía en medida de las semanas y de la convivencia que sostenía con Quirós. Pese a que la relación entre alumna y profesor crecía dentro del espectro conocido que tendrían estudiante y mentor, por instantes a Evelina le parecía que lo que contaba su pequeña hermana rondaba otros espacios, otros temores. Preocupada, alteró el tono de sus cartas y pasó de la ternura propia de una guía al tono de una autoridad, redactando advertencias de primer orden.

Las cartas que Laureana mandaba transformaron paulatinamente el rostro de Evelina, que terminó por perder su semblante prudente y en su lugar arraigó una preocupación que parecía arbitraria. Al cabo de unas pocas semanas y de que Evelina mantuviera el mismo dejo de zozobra en el semblante, Lena, quien lo había notado y se sentía inquieta al respecto, concluyó que lo que acongojaba a su hermana tenía otra procedencia, un cuerpo que no era el suyo. Arrebatada e impetuosa como era no se guardó las dudas y acorraló a Evelina con una retahíla de preguntas que no bien terminaban de formularse cuando ya estaban en camino otras con la misma intención. La secrecía de Evelina se mantuvo firme, lejana al interrogatorio que intentaba romper la intimidad ganada y confirmada en cada carta.

La confrontación entre ambas hizo pensar a Evelina en una inmejorable posibilidad. Pensó que si en lugar de Laureana hubiese sido Lena quien se internara, el enamoramiento adolescente no solo sería imposible sino un asunto reducido en una confesión precipitada y el eventual agotamiento de la pasión. Evelina sabía que los deseos de Lena crecían desde adentro hacia fuera, y no como en el caso de Laureana, de afuera hacia dentro. El amor, pensaba Evelina, no era una obsesión que intranquilizara a Lena, ni siquiera la presencia de un hombre como Renato, que a cualquier joven en edad casadera ya hubiera perturbado, había ofuscado a su hermana al grado de replantearse la calidad y sustancia de sus afectos. Es más, si en algún momento la cercanía de Renato pudo significar un asunto que comprometiera la honra de su hermana, bastaba con que cualquier curioso observara a la joven pareja para arrojar sus dudas a la primera oportunidad. El vínculo que unía a los amigos no era carnal, sino acaso espiritual. Solo Renato era ciego en una tierra de evidencias. El corazón de Lena, en palabras de Evelina, era el que más seguro estaba de entre todas las hermanas, incluyéndola a ella misma.

El temor de Evelina se convirtió en realidad cuando inesperadamente las cartas de Laureana dejaron de llegar. Preocupada, Evelina confesó a sus hermanas el contenido de la correspondencia que había sostenido por meses con Laureana. En silencio, Faustina y Lena escucharon sin apenas dar crédito. Como Evelina, ambas hermanas se reprocharon el olvido en que colocaron a la menor de la familia. El deseo por procurarle una educación que le permitiera un mejor futuro del que ellas ya tenían la había llevado a lugares de desasosiego que, reconocían con pesar, no hubiera experimentado de quedarse con ellas. Sentadas en torno a las cuarenta y cuatro cartas que Laureana había escrito en un lapso sumamente corto, las hermanas se miraban sin saber qué hacer al respecto.

Sin llegar a algún acuerdo sobre los siguientes pasos a tomar, las hermanas se fueron a dormir. Ni al día siguiente, ni al posterior a ese recibieron alguna carta de Laureana. La ausencia de cartas en lugar de alterar los sacudidos nervios logró una inusual calma entre la hermandad. Quizá, propuso Faustina, Laureana había repensado mejor sus afectos y comprendido que lo que sentía no solo no tenía sentido de ser, sino que correspondía al deseo de una compañía que no fuera femenina. Rodeada entre jóvenes de su misma edad, insistió Faustina, era probable que Laureana solo sintiera curiosidad por la presencia de Quirós. Ninguna de las teorías que Faustina y Lena propusieron calmaron totalmente a Evelina, que admitía con nostalgia que aunque sus hermanas amaban a Laureana no la conocían tan bien como ella.

La aparente calma con que Lena recibió el estatus de Laureana contrastó con la zozobra nocturna que la atajó en el aislamiento de sus sueños. No era la primera vez que Lena reproducía en sí misma sentimientos de agonía que antaño fueran suyos. En años pasados, cuando niña, Lena había experimentado el dolor físico que padeciera alguna de sus hermanas por una caída o un escozor a causa de una especia a la que alguna resultara alérgica. Esa noche Lena, más que sentir el corazón de su hermana romperse en miles de fragmentos, escuchó el movimiento de una próxima carta que, por su contenido, el cual Lena intuía de una gravedad mayor, estaría a punto de precipitar una cadena de actos insospechados.

La carta que llegó después del mediodía no venía firmada por Laureana pero procedía del mismo lugar que las anteriores, esta advertía del deficiente estado de salud de la hermana menor de las Fernández. La misiva, escrita por la directora del internado, informaba de la urgente necesidad de que la joven Laureana recibiera la asistencia de su padre. La economía del lenguaje con que las religiosas habían llevado durante años la dirección de su propia orden era la misma en la carta en la que con apenas cinco oraciones pretendían explicar más de lo que las palabras pudieran hacerlo con un poco más de humanidad. Nunca como en aquel instante las hermanas sintieron que una carta fuera tan dolorosamente corta, tan poco empática.

Lena volvió la vista hacia sus delgados pies y agregó, como si viera a su hermana tan solo con divisar el sur de su cuerpo, que Laureana se encontraba en cama apenas sostenida por un hilo de vida.

Si Lena era capaz de mirar a través de la distancia la condición de Laureana, durante aquellos días Renato hacía lo propio con su amada amiga. Esa mañana, adelantándose a la visita que en los últimos tiempos hacía a la casa de las hermanas Fernández cada tercer día, Renato tocó a la puerta.

Capítulo 14

Consciente de que tenía que ir por Laureana lo más pronto posible, Lena se precipitó a la cocina. Fue entonces que por vez primera los zapatos ajustados que solía usar como recordatorio de sus días en Las alumbradas se volvieron, por la dificultad que suponía caminar sobre sus finos tacones, la distancia física que la separaba a ella y a sus hermanas de Laureana. Faustina y Evelina testificaron con asombro cómo su hermana se descalzó aquellos pesados y poco prácticos zapatos en dos movimientos con tanta fuerza que terminaron varios metros a la lejanía del cuerpo de su portadora. En cuestión de segundos, Lena se calzó otros similares a los que sus hermanas usaban día a día, los cuales, por su poco peso, solían facilitar las tareas en el hogar e incluso disminuir el peso imaginario que constituían las carencias y problemas de rutina. Una vez hecho el reajuste necesario en su vestimenta, continuó con la labor que la había llevado a la cocina. Uno tras otro, los cajones de la pequeña alacena fueron saqueados por sus manos temblorosas, Lena solo se detenía a leer las etiquetas cuando el exterior del frasco imposibilitaba el reconocimiento de la hierba en cuestión.

Durante diez años había hecho a un lado la magia y todo lo relacionada con esta, casi como si se tratara de un mueble que no termina por armonizar con el resto de aquellos dispuestos en una casa. La idea de que la magia pertenecía al lugar donde había entrado a su vida le había impedido por años que la practicara e incluso la nombrara. Los usos y costumbres de la atropellada capital hubieran visto con recelo el menor rastro de aquellos años místicos. Contra su pesar, Lena contaba los días en que había debido negar sus creencias para encajar en el reducido círculo donde sus manos y no sus dogmas eran requeridos. Había perdido la cuenta de las veces en que renegó sus días bajo el misticismo de Chilo y de las otras indias para entrar en el molde impuesto. Y ese día, sin embargo, mientras veía en sus pensamientos el rostro pálido de Laureana supo que solo la magia, la magia conocida en Las alumbradas, sería quien trajera a su hermana de regreso.

Después de buscarla por varios minutos, la especia requerida saltó a sus manos. Lena esparció el contenido sobre la mesa y tomó dos varas de canela que enseguida colocó en el mortero y comenzó a triturar hasta lograr un polvo fino. Luego de guardarlo en una pequeña bolsa de tela regresó a la sala donde la esperaba Renato. Durante el camino al internado, Lena fue esparciendo a través de la ventana del carruaje la canela en polvo que llevaba consigo para de aquel modo endulzar, en la medida de lo posible, un retorno a casa que anticipaba sería desolador para Laureana. Cuando ella y Renato llegaron al internado comprobaron sus peores miedos. El estado de Laureana era preocupante. Su apariencia antes grácil lucía avejentada. Lejos había quedado el rostro redondo y los elevados pómulos que tantas alabanzas le habían merecido. Su belleza sin los rasgos característicos de las indias ni la familiaridad mestiza de sus hermanas la acercaba a aquellas extrañas imágenes que habían llegado años atrás cuando las primeras vírgenes y santas que inundaron al país, y evidentemente también a Acapulco, eran más europeas que nativas. Pero si la belleza extinta alteró a la joven pareja de amigos, fue su cuerpo empequeñecido dos o tres tallas el que terminó por confirmar la gravedad de la situación.

Recostada en la cama en total quietud, Laureana parecía una hoja marchita. Alarmada, Lena intentó hacerla hablar utilizando las memorias conocidas que ella a su vez empleaba cuando sus pensamientos la llevaban al lugar más oscuro de su propia existencia. Lena olvidaba que su pequeña hermana apenas podía contar con todos sus dedos los recuerdos más especiales en Las alumbradas pues su vida había sucedido precisamente en el lugar donde comenzaba a apagarse. Luego, con la misma voluntad que había puesto para llegar hasta ella, buscó sus manos y comenzó a calentarlas frotándolas entre las suyas. El frío en la piel de Laureana estremeció el cuerpo de Lena, quien entendió que su hermana estaba a horas de morir. Haciendo caso omiso a las recomendaciones del médico del internado, de la directora y del propio Renato, Lena sentó a su hermana y comenzó a prepararla para la vuelta a casa.

Tal y como Lena lo predijo, la canela esparcida por el camino mitigaría un poco el desamor que en aquellas horas atormentaba el corazón de Laureana y haría que esta por algunos segundos fuese consciente de que estaba abandonando el internado. La conciencia que Laureana recuperaba por breves lapsos la hacía estrechar entre sus manos las de Lena y con aquel diminuto acto enfatizaba que pese a encontrarse en gravísimas condiciones de salud, una pequeña parte de sí misma se negaba a morir. Ante la mirada reprobatoria de las religiosas, Lena y Renato tomaron a la maltrecha Laureana y la ayudaron a salir del internado; con mucho cuidado, la acomodaron en el carruaje, deseando llegar a casa sin contratiempos.

Si el trayecto de ida al internado fue desesperante para Lena, que deseaba llegar lo antes posible para ver a su hermana, el de regreso no mejoró, pues el camino como la salud de Laureana estaba lleno de altibajos. La ausencia de carreteras hacía que algunas veces durante el trayecto el carruaje debiera ceder su espacio para que el que se desplazaba en sentido contrario tuviera mejor acceso sobre el impostado y estrecho camino. Aunado a la escasez de vías de acceso entre los poblados había que sumar la presencia de bandidos que buscaban despojar a los viajeros de sus pertenencias, y en el caso de las mujeres, de su honra. Cada desplazamiento contaba con su propia cuota de riesgo y con la necesaria presencia de un conductor o ayudante que vigilara las rutas más inaccesibles y aquellas que, conocidas por su peligrosidad, se recomendaban hacer con dos hombres más, además del conductor.

Cerca de llegar a Chilpancingo, el carruaje en que iban Lena, Laureana y Renato tuvo que ceder el paso al que venía en sentido contrario. El pasajero del carruaje contrario se asomó, como venía haciéndolo cada media hora por consejo del cochero que sugería mirar a los alrededores por si algún maleante buscaba cerrarles los ya de por sí estrechos caminos, e identificó al instante el rostro de Lena. Sus recuerdos no lo engañaban, era la niña cercana a la adolescencia que había conocido años antes. Incapaz de poder hacer algo más que reconocerla, Lisandro siguió su camino repitiendo para sus adentros el nombre de la ciudad a la que ella debía dirigirse.

Capítulo 15

El estado de Laureana volvió a su negritud una vez entró en la casa donde la aguardaban el resto de sus hermanas. Las bondades que la canela había permitido durante el viaje como sosiego concluyeron una vez que los pasos de Laureana se alejaron de la ruta donde había sido esparcida. De vuelta a su tristeza, el rostro y el cuerpo de Laureana se oscurecieron de súbito, provocando un miedo unánime. La magia a la que Lena había recurrido al inventar un camino sobre el que ya estaba trazado no bastó para regresar a Laureana de aquella oscuridad, además del pesar instalado en su interior, terminó perdiendo varios kilos, lo que la dejó a la par de algunos de los cirios que cada año las hermanas Fernández encendían para recordar a las amadas ausentes. Desesperadas por lo que ya era un destino inevitable, Evelina y Faustina concluyeron necesario escribir por fin a su padre pese a la negativa de Lena, quien seguía pensando que cualquiera que fuera el problema tendría arreglo. Su regreso a la magia estaba firmado por lo que pensaba sería la eventual llegada al remedio apropiado mientras siguiera inventando mezclas encerrada en la cocina.

Aquella noche, sin que las hermanas lograran ponerse de acuerdo para escribir a su padre, Lena, tal y como venía haciéndolo cada noche, se sentó a un lado de la puerta de Laureana y vigiló su sueño. El frío que había sentido la tarde que ella y Renato entraron a la habitación de Laureana en el internado volvió a repetirse. El frío, lo había decidido Lena, no era otra cosa sino el espíritu de su hermana que intentaba escapar del cuerpo que lo contenía pues la tristeza que sentía era tan monumental que solo podía caber una cosa en él. Amaba a su hermana pese a que siempre había advertido una muralla invisible entre ambas. Sabía que los años distanciadas, a la larga, terminarían por romper los lazos tan débiles que las unían. Desde niña Lena podía enumerar las veces que Laureana y ella pelearon por cosas absurdas, como el número de mariquitas que cada una había visto en el páramo o la cantidad de palomas que sobrevolaban el cielo. Apenas podía recordar las ocasiones en que se abrazaron o sonrieron porque una misma situación les causara regocijo. Se arrepintió por todas las noches que durmió enojada con Laureana por negarse a jugar en el arroyo donde solían bajar los caballos a beber agua, o las noches que la escuchó llorar porque temía a la oscuridad y pensaba que entre más pronto se acostumbrara a ella más rápido podría adaptarse a las horas oscuras que en el páramo tenían tendencia a hacerse infinitas y confundir a los que en él vagaran. Quiso volver el tiempo y repetir los juegos que una rabieta interrumpió e incluso deseó volver al día en que Laureana partió al internado. No estaba preparada para perder una hermana más, en especial si sentía que tenían asuntos por saldar y un vínculo que reparar.

Entró en la habitación y frotó con sus manos tibias cada parte del cuerpo de Laureana. Brazos, manos, pies, muslos y cuello, cuanto pudo abarcar Lena fue removido entre sus dedos como si de masa se tratara. En la mente de Lena no existía conocimiento previo sobre lo que hacía, solo intuición, mera intuición. Después de varias horas, Lena se desplomó al pie de la cama de su hermana. Inesperadamente comenzaron a brotar de los ojos cerrados de Laureana dos ríos de lágrimas que en cuestión de segundos inundaron la habitación. Cuando Lena salió de su breve desánimo, observó conmocionada cómo su cuerpo flotaba junto al de su hermana varios centímetros por encima del piso. El agua salada contenida en aquel cuarto las había levantado del suelo como a dos hojas que arrastra la corriente de un riachuelo. El cuerpo de Laureana, presa aún del sueño, parecía el de una bailarina ejecutando en el aire poses de impronunciable nomenclatura. Poco a poco el agua que para entonces había llenado el angosto dormitorio comenzó a filtrarse por debajo de la puerta, primero con suavidad y luego con furor y rapidez intentado escapar de su contenedor. Deprisa Lena se sujetó al cuerpo de su hermana, consciente de lo que estaba a punto de pasar. Minutos después, cuando Faustina abrió la puerta y el agua estancada salió con la potencia de una cascada, ambas hermanas fueron expulsadas con tal fuerza por el agua que junto con Faustina terminaron por llegar hasta el centro de la sala.

Ceñida al cuerpo de su hermana, Lena sabía bien que el agua que había brotado de sus ojos había sido la tristeza misma y que, incluso todavía inconsciente, acababa de dar el primer paso de regreso a la vida. Todo sucedió frente a los ojos de Evelina, quien desde su silla de ruedas comprendió que acababa de presenciar un milagro.

Capítulo 16

Aunque Laureana volvió en sí, buena parte de ella siguió ausente. Durante la mañana era común verla enfocada en la realización de los quehaceres de la casa, como lavar o cocinar. Era bien sabido que, de las mujeres Fernández, Laureana era quien mejor se desenvolvía en la cocina. Sus dotes culinarias eran tan ingeniosas que bastaba con que preparara un sencillo arroz para satisfacer un apetito de tres días. Cerca del anochecer el baile de sus manos sobre los trastes desaparecía y Laureana volvía a hundirse en sus propios pensamientos, alejándose a veces con delicadeza de sus hermanas, y en otras con franco descaro. Sustituyó las lágrimas con una rutina de observación que ejercía entre los descansos de la cocina y en ocasiones entre las caminatas que hacía de un cuarto a otro, como si buscara con aquel repetitivo desplazamiento agotar las fuerzas de la vida y llegar a la cama tan exhausta que incluso recordar resultara imposible. La mirada que Laureana estiraba a través de las ventanas de la casa rumbo a la calle reproducía el pesar que había conocido semanas atrás. Para ninguna de las hermanas era ajeno el propósito que llevaba a Laureana hacia la vigilia.

Meses después, cuando concluyó que Quirós no aparecería, el hábito de la contemplación fue sustituido por un ceño cabizbajo que volvía a inquietar a las hermanas lo suficiente para hacerlas improvisar reuniones de medianoche donde se repensaban las decisiones futuras. Dado que la visita paterna se había retrasado para entonces tres meses, era lógico suponer que cualquiera de los sábados siguientes don Ismael aparecería en la puerta de la casa. Lena, por su parte, continuaba el viaje de regreso a lo invisible sin animarse a poner en palabras lo que había sucedido cuando frotó el cuerpo frío de Laureana. Aceptaba que al haber acudido a la magia de uno u otro modo sus pasos volvieron a pisar el suelo de Las alumbradas. El regreso simbólico, no obstante los positivos resultados en la salud de Laureana, continuaba en el plano de lo incorpóreo y por ello el extrañamiento físico llevaba ventaja. Las semanas pasaban e incluso la rutina de la nostalgia de Laureana se vio sacudida por los hábitos que una casa impone día con día. Las horas de la noche se volvieron el momento ideal para preparar mermeladas y dibujar los jazmines del internado que por aquella temporada debían estar floreciendo.

La recuperación de Laureana coincidió con la visita de don Ismael. Sin tener idea de lo que había sucedido durante su ausencia, el satisfecho padre comprobó el orden y disciplina con que sus hijas organizaban sus vidas, así como la continuidad de un hogar que, aunque no era el mismo que Las alumbradas, poseía al fin la belleza y calor de la primera casa. Especial satisfacción sintió por el comportamiento a medio sosegar de Lena, a quien consideraba que de entre todas sus hijas le había afectado más la pérdida de la hacienda. Don Ismael ignoraba que el cambio de Lena no se había consumado a través de los años, sino apenas unas semanas antes cuando esta creyó que perdería otra hermana. Desde aquel instante Lena había adquirido un papel mucho más participativo en la casa intercalando con Evelina las diligencias de índole moral. La gentileza y madurez características de la hermana mayor parecían congeniar con los bríos que desprendía la figura de Lena. Don Ismael, que había recibido entre sus manos el cuerpo de su hija cuando salió de su esposa, nunca imaginó que volvería a vivir una experiencia de alumbramiento semejante a la ocurrida años y kilómetros atrás al desconocer la simetría y nueva movilidad que acompañaban sus manos y concluir que Lena, de algún modo razonable, volvía a nacer.

El asunto del dinero, como otros de pertenencia comunitaria, solía tratarse previo acuerdo dependiendo de su gravedad y antes de la salud de don Ismael, que a juicio de las hermanas ya estaba comprometida en función de sus años. El pacto, firmado en silencio por cada una de ellas, las obligaba tácitamente a responsabilizarse en lo individual de los gastos que llevaran a cabo así como de su lógica reparación. A las zapatillas que Lena había restaurado con el propósito de limpiar los números rojos que por su cuenta había agregado a la nómina general se sumaron otras de sus prendas como unas peinetas de madera, un espejo de caoba, unos zarcillos de plata que parecían extraviarse puntualmente cada año, y un carrete de listón que había mantenido oculto hasta de su propio inventario. No fue la única que se desprendió de sus posesiones, cada hermana hizo lo propio con cepillos, tocados con plumas de cisnes, espejos de mano, pasadores de carey y otros objetos destinados al tocador. Ninguna lamentó el desequilibrio hecho por su propia mano pues cada moneda restada había implicado una recompensa mayor a la que daría una alacena llena o un disfrute del que terminarían ella y sus hermanas sintiendo culpa. El dinero de cada venta que entró a la casa mientras don Ismael continuaba junto a sus hijas cubría la cuota de alimentos por dos semanas.

Solo don Ismael comprendió lo que significaba cada desprendimiento, que más que físico había entrado en el dominio de lo espiritual. Amó a Lena por abrir un camino hasta entonces nuevo no solo para ella, sino para sus hermanas. No obstante las ganancias, el rostro de Lena atendía más al dejo de las pérdidas. La celebrada adaptación que exteriorizaba la hija resultaba una copia del carácter de la madre. Lo sabía don Ismael porque los rasgos que su hija evidenciaba los había visto en su esposa cuando un suceso malo sacudía su controlado humor y entonces respondía a los eventos con un juicio alterado. Dichas cualidades, la mayor parte del tiempo ocultas, la convertían en una mujer sobre la que don Ismael no tenía ninguna cercanía. Por aquel instante, hija y madre formaban una sola sombra de hechos y palabras.

Pese a la observación hecha sobre su hija, don Ismael no aplicó la misma supervisión en las fisuras que asomaban sobre su ser, ni tampoco los muebles que habían sido quemados a razón de la sal que inundó la habitación de Laureana y encharcó los cuartos alusivos a la salita y comedor. Don Ismael, aunque comprometido en su papel de padre, era al final como algunos hombres que apenas prestan atención a algo que no desvíe, además de su aliento, sus preponderancias afectivas. Si intuyó que algo sucedía entre las hermanas, no hizo comentario alguno que alterara la aparente paz que por mucho tiempo había deseado ver en ellas, y las hermanas tampoco revelaron lo acontecido con Laureana, menos aún Lena mencionó su retorno a las artes mágicas.

Capítulo 17

Pasado el episodio de preocupación por Laureana, la rutina volvió a sumergir a las hermanas en una espiral conocida. Lena se sentía unida a Renato por un agradecimiento que nublaba sus propios sentimientos. Convencida de que era un hombre honorable, no solo por haberla acompañado a buscar a Laureana, sino por la discreción con que había tratado el tema los días siguientes apenas haciendo referencia a lo acontecido y, cuando llegaba a hacerlo, cuidando el orden de sus palabras, dejó de preocuparse por el número de visitas que este hacía en su casa y agregó las que ella comenzaba a hacerle en el hospital donde Renato había conseguido emplearse.

Aunque la capital del estado crecía dispareja en comparación con otras ciudades más importantes donde eran evidentes tanto la planeación como los recursos destinados para la infraestructura que los nuevos tiempos demandaban, el apartado médico Chilpancingo replicaba con bastante éxito la edificación de pequeños hospitales, droguerías y otras instalaciones sanitarias que en conjunto pretendían llevar la modernidad a un área aún poco conocida como lo era el sector salud. La demanda de médicos fue aprovechada por Renato, quien vio en aquella oportunidad la posibilidad de acortar la distancia geográfica entre él y Lena, introduciéndose en el siempre necesario ámbito de la medicina.

Resuelto el asunto de la lejanía terrestre, fue sencillo improvisar visitas que ya no requirieran dos días de separación para evitar que la continuidad de su existencia, como llegó a notar con tristeza, aturdiera la serenidad de Lena. Con Renato más tiempo en Chilpancingo que en sus alrededores, la mecánica de los encuentros funcionó hasta que Lena, por iniciativa propia, observó que mejor que recibirlo diariamente en el repetido escenario familiar, convendría imitar aquellas mismas visitaciones en un espacio neutral donde la intimidad de dos amigos no tuviera oídos ni ojos que pudieran interrumpirla.

Fue durante esos encuentros en que Lena conoció al también doctor Juan Ignacio, amigo y colega de Renato, de quien si bien había escuchado antes algunas proezas, no recordaba nunca el nombre. El aspecto físico de Juan Ignacio era similar al del propio Renato. El parecido de los jóvenes amigos, tanto en cuerpo como en alma, a los ojos de Lena más que obra de la casualidad parecía la sucinta revelación de que Renato por fin había encontrado al hermano que la vida le negó y a quien más de una vez deseó compartir la negritud de sus propios demonios apenas confesados a Lena cuando la amistad entre los dos se hizo más fuerte. Aunque, en efecto, Renato era un tipo de métodos sencillos y gustos aún más ligeros, no era un superhombre a quien la oscuridad de algunas noches no alertara ni sacudiera los peores miedos. Lena comprendía la soledad parental que siempre había sufrido su querido amigo y se iba revelando con el paso de los años y el aumento de las responsabilidades, pues así como ella le había confiado su extrañamiento más querido, este por su parte le había referido la soledad que nunca abandona a quienes son hijos únicos.

Lena ignoraba que Juan Ignacio era uno de los tres hijos de don Juventino, patrón este de su padre. Don Juventino, pese a contar con la ayuda de su primogénito Gerardo y la eventual asistencia de Humberto, debido al tamaño de su hacienda había tenido la necesidad de contratar a don Ismael, de hecho lo había peleado con otros hacendados que como él reconocían sus cualidades para la administración de la tierra y crianza de caballos. Aunque don Juventino tenía presentes los trágicos eventos que habían convertido a un hacendado prominente en un capataz, su interés en don Ismael estaba limitado al buen desempeño que este continuara ejecutando ahora en su propiedad y en que compensara la ausencia de su hijo Humberto, pues las visitas periódicas de este último no alcanzaban para poner al día las tareas que se le asignaban. Humberto disfrutaba la elegancia consumada recientemente en la Ciudad de México, lugar donde, por mucho, prefería vivir. A veces, cuando don Juventino se encontraba a solas con don Ismael, pasaba por su mente la idea de llevar la relación de empleador y patrón que mantenían más allá de los límites establecidos y profundizar en la cabeza de un hombre para quien las palabras solo debían pronunciarse teniendo el pleno convencimiento de su necesidad. Casi siempre la intención de don Juventino se rompía porque otras oraciones lo llevaban al norte de su malestar constante, el alejamiento de Humberto a quien parecía no había fuerza física capaz de atarlo a su afecto.

Capítulo 18

El episodio de tristeza de Laureana no había concluido sin dejar altibajos, o como verían las hermanas, urgentes reflexiones. La posibilidad de una tercera ausencia había plantado la semilla del miedo en la hermandad haciendo que rebuscara en los símbolos identificados la calma necesaria para minimizar el crecimiento de aquella raíz sobre la que muy pronto reconocieron que no tendría ninguna de ellas control. Decididas a mecanizar los días, Faustina y Lena focalizaron sus energías en el trabajo. La rudeza con que se erigían nuevas edificaciones en la ciudad les proveía la suficiente curiosidad para continuar escarbando en lo que visualmente se perdía, los ojos de las hermanas eran capaces de ver la línea fragmentaria que irrumpía sobre la tierra y amenazaba con avanzar y devorar a Las alumbradas y toda tipografía emocional conocida. La nueva belleza, si así podían llamarla, enseñaba los encajes de su vestido sin lograr esconder con éxito los alfileres que sostenían su encanto.

El crecimiento desmedido de la ciudad reflejaba su ritmo acelerado dentro del hogar de las Fernández. Cada una encontró su forma de hacerle frente al mundo de fuera, se sumergieron en ocupaciones que las mantuvieran entretenidas y también relajadas. Debido a la condición que la aquejaba, Evelina volcó su energía en la escritura de un diario en el que narraba además de los eventos cotidianos, su apreciación de la vida y algo aún más íntimo, el miedo a una existencia carente de amor. Aquellos miedos temibles como lobos que perseguían a Evelina tenían otros apetitos que pronto reconoció. Con el tiempo y por ciertas limitaciones físicas, la lectura y escritura se convirtieron en algo fundamental para ella, como lo habían sido en su padre en un tiempo muy lejano, antes de perder a su esposa e hija. Olvidando el cuerpo en donde se contenían sus deseos, Evelina anunciaba su sueño por la maternidad, y antes que eso por un amor como el que había perdido años atrás. Concentrada en la escritura, Evelina había iniciado un largo soliloquio en el que ponía en palabras las preguntas que más tarde encontrarían respuestas en la misma voz que las construía. La conclusión a la que llegaba antes de cerrar el diario no era mejor a la que se anunciaba cuando algunas horas después, a mitad de la madrugada, despertaba sacudida por los mismos lobos. Atada a la cama y dependiente de la ayuda física de sus hermanas para actividades en las que su pudor se veía invisibilizado, Evelina encontraba lejano el sueño de una casa propia y de los hijos en los que repetiría la dulzura con que atendía a sus hermanas.

Cada una de las hermanas tenía sus propios pesares, que en ocasiones opacaban sus sueños o el empeño que ponían en dar cierta normalidad a su vida en la ciudad. Las visitas que don Ismael comenzó a hacer cada semana durante los siguientes meses animaron a Laureana más que todos los paseos a los que Lena la obligó. La cercanía del padre en perímetro de Laureana surtía mayor efecto que la canela que todas las noches esparcía Lena entre las sábanas de su hermana. Resultaba interesante ver cómo los afectos de Laureana por Las alumbradas se construían a la distancia. De súbito la imagen de una feliz Laureana se sumaba a los recuerdos como una figura constante que jamás hubiera evitado el polvo o las interminables caminatas bajo el sol.

La presencia constante de don Ismael serenaba la impaciencia con que las hermanas enfrentaban la voracidad de la ciudad consumida en sus propias congojas. El ruido de casas cercanas siendo derribadas o levantadas, según el mapa arquitectónico, alteraba el ánimo comunitario pues las hermanas veían con temor la posibilidad de un segundo éxodo. Don Ismael también experimentaba su propia alarma ante un nuevo desplazamiento. La paz que sus hijas habían consumado necesitó diez años. A pesar de la armonía instalada en las rutinas y las facciones de las jóvenes, a veces asomaban en ambas vestigios de un disgusto conocido. La mano de la modernidad que intentaba aniquilar la aridez de Guerrero también dibujaba su apatía por los nativos.

Con la finalidad de mitigar el resquemor latente, las hermanas planearon dos días continuos de fiesta con los que don Ismael estuvo de acuerdo. El olor de las especias que tan bien usaba Laureana impregnó con rapidez todos los cuartos y anticipó un festín de sabores gastronómicos. Aquel era un talento con el que ninguna de las hermanas podía competir. Para Lena era especialmente gracioso que la hermana que menos disfrutara la vida doméstica tuviera el don de la cocina y de prácticamente todos los pasos que demandara el menor de los guisos. Rodeada de frascos y de utensilios, Laureana no parecía la joven que había llegado apenas con un soplo de vida tiempo atrás.

Las comidas no repitieron la abundancia de los años pasados, pero gracias a la creatividad de Laureana ninguna hermana extrañó los platos que en Las alumbradas apenas cabían en la mesa. Quesadillas de huitlacoche, frijoles con chiles serranos y empanadas de higo con cacahuates quemados completaban un menú que se sintió duplicado por la felicidad compartida. La acumulación de los años y los sucesos dramáticos eran dos cosas distintas que ejecutaban en sus afectados reacciones únicas. Don Ismael comprobó que la dulzura que había caracterizado los rasgos de sus hijas había dado paso a una madurez inesperada que se instaló en ellas. La belleza que ahora poseían era distinta a la que las había identificado en sus primeros años.

Capítulo 19

Por primera vez en años la hora de la partida de don Ismael no tomó por sorpresa ni con desánimo a las hermanas. Estaban tranquilas con la funcionalidad de los días y entusiasmadas por el acoplamiento que se había consumado con el regreso de Laureana. Quizá porque por fin don Ismael no tendría que dedicar sus horas de descanso a extrañar a sus hijas, aquella mañana antes de irse se animó por fin a ocupar ese tiempo de reposo en la lectura, tarea que no había podido hacer placenteramente en su trabajo en la hacienda como cuando fue dueño de Las alumbradas. El retorno a los libros, aunque en una escala mucho menor, sería como echar una mirada al pasado. Hacía años desde la última vez que había tomado un libro entre sus manos. Cualquier actividad que lo alegrara había sido rechazada por decisión propia. Ahora, mientras recordaba el placer de los libros leídos en la hacienda, no sintió la opresión que solía acongojarlo cuando regresaba dos pasos sobre el camino. Parecía que don Ismael por fin iniciaba el trayecto por el camino de la conformidad. Al sentimiento anterior había ayudado la fotografía de sus hijas, que, como él, lucían satisfechas con el color de los días.

Sabiendo que de sus hijas sería Evelina quien aún conservara entre sus cosas algunos de los libros de la hacienda o quizá hubiera adquirido uno recientemente, se dirigió a la habitación que esta compartía con Faustina. Removió las opciones visibles con la certeza de que cualquier libro que tomara no lo decepcionaría. Sin prestar atención a la portada ni leer siquiera las primeras líneas del interior, don

Ismael había elegido el diario de Evelina. Ella tenía por costumbre escribir un poco cada noche y colocar ese cuaderno de pasta de cuero, similar a cualquier otro libro, encima de sus demás lecturas, por lo que siempre pasaba desapercibido para sus hermanas y en general para cualquiera que se lo encontrara.

La vivacidad y pasión con que Evelina escribía cada palabra reflejaban el mismo prodigio que las manos de Laureana cuando revolvían el arroz o cuando troceaban las nueces en el interior de la sartén y pasaban de un sabor conocido a uno que estremecía todos los sentidos. Ese prodigio de la autoría de Evelina había comenzado a saltar al interior de la maleta que lo transportaría incluso antes de la ayuda física prestada por don Ismael, anticipándose a la mano que lo desplazara, pues el objeto antes inanimado era ahora un animal atrapado que reclamaba el ajusticiamiento a su naturaleza. La mano de Evelina había dotado de vida al cotidiano objeto mientras escribía en sus páginas, el diario tenía tal vivacidad que solo el ajetreo del carruaje podía minimizar el ruido que como pieza mágica provocaba cuando reproducía el trote que haría un caballo sobre el camino.

Una vez de regreso en la hacienda, don Ismael pospuso la lectura del diario no por falta de ganas sino porque aquella nueva semana de trabajo decidió por cuenta propia alterar el orden conocido de las horas. Los cambios súbitos no perturbaban a un hombre como don Ismael, quien desde la experiencia de su propia hacienda había comprendido que a veces, incluso en la dinámica más exquisita, surgían eventuales desórdenes contra los que no se podía hacer nada más que resolverlos. No obstante el cautiverio que representó la maleta, el diario no cesó en su vivacidad y volvió a repetir la furia con que había intentado liberarse la primera vez del destino impuesto, de momento interrumpido. Los saltos hicieron que la maleta cayera al piso y se abriera, dejando a la vista su interior. El movimiento no paró ahí, sino que se propagó desde la pequeña casa donde vivía don Ismael hasta los límites de la hacienda donde trabajaba. Imantado por la voluntad de su creadora, continuó su inusitado camino como si las manos que buscara estuvieran próximas. Y lo estaban. El diario, impregnado por la furia de la vida, independiente de quien había sido su madre, se instaló a la vista del más joven de los hijos de don Juventino. Humberto, que era bastante curioso, en cuanto vio el objeto, atraído por la portada y por una especie de voz que parecía surgir del interior de sus páginas, comenzó a leerlo, primero seducido por esa misma voz y después por las palabras en él impresas.

Capítulo 20

Aunque la salud de Laureana ya no era un tema que preocupara a las hermanas, persistía alguna eventual observación hecha con sumo cautela. El cuidado que Lena ponía en la vigilia era extremo, incluso llegó a contar el número de suspiros que algunas noches escapaban de lo más hondo de su hermana menor, o el temblor que iba desde su pecho hacia la superficie con la alquimia de su llanto. Era evidente, en el análisis final, que persistían en Laureana restos del fuego pasado. Aquella dolencia contra la que no había aún remedio mágico exitoso solo podía curarse con la reaparición de la misma enfermedad, es decir, el amor. El nombre de Juan Ignacio saltó a sus labios como una suerte de fórmula milagrosa. El apuesto joven tenía todo a su favor para atraer la atención de Laureana. Su carácter amable y excesivamente circunspecto podía templar una personalidad como la suya, propensa a la adjudicación de males físicos y del espíritu. El plan de Lena, sin embargo, encontraría trabas inesperadas.

Si bien tras el incidente de la menor la vida de las hermanas transcurría en aparente calma, con el paso del tiempo cada una iría revelando sus propias penas y pasiones. Esta vez la segunda catástrofe vendría de parte de Faustina. Antes de que el incendio que aguardaba a las Fernández provocara un nuevo colapso en la familia, Faustina se dio cuenta de que no era indiferente al amor y sus consecuencias. Se había empleado hacía dos años y medio en casa de Rafaela, una española amable y cariñosa, para ayudarle como institutriz en el cuidado de sus dos hijos. Fue ahí que conoció a Piteas, el esposo de

Rafaela. Rafaela amaba México como si fuera su propio país, e incluso reverenciaba con genuino asombro las costumbres y creencias que algunas de las indias que había contratado llevaban hasta su hogar. Cocineras y servidumbre en general introdujeron a la cocina y a la rutina de la casa de Rafaela un desfile de sabores y dogmas indígenas que alterarían de forma inevitable la alquimia de una vida española afincada en la más canónica solemnidad. Seducida por el color de las especias, el calor del chocolate y la locura que esencias como el copal esparcían en su conciencia, Rafaela concluyó lógico rendirse al nuevo mundo y dejarse llevar por el norte impuesto. Su matrimonio era uno lleno de cariño y respeto mutuo, que tocaba a quienes alrededor estuviesen dispuestos. Aunque Faustina no era indiferente ni a las especias exóticas y menos aún a las recetas de cocina que las indias preparaban, no llevó ninguna de aquellas costumbres y tradiciones a la casa de Rafaela. En su lugar, Faustina se manejó con las mismas características que constituían su propia presencia. Aunque el amor habitaba en cada espacio, fueron los pasos ligeros de Faustina quienes otorgaron a la casa una intención de hogar más sólida.

Lo que en España no hubiera merecido un par de impresiones, en suelo mexicano a Rafaela le demandó un repensado análisis. Para la observadora mujer, los milagros eran un asunto cotidiano en el país azteca y sucedían lo mismo con normalidad a cualquiera que creyera en ellos o no. La presencia de la joven institutriz era un prodigio, admiraba y quería por igual a esta mujer que tenía por trabajo la educación de sus hijos. Supo cuando vio los ojos de Faustina que la joven ignoraba los alcances de su nobleza así como la grandeza de su espíritu e incluso un amor que crecía día tras día y ahogaba en el molde que imponen los prejuicios.

Una eventual alquimia se daba cuando Rafaela miraba a Faustina. Para la primera estaba decidido que la segunda era una suerte de versión joven de unos cinco o seis años atrás. Aunque Faustina no era la mayor de sus hermanas, el sosiego que imperaba en sus pasos bien dados y la amabilidad con que siempre se movía la hacían lucir tan sabia como solo una chamana podría serlo. El constructo que era Faustina, debido a sus inusuales características, la hacía transitar entre dos mundos. Faustina era, por tanto, una quimera, una criatura amable y devota que respetaba todas las manifestaciones que esta presentaba, pero principalmente era un ser capaz de adaptarse de forma insólita a las disposiciones nacidas a partir de lo divino.

En Faustina se dio un sentimiento que, aunque evidente, le costó trabajo aceptar como propio, y que después, rendida ante él, intentó apagar negándolo por completo. Para Faustina la integración a este hogar trajo consigo un sentimiento no experimentado antes: el amor por un hombre, por Piteas, su empleador. Amor al que en principio le negó arraigo en su ser y que después, cuando se sintió rendida, se decidió a rechazar por completo para así extinguirlo. La tarea no fue sencilla, pues Faustina al igual que Evelina comenzaba a desear un hogar propio, algo en teoría simple pero de manufactura elaborada. Más conservadora que Evelina y aún más emocional que Laureana, Faustina mantenía dos pisos abajo la pasión que había empezado a consumirla. Sin importar cuánto midiera sus deseos o cómo intentara sepultarlos debajo de las demandas diarias, se vio obligada a imitar la rutina nocturna a la que Lena se había entregado cuando limitaba sus aspiraciones a la negritud silenciosa de la noche. Solo cuando la luz del día interrumpía las sombras donde se permitía poseer lo que no era suyo, Faustina experimentaba el peso de la culpa, que durante el día trataba de evadir entregada al trabajo de las horas.

De expresión apacible y mirada taciturna, Piteas tenía la virilidad de los pocos hombres que Faustina había admirado. Lo mismo percibía en Piteas el carácter bondadoso de su padre que la bravura de los indios del campo. Lo amaba con un amor en apariencia sencillo pero que, para ser erigido, había necesitado de una admiración y agradecimientos previos de mayúsculas escalas. Faustina había visto en Piteas la misma devoción y entrega total hacia Rafaela y sus dos hijos que en su momento vio en su propio padre.

El entendimiento que ejercía Faustina de manera natural sobre fuerzas desconocidas la hacía compenetrarse de forma inherente con Lena. Aunque Evelina y Laureana comprendían las acciones de Lena cuando hacía uso de los tótems que les eran familiares, era Faustina quien incluso podía ver la energía que movía el instinto natural de su hermana cuando conjuraba palabras que no pertenecían al dogma conocido. Así como Lena, Laureana o Evelina tenían la capacidad de alterar estados físicos de la materia, Faustina también podía interpretar la otra sustancia, aquella que pertenecía a los sentidos de la conciencia.

Capítulo 21

La sombra de Faustina no promovía la pasión, sino la ternura. Conocedora de esta característica, Rafaela no podía pensar en una figura mejor que la de ella para educar a sus hijos. La opinión que Rafaela tenía de Faustina no era exagerada. Diez años viviendo en México habían dado a Rafaela la capacidad de observar por encima de las apariencias como solo una india mexicana podría hacerlo. Los ojos de Rafaela habían hurgado en el mismo espíritu de la joven institutriz, más allá de las sonrisas genuinas que Faustina proveía a su paso y que solían calmar los ánimos más desorbitados. En efecto, Faustina vivía entre dos espacios, no solo geográficamente dimensionados, sino colocados en planos no visibles al ojo humano. Solo sus hermanas eran conocedoras del poderoso talento que la joven había heredado de la tierra o del cielo más cercano.

Faustina todavía era una niña cuando descubrió su mediumnidad, la que, ante el excesivo tiempo que pasaba hablando con espíritus y de ellos, llevó a su padre a rogarle a Chilo que encontrara la forma de alejarla de aquel mundo invisible donde solo ella y nadie más en cientos de kilómetros a la redonda podía interactuar. En los ojos de Faustina se probaron toda clase de ungüentos terrosos y de licores fermentados pero ninguno logró alejarla de las sombras que la visitaban. La situación se salió de control cuando, además de ver espíritus, la niña comenzó a avisar sobre próximas muertes. Entonces ya no solo don Ismael estaba horrorizado, también las indias que aceptaron que una niña no merecía convertirse en pregonera de la muerte. No fue ninguna de ellas quien arrancó a Faustina su visión sobre el otro mundo sino ella misma. Tanto amaba Faustina a su padre que para calmarlo un día simplemente enterró sus ojos en la realidad donde las cosas y cuerpos podían tocarse y se olvidó de ese mundo otro y de los espíritus que lo habitaban. El fin de los mensajes espiritistas se adjudicó a la mezcla de caca de cerdo con sangre de víbora que, como tantos otros remedios, le fue untada a la niña Faustina la última medianoche de octubre. De aquellas experiencias Faustina extrajo un halo de misterio en torno a su persona. El don, pese al olvido impostado, regresaría eventualmente.

Faustina ignoraba que algunos años después, lo que en Europa sería una posibilidad para la comunicación de vivos y muertos, también en México sería una visión adoptada por algunos curiosos que no se conformaban a los estándares propagados por el sentido común. El espiritismo, más que tratarse de una doctrina ideológica, sería para sus adoptantes una suerte de puerta por la que habrían de pasar quienes buscaban entender los dogmas que para la mente limitada permanecen ignorados.

Del mismo modo como logró desentenderse de los espíritus, Faustina pudo minimizar por un tiempo el sentimiento experimentado por Piteas y así, con mediana calma, asumir el único papel para el que creía estaba destinada. Y como además de Piteas no había visto sino solo actitudes respetuosas y ninguna mirada que se moviera en alguna dirección inadecuada, Faustina, además de su rol de institutriz, adoptaba el de amiga cuando se le demandaba. Sumergida en la responsabilidad del oficio, Faustina atendía con verdadera devoción sus labores diarias, y con honor las ocasiones en que Rafaela la buscaba para hablar de asuntos locales o para nombrar los temas en que una mujer española no lograba entrar pese al interés en hacerlo. Para Rafaela la cocina mexicana y los colores que la caracterizaban eran un misterio que un estómago débil como el suyo no podía degustar sin sufrir una posterior avalancha de agruras.

Fue así, de un modo casual, casi como se dirige una conversación sobre el cambio lógico entre una estación y otra, que Piteas buscó la presencia de Faustina para revelarle una verdad que ya se movía con sigilo por la casa. La inevitable y próxima muerte de Rafaela no había sido un secreto, sino una cruel realidad que procuraba ocultarse debajo de la alfombra. Faustina, que sentía verdadero amor por Rafaela, evitó llorar frente a Piteas y actuó como se esperaba en ella, con cordura y tacto, preguntando hasta donde lo creía pertinente cuál era la enfermedad de la señora y las opciones en el caso de que las hubiera. Ninguna de las respuestas abonó a la esperanza. Piteas, contrario a la actitud que Faustina se impuso, lloró larga y ruidosamente con un dolor encajado en el rostro que advertía todas las veces que había resistido hacerlo por temor a ser escuchado. Lo largo del lamento de quien pronto cambiaría su estatus de hombre casado al de viudo revelaba la proximidad de aquella fatalidad finalmente nombrada.

Con gusto y sin apenas detenerse a pensar en las consecuencias, Faustina habría dado varios años de su vida a aquella mujer que al irse dejaría en la orfandad a sus hijos, mas sabía que algunas cosas eran imposibles por mucha fe que se pusiera en ellas. Permaneció de pie mirando cómo el carácter de Piteas, sensato y vigoroso, era interrumpido por una tristeza infinita cuyo origen dormía en el lado izquierdo de la cama. A veces, pensó Faustina, la vida no era equitativa con quienes hacían buen uso de ella. Escuchó con paciencia el llanto de su empleador y luego, cubriendo su rostro, subió al cuarto donde dormía cuando la requerían dos días continuos. Entonces, en silencio y sabiendo que tenía algunas horas antes de que Rafaela volviera de una diligencia, lloró casi como acababa de hacerlo Piteas.

Capítulo 22

La proximidad de la muerte de Rafaela hizo a Faustina solicitar la ayuda mágica de Lena. Teniendo muy presente el dolor a la vuelta de la esquina que sacudiría las vidas de los pequeños Rodolfo y Emmanuel, y desde luego, la del propio Piteas, Faustina estaba decidida a escarbar en las fuentes conocidas de prodigios. El regreso a la vida de Laureana, de la mano directa de Lena, era un fuerte incentivo para concebir otro resurgimiento más o menos de la misma categoría. Las dos noches que pasó entre las paredes de la casa de Piteas y Rafaela las había dedicado a recordar otros milagros atestiguados, muchos de ellos a través de las manos de Chilo o de algunas de las indias que compartían sus éxitos en la sobremesa o mientras cocinaban kilos de cebolla. Ninguna de aquellas memorias, pese a los buenos resultados, logró calmar su incertidumbre.

Faustina, que siempre había contenido su miedo en el cajón donde las evidencias sumaban, se sintió también afectada por la imposición de un futuro contra el que no parecía haber consuelo. La magia que sus ojos habían visto tenía barreras que separaban de algún modo inexplicable lo terrenal de lo superior. Mantener una vida al centro era una cosa, pero arrancar una vida desde la muerte misma era otra. El espíritu de Laureana, pese a su espesa amargura, nunca había puesto más de un pie en aquel páramo de silencio interminable como lo hacía ahora Rafaela que no solo había prometido sus dos pies, sino el resto de su cuerpo. Su caso no era simple y eso estaban por confirmarlo varios actos. Si su sensatez no iba a ayudarla, era posible que Faustina encontrara en el mundo de Lena un poco de piedad. Antes de que viajar fuera imposible, tomó con rapidez los tres días de descanso que tenía acumulados ahora que Piteas y los niños no la necesitaban todo el tiempo y se dirigió a casa de sus hermanas. Aunque Faustina no vivía en la casa de sus empleadores, y a veces más que una institutriz parecía una invitada, esta no tenía reparos en quedarse en el cuarto que para ella se había dispuesto cuando el semblante de Rafaela advertía un deterioro súbito que demandaba toda la ayuda posible. Se había acostumbrado a dormir en la casa y visitar a sus hermanas solo cuando consideraba que su presencia no era requerida, algo que cada día sucedía con menos frecuencia. Tan pronto como entró en la habitación, Faustina se desplomó con apenas tiempo de ser sostenida entre los brazos de Lena, quien comprendió en segundos la razón del desvanecimiento. Ambas hermanas hablaron largamente aquella primera noche. Los ojos de Faustina, casi siempre secos, lloraron como no lo habían hecho en años, como no había sucedido desde la muerte de su madre y hermana, como si alguien hubiera dejado abierta la llave del grifo y toda el agua de la ciudad saliera a través de esos abismos de negritud perpetua. El agua salada que saltó desde el alma de Faustina era capaz de inundar la ciudad y crear a través de la catástrofe una nueva Atlántida. Cerca del amanecer, y sin que Faustina lograra decir a través de la voz lo que su llanto continuaba repitiendo en la forma de un mar humano, Lena dijo las oraciones que su hermana no había podido formular en palabras.

La respuesta negativa que Lena dio a Faustina fue todavía peor que la muerte anunciada por Piteas horas antes. La magia identificada en la forma de tisanas, brebajes o compostas tenía orillas fincadas en lo terrestre. Derrotada pero liberada de solicitar un desequilibrio en las fuerzas invisibles contenidas en la magia, Faustina repensó el favor pedido a Lena y agradeció que esta limitara los alcances de su energía. La muerte, repitió en su mente, era necesaria en el orden de la vida por mucho dolor que dejara a su paso. En el último punto de una despedida siempre quedaba la esperanza de un reencuentro, concluyó

Faustina. Antes de volver a la casa de Piteas y Rafaela, Lena entregó a Faustina un arsenal de tisanas y especias reconfortantes que podría emplear en ella o en quienes observara que necesitaran aligerar el peso del desasosiego.

Capítulo 23

Parecía que las emociones fuertes no daban tregua a las hermanas, se veían venir acontecimientos difíciles, uno de ellos cimbró la humanidad de Faustina. La llegada de una misteriosa carta habría de sacudir las dos residencias conocidas, queridas y habitadas por ella casi al mismo tiempo. Para entonces habían pasado dos semanas desde que Piteas revelara a Faustina la condición de Rafaela y cinco días de que esta hubiera empeorado.

Incapacitada para leer la misiva, Rafaela pidió a Faustina hacerlo. La intimidad de lo escrito hizo dudar a Faustina sobre la pertinencia de su lectura, pero Rafaela era apenas capaz de sostenerse sentada, no quedaba más remedio que ayudarla y Faustina continuó leyendo, esperando hallar en aquellas líneas un poco de alegría para su amada amiga. Para su sorpresa, la carta no era sino la confesión de un hombre que conocía por boca de una de sus hermanas. El firmante era el propio Quirós.

Ante la casualidad, Faustina no daba crédito. Las palabras escritas con profunda intimidad revelaban la confianza y afecto que Quirós sentía por Rafaela y a su vez aclaraban la inesperada conexión entre ambos. Resultó que el niño Quirós había sido el hijo bastardo de un español que se negó a reconocerlo las tres veces que la madre clamó por el apellido correspondiente para su hijo. El desamor y la decepción provocaron que la madre terminara su vida por propia mano y dejara en la orfandad al pequeño Quirós. La suerte o la misericordia de algún santo español quisieron que seis años después de su nacimiento la madre de Rafaela encontrara al pequeño Quirós cuando este se cruzó a su paso para mendigar algo que comer. Desde aquel instante Quirós fue educado como un hijo más en la casa de los padres de Rafaela. Si bien para la sociedad española que habitaba en Chilpancingo quedaba clara la procedencia ilícita del menor, para los Hernán, familia de Rafaela, Quirós era un hijo más. La relación entre ambos sería desde entonces la de dos hermanos que, aunque no nacieron del mismo vientre, practicarían sin cuestionarse un afecto mutuo destinado a quienes llevan la misma sangre.

La confesión que Quirós, quizás ahora consciente de la gravedad en la salud de la mujer, hacía en la carta escrita a Rafaela remarcaba el apego filial y la confianza reinantes entre ambos. Quirós, aunque haciendo uso del lenguaje esperado en un caballero, colocó en palabras la desesperación que sentía por haber abandonado hacía tanto aquel amor que, Faustina concluyó, tenía la hechura física de Laureana. En dos cuartillas exactas, Quirós confirmaba lo que Laureana había contado tiempo atrás. El resto de la misiva explicaba por qué decidió traicionar sus sentimientos. Amanda era el nombre de la mujer a quien había entregado su palabra y quien ya había esperado por él poco más de cuatro años en calidad de prometida. Si Quirós había abandonado a Laureana no había sido por el vínculo de alumna y profesor que podría incomodar a las religiosas del instituto o a las propias hermanas, y menos aún por la diferencia de edad entre ambos, menos de siete años, que podría conflictuar el desarrollo del afecto mutuo, sino para saldar una promesa hecha muchos años antes de conocerla.

La concisa carta incluso hacía eco de todas las veces en que intentó confesar sus sentimientos y luego cómo trató, de la forma siempre más caballerosa que podía, alejarse de aquella joven por la que cada día sentía amor y culpa a partes iguales. A ello se sumaba que la relación entre profesor y alumna no era tierra fértil para que un amor como el suyo floreciera, ya que las reglas en el internado eran muy estrictas. Finalmente, peor que el insospechado testimonio, era la infelicidad de Quirós porque al reconocer sus afectos aceptaba también que se había casado sin sentir el mínimo cariño por quien era ahora su esposa. El futuro que se vislumbraba ante sus ojos era la sombra de un sentir a destiempo solo minimizado por el próximo nacimiento de su primer hijo. Todo ello lo atormentaba y necesitaba compartirlo con su amiga, confesora y casi hermana.

Consciente de que iba a romper la confianza que Rafaela había depositado en ella, Faustina decidió que más importante que mantener en sigilo las líneas leídas de una carta personal era confirmarle a Laureana que el amor que ella tal vez aún sentía era correspondido. Esa misma tarde Faustina solicitó a Piteas el resto del día para visitar a sus hermanas. Tan pronto obtuvo su permiso, Faustina salió de la casa llevando sobre los hombros una verdad que a modo de accidente había caído, literalmente, frente a sus ojos.

Durante el trayecto se cuestionaba si debía revelar el contenido de una carta que le era ajena y, de ser así, ¿cómo hacerlo? La respuesta resultaba la misma que había recibido cuando tuvo la carta entre sus manos: hablar. Pero ahora a la distancia de las oraciones Faustina comenzaba a dudar de lo que debía decir. Una vez dentro de la casa familiar, pasadas las primeras horas de la tarde y con Laureana ya durmiendo, Faustina contó lo descubierto a Evelina y Lena. Las horas previas que se habían advertido, anticipadamente, festivas por la presencia de todas las hermanas juntas, adquirieron un semblante gris a causa de los últimos descubrimientos. Por un lado, Evelina creía necesario revelar los motivos de Quirós para abandonar a Laureana, y por el otro, Lena creía que mejor que volver a mencionar aquel nombre era actuar como si jamás hubiera existido. En medio estaba la propia Faustina, quien en el principio consideraba justo decirle la verdad a Laureana, pero tras escuchar los argumentos de Lena exaltó su preocupación por un futuro retroceso en la salud de su hermana. Para Lena había secretos que era mejor ocultar no solo debajo de la alfombra, sino del piso mismo de la casa en que se originaran.

A la mañana siguiente Faustina regresó a la casa de Rafaela y Piteas, llevaba consigo el secreto de Quirós junto con las especias y tisanas para el insomnio y ansiedad que Lena le había recomendado días antes.

Capítulo 24

La expresión "calma, chicha", que las hermanas Fernández habían escuchado de las indias en Las alumbradas cuando estas presenciaban el inicio de un evento que alteraba la paz, cobró pleno sentido tras los sucesos que se desencadenaron luego de otro más de los desacuerdos entre don Juventino y el menor de sus hijos, Humberto. El efecto de estos sucesos se dejaría sentir en la hacienda de don Juventino, en la casa de las hermanas, lo mismo que en la casa donde trabajaba Faustina. Aunque en términos generales don Juventino mantenía una buena relación con sus tres hijos, era inevitable que alguna que otra desavenencia hiciera su aparición de vez en cuando, principalmente porque los varones no solo eran distintos a él, sino también entre ellos mismos. Humberto, a diferencia de Juan Ignacio o de Gerardo, tenía muy poco en común con su padre, no amaba el campo más que la ciudad y menos aún le gustaba pasar temporadas demasiado largas en la hacienda. Tampoco montaba a caballo, tal y como esperaba don Juventino que lo hiciera, ni le entusiasmaba ensuciar sus elegantes trajes de casimir caminando entre estiércol.

La hacienda y sus tierras colindantes les estaban prometidas tanto a Humberto como a sus hermanos a cambio de que las administraran viviendo en ella o, como solía pedirles, visitándola más de cinco días seguidos.

Aquel mes Humberto había cedido a la petición que ya rayaba en exigencia después de posponerla por casi un año. Su regreso fue ampliamente celebrado por un padre que deseaba en cada oportunidad que se le presentaba convencerlo de las bondades que la tierra otorga a aquel que decide amarla. Ningún argumento parecía ser lo bastante convincente para persuadir el espíritu de Humberto que seguía sin imaginar que una vida en la hacienda de su padre fuera posible. Aunque a menudo había intentado por presión paterna visualizarse en la vida de campo, la fotografía imaginaria de sí mismo caminando en el páramo terminaba por colocar en su ánimo una enorme distancia que lo alejaba de cualquier orden que buscara enraizarlo con aquello por lo que no sentía ninguna conexión.

Desde niño Humberto había imaginado su vida como la de algunos de los hombres que había conocido cuando visitaba la Ciudad de México. La idea del honor no le había venido de su padre, sino del lujo que exudaban aquellos caballeros de trajes elegantes que deambulaban por las calles como si estas les pertenecieran. Aunque amaba a don Juventino no se sentía plenamente su hijo, sino un invitado en una casa donde además del polvo se colaba también el estiércol de los caballos. El futuro de Humberto cambió cuando comenzó a leer el diario de Evelina. Una sola página bastó para que a través de otros ojos mirara la tierra en que había nacido de un modo que nunca lo había hecho. El don de Evelina no era el de la escritura sino el de la contemplación. Mediante su mirada ocurría una alquimia que transformaba lo visual en palabras cuyo nuevo orden alteraba los sentidos de quienes las leyeran o escucharan. Evelina ignoraba la facultad que poseía para alterar cualquier elemento una vez que este entrara en su mirada. Las oraciones que había escrito en el diario producían un sortilegio único en su tipo, capaz de encantar al hombre que Evelina había imaginado entre las páginas de su diario. El gólem que sus palabras habían descrito existía en la forma de Humberto.

Con admiración y profunda curiosidad Humberto leyó el diario, fascinado también por la manera en que la autora describía su ineludible miedo por el futuro, la incertidumbre que parecía alimentar interminablemente el tiempo actual y la constante remembranza por los años que a cada hora lucían más distantes. El diario enfatizaba los tres tiempos en que la vida de Evelina era conjugada. Del mismo modo, el campo que Humberto tanto había despreciado era representado en palabras con una devoción nunca antes vista. Sumando las descripciones, Humberto enumeró los lugares que le hubieran causado una gran impresión. Casi todas las geografías que habían emocionado su espíritu eran edificios o representaciones hechas por la mano del hombre, parecía que nada orgánico se hubiera ganado su propio lugar para merecer en él una citación tan elocuente como las que leía una y otra vez. La mirada entusiasta de Evelina sobre su hogar en el páramo salvaje de Guerrero le mostraba que lo preciado no era lo construido con fines monetarios, y si acaso había que identificar algún valor en los cambios que hiciera la mano del hombre sobre lo que ya tenía un orden, debía ser solo para engrandecer esa misma simetría natural.

La tierra cosechada día tras día bajo la pulcritud de un horario que rara vez conoce el descanso, o la simpleza de un paraíso que aún no es impregnado por la violencia de la modernidad, le parecieron a Humberto escenarios que por primera vez visitaba. La escritora y la mujer se hicieron una sola entidad frente a sus ojos. El apego con que de un día para el otro se acercó a las actividades de la hacienda sorprendió por igual a su padre y hermanos. Si antes Humberto contaba las horas para volver a la ciudad, esta vez parecía entusiasmado en aprovechar la mayor cantidad posible de estas para adentrarse en la rutina del campo. Desde muy temprano salía de la hacienda rumbo a las caballerizas y se sumaba a las tareas que don Ismael hacía. La jornada de Humberto comenzaba administrando las tareas que el dinero bien distribuido resolvía y se extendía más allá de los límites geográficos de la hacienda. Cuando por la noche regresaba apenas con fuerza para darse un baño, leía de nuevo las líneas que sin proponérselo lo habían motivado a conocer un amor hasta entonces invisible, pero sin duda inconmensurable. El afecto que sentía crecer en su interior replicaba la forma en que una raíz es sembrada y luego atraviesa con fuerza la tierra para expandirse aun en su más tajante pequeñez hacia el cielo. El amor de Humberto hacia el páramo, que nada ni nadie había logrado fomentar en sus veintiocho años de vida, creció proporcionalmente a las páginas leídas y luego se extendió como una tolvanera sobre el resto del paisaje donde yacía la hacienda. Su inesperado comportamiento propició entre su padre y hermanos una extraña atmósfera de gozo permanente.

Aunado al interés que Humberto mostraba con las actividades que la propiedad demandaba, surgió una inesperada amistad con don Ismael, a quien acompañaba horas después de finalizar la jornada del día. Para don Juventino el apego que mostraba su hijo hacia su mejor capataz no podía tener otra razón que la de eventualmente tomar su lugar. Pasados dos meses, el cuerpo de Humberto había adquirido las características de los peones indios y criollos que trabajaban la tierra de los alrededores. Lejana era la estampa del joven trajeado que solía citar las bondades del progreso mestizo. El espíritu que entonces deambulaba al interior de la anatomía de Humberto pensaba y se movía diferente.

Para las indias que constataron la imprevista metamorfosis, la explicación sobre el asombroso cambio físico en el más descarriado de los hijos de don Juventino era simple: al final, si se tiene suficiente suerte, las personas terminan adquiriendo la forma de quienes están destinadas a convertirse. En el caso de Humberto no era que este hubiera cambiado por decisión propia, sino que algo, alguien, a través de ese diario, le había mostrado su verdadera esencia. Alentado por el descubrimiento de un afecto impensable por la tierra que lo vio nacer, Humberto reconocía ahora sentirse más cómodo en ese nuevo cuerpo que en aquel que había habitado hasta hacía poco.

Por casi tres semanas consecutivas Humberto alternó las labores diarias de la hacienda con la búsqueda de la autora del diario. Decidido a localizarla, Humberto se había acercado a indias, mestizas y criollas indagando en cada una de ellas la repetición de alguna oración que revelara su identidad. Aunque algunas mujeres duplicaban ciertas palabras e incluso frases completas que había leído en el diario, la manera en que las reproducían resultaba contraria en intención y emoción. Los resultados siempre negativos no lo desalentaban, nada parecía detener el deseo de Humberto por entrar en la mente, en los ojos y en el espíritu de aquella mujer que había usado, como él nunca antes había visto, las palabras conocidas del lenguaje para inaugurar otro donde las cosas, por insignificantes que fueran, adquirían una nueva luz que las distanciaba del paisaje anodino para adentrarlas en una sensibilidad única. Lo conmovía el dramatismo de cada página pero aún más la nostalgia de un tiempo que parecía enterrase entre sus propios escombros. El diario describía una especie de larga herida a la que la autora volvía cada noche en una inútil intención de sutura porque la humedad de la sangre seguía abriendo las costuras que intentaban encerrar el pasado.

Días después, mientras caminaba hacia las caballerizas para encontrarse con don Ismael, el diario que solía guardar en el interior de su chaleco de lino saltó como meses antes lo había hecho cuando buscó que fueran sus manos y solo ellas quienes lo tocaran. El diario quedó a medio camino entre Humberto y don Ismael, quien al instante lo reconoció como el libro que había traído del cuarto de Evelina y que por alguna extraña razón llevaba un tiempo sin ver.

Capítulo 25

Veinticuatro horas después de revelada la posible autoría del diario, Humberto tocó a la puerta de la casa donde vivían las hijas de don Ismael. La mujer que abrió era la propia Evelina. La tinta entre los dedos de la mano derecha confirmaba toda sospecha. Excitado más allá de las palabras, Humberto debió inhalar varias veces antes de presentarse y, sin calcular del todo lo que provocaría su revelación, confesar su amor. Sentada en una silla de ruedas, o como Evelina lo traducía mejor, atada, se creía incapaz de recibir alguna declaración romántica. Las palabras que Humberto pronunció para reforzar sus intenciones provocaron en Evelina una metamorfosis de la misma índole a la que Humberto hubo padecido días y noches antes. Las palabras que había colocado en el diario para expresar sus emociones más secretas, de igual modo en que habían saltado al cuerpo de Humberto para transformarlo y llevarlo hasta su presencia, la alteraban ahora. Supo que la confesión de Humberto era real, tan auténtica como el empeño que había puesto para llegar hasta ella y pasar por alto, al menos en ese instante, lo evidente. La confesión, no obstante los parámetros en que era hecha, provocó una felicidad cálida en las entrañas de Evelina. Perturbada y a la vez conmovida, permitió que aquel sujeto del que apenas sabía el nombre volviera a visitarla en una hora en la que se encontrara acompañada. Cuando vio a Humberto alejarse de la casa pensó con amargura que este tendría durante las horas de quietud que la noche provee la posibilidad de repensar sus afectos y cuestionar la viabilidad de comprometerse con una mujer en sus condiciones.

Más tarde, cuando Lena y Laureana volvieron de sus labores diarias y entraron en la casa, encontraron a su hermana distinta. El ánimo de Evelina había alterado, además de la apariencia de los muebles, también los espacios de la vivienda y un calor inexplicable volvía denso el aire. Cuando Lena se dirigió al cuarto de Evelina la vio como de costumbre sentada sobre el mueble al que su cuerpo se unía apenas salía la luz del día, con la excepción de que ahora era la silla de la cual parecían surgir los primeros rayos del sol. Cientos de diminutas llamas atravesaban la silla y con ella el cuerpo de su hermana. La combustión que abrasaba las habitaciones provenía del interior del cuarto donde Evelina se incendiaba intermitentemente.

Al igual que Humberto, Evelina apenas había necesitado algunas palabras para enamorarse. Sin embargo, mientras repensaba en los acontecimientos que acababan de surgir, no podía evitar cuestionarse el origen de aquellos afectos tan apasionadamente presentados. Evelina ignoraba que habían sido sus propias palabras las que guiaron hasta su presencia a uno de los hijos de don Juventino. Antes de que amaneciera, Lena logró convencer a su hermana de darse aquella oportunidad.

Viéndolos a la distancia daba la impresión de que Humberto fuera un hombre hecho con el propósito de servir a las manos que, por medio de palabras, le habían dado una nueva forma. Entre más días pasaban juntos, Humberto se hacía una mejor versión de sí mismo, y Evelina por su parte recreaba a la idealización de un hombre cuya complexión continuaba formándose. Al paso del tiempo se hicieron conscientes de que se ayudaban mutuamente. Humberto se volvía el hijo que nunca había sido en su propia familia y Evelina se realizaba como la mujer que se creía aniquilada de la cintura para abajo.

Capítulo 26

Horas después de que Humberto dejara a Evelina para pedir su mano a don Ismael, la casa comenzó a arder de nuevo y continuó así durante días. En algunas ocasiones resultaba imposible caminar por el piso de la habitación de Evelina o mirarla al rostro, pues la combustión que irrigaban sus mejillas parecía saltar hacia el interior de los ojos de quien la contemplara. El ardor del sentimiento era tan potente que bastaba con que Laureana colocara sobre el piso las sartenes con los guisos del día para que estos alcanzaran la cocción requerida en cuestión de minutos o, bien, que dejara sobre el suelo la jarra con el café que preparaba por las mañanas para que este perfumara todas las habitaciones; de igual manera, aquel ardor provocaba en el ambiente un inesperado letargo entre las hermanas que aligeraba el bochorno que las agobiaba día y noche.

Mirándola desde el exterior parecía que la casa fuera una sartén sobre el fogón consumiendo segundo a segundo lo que la habitara. El humo que salía por sus ventanas y puertas no era indiferente para quien pusiera la vista en la angosta propiedad. Hasta el hombre que llevó el correo una mañana tuvo que restregarse los ojos dos veces para asegurarse de que no imaginaba las espesas llamas que intentaban alcanzar el cielo.

La carta escrita por Humberto que leyó Evelina con inmejorable dicción exponía dos noticias de naturaleza contradictoria. La primera informaba que don Ismael había dado su bendición al matrimonio siempre y cuando su hija estuviera totalmente de acuerdo, y la segunda, menos alentadora, que don Juventino, conociendo el estado físico de la prometida, se había negado a participar en el compromiso. El conocimiento del parentesco entre la prometida de su hijo y su capataz también había provocado el despido de don Ismael. Afortunadamente para los afectados, fue cuestión de horas para que luego de conocerse el despido al menos siete hacendados se pelearan entre sí los talentos bien conocidos de don Ismael como criador de caballos. Dos días después de perder su empleo, don Ismael se encontraba de camino a Oaxaca para trabajar en una de las muchas haciendas que comenzaron a inundar los límites del floreciente estado sureño.

A diferencia de Faustina o Laureana, Evelina estaba más consciente de que había lugares donde la magia de Lena no podía entrar. El corazón de don Juventino era uno de esos espacios. Por eso, aunque por varios días pensó en sacudir con algo de magia las puertas que impedían internarse en el alma del padre de Humberto, Evelina terminó retrocediendo en sus intenciones. La magia, le había dicho Lena, solo podía trabajar en tanto una parte del destinatario deseara que así sucediera. Lo habían comprobado con la recuperación de Laureana y también con el ánimo de don Ismael. En la cabeza de don Juventino no había lugar para concebir que su primogénito buscara casarse con una mujer inválida que nunca podría darle nietos. La vida que había imaginado para Humberto estaba lejos de ser la que este estaba ansioso por empezar. Muy diferente pensaron los dos hermanos de Humberto, quienes prometieron apoyarlo aun si ello significaba un disgusto más para su padre.

Capítulo 27

El fuego que invadió a Evelina la tarde que Humberto entró en su vida permaneció en ella durante la celebración de la boda. El calor que despachaba su corazón terminó impregnado en el suelo de terracería de la hacienda que los hermanos de Humberto alquilaron para la ceremonia. El fuego, solo visible para las hermanas, crecía y subía por sus pies en proporción a la felicidad que embargaba a Evelina.

Tanto fue el calor que ascendía del piso que los pocos invitados apenas pudieron resistir un par de horas antes de abandonar la celebración por las incomodidades que implicaba caminar sobre brasas ardientes. Solo los hermanos y hermanas de los novios resistieron el ardor que sacudía la tierra e interrumpía el frescor del aire. Tampoco Renato padeció el fuego que brotaba del suelo pues Lena, para evitar que las brasas quemaran las suelas de sus zapatos y lo obligaran a irse, rellenó los bolsillos de sus pantalones con hojitas de menta desmenuzadas. El encantamiento, como se esperaba, permitió que Renato soportara los calores que surgían de todos los flancos.

La presencia de Renato no pasó desapercibida para don Ismael, quien durante años vio en el joven a un hombre de valores como no había visto a otro nunca. Lamentablemente si don Ismael apostaba cerrando los ojos por un hombre como Renato para Lena, era evidente que esta no pensaba igual. El afecto que el joven impulsaba en Lena no tenía la composición de aquel que sacude cada rincón del cuerpo. Pese a la falta de evidencias para vislumbrar un futuro compartido, don Ismael no dejó pasar la oportunidad de referirse a Renato como un hombre al que había que dar una segunda y hasta tercera oportunidad si llegaba a solicitarla. Para el observador padre era seguro que Renato amaría a Lena hasta la muerte y más allá de la demarcación funesta, además de que gracias a su carácter sensible y amable lograría suavizar las obsesiones célebres de su hija. Las palabras que usó para intentar convencerla no bastaron para afincar el menor interés. El lazo con el que estaba hecho el vínculo entre ambos jóvenes se había formado en ambientes controlados donde ni el deseo ni el amor llegarían a alterar con su presencia la atmósfera establecida.

Lena escuchó a su padre sin contradecirlo. Comprendía que las observaciones a las que prestaba oídos no tenían que ver con las imposiciones que otros padres hacían por motivos de interés monetario o social, sino por una preocupación genuina que nacía de los antecedentes de su personalidad. Ella misma se aceptaba volátil, terca y, sí, aunque odiaba reconocerlo, excesivamente reiterativa al menos con un tema. Más allá de la reflexión paterna, Lena se resistía a pensar en Renato como un hombre al que la uniera la comunión de un futuro donde ella eventualmente terminaría revelando los lados oscuros de sus peores noches. Lo quería en el presente porque respetaba su mal humor y se alejaba sin arrojar antes una palabra que procurara aleccionarla. Lena pensaba que un tiempo continuo entre ambos terminaría por separarlos irremediablemente hasta el punto de que uno de ambos o los dos terminaría odiando al contrario. Cansado de insistir sobre el tema, don Ismael anticipó que el futuro que esperaba a Lena no sería bueno. El temperamento de su hija, lo sabía, era pólvora en su estado más puro, capaz de incendiar todo a su paso.

Capítulo 28

Los consejos de don Ismael coincidirían con la declaración que Renato haría a Lena algunos días después durante un paseo. Tristemente para Renato el día elegido para confesar su amor coincidiría con la reaparición casual que en la calle haría un hombre que conocía a Lena de años atrás, Lisandro. Lena no rechazó a Renato, sino que simplemente fue incapaz de prestar interés a las palabras que su amigo decía pues ni su mirada ni su cuerpo estaban concentrados en él, sino en Lisandro, quien había capturado su atención aun sin conocer su nombre y el previo vínculo accidental entre ambos.

Lisandro no abordó aquel día a Lena ni los tres siguientes al reencuentro ocurrido en la calle, pero cuando finalmente lo hizo de camino hacia una sedería después de seguirla los días previos, el vínculo que se gestó entre ambos luego de la introducción mutua fue tan poderoso que sin apenas cuestionar el origen y el futuro del mismo, Lena redirigió en su nuevo amigo la energía que ponía al recordar el pasado.

Capítulo 29

La muerte de Rafaela sucedió el primer día de abril. Aunque se tenía conocimiento del final que le esperaba a la joven madre, su ausencia provocó una enorme congoja tanto en la casa de Piteas como en la de las hermanas. El desayuno, comida y cena se volvieron momentos que ellas usaron para recordar a una mujer que sentían cercana por las palabras con que Faustina la había introducido en sus mundos.

Los preparativos del entierro y los días posteriores a este le parecieron a Faustina otra forma de perder a Rafaela. Mañana a mañana Faustina despertaba en una casa en la que temía moverse. La muerte de Rafaela había alterado la composición de los cuartos e incluso la alquimia natural de los vivos. Día a día Faustina se cuestionaba si era bueno o malo permanecer bajo el techo de aquella casa que constantemente reiteraba la reciente ausencia. El extrañamiento que embargaba el ánimo de Faustina parecía tener una sola vía sobre la que, comenzó a creer, ni sus hermanas ni su padre tendrían el poder de modificar. Temía en especial que el amor que sentía por Piteas provocara la visita del fantasma de Rafaela, quien al ver lo que en vida no había sido capaz de testificar se manifestara para mortificarla. El desconcierto de Faustina se duplicó cuando de repente Piteas confesó su amor. La declaración de su patrón no tenía nada de romántica si se pensaba bajo los términos conocidos. Era sorpresiva y casi increíble. Faustina comprendió que no había nada más que hacer en aquella casa excepto subir por sus cosas y marcharse en ese preciso instante sin mirar a Piteas por mucho que su corazón lo necesitara.

Salió por la puerta de servicio convencida de que alejarse era lo correcto. El mínimo goce representaría una traición. Después de caminar durante horas, Faustina reconoció que anímicamente se sentía tan muerta como Rafaela y quizá un poco más, pues su finada amiga al menos descansaba del tormento que había significado una larga enfermedad y ella, por el contrario, al pensar como lo hacía en Piteas, había entrado en un callejón de culpa interminable solo parecido al que identificaban como purgatorio. La posibilidad de que el amor que Piteas le confesó lo hubiera hecho tratar vilmente a Rafaela en sus últimos días la martirizó esa y las siguientes noches. Abandonar la casa era una retribución justa.

Capítulo 30

Una hermana se había ido y otra volvía. La casa fue reorganizada en función del regreso de Faustina. La pequeña propiedad reiteró su intención de hogar como nunca antes y a su vez cada hermana se concentró en el proyecto individual que silenciaba el ruido de fondo de cada una. Como se esperaba, Faustina hizo del aseo de la casa su principal labor. Laureana, quien desde niña se había adjudicado la tutoría de la cocina, pasados tres años desde la partida de Quirós finalmente volvía a sentirse cómoda en su escenario favorito.

La pericia de Laureana en los platos que había ido de menos a más confirmaba que su talento, además de haber vuelto y crecer cada día, colocaba inesperadas sonrisas en su rostro y en los de quienes probaran sus alimentos. Porque una cosa significaba poseer un talento como el que tenía entre las manos, que nada ni nadie podía quitarle, y otra era que el mencionado don fuese bloqueado por ella misma, tal y como ocurrió cuando padeció el desamor de Quirós. Aunque sus capacidades culinarias hacían que los guisos más simples resultaran verdaderos manjares, durante el periodo más triste de su vida ninguna de sus preparaciones tuvo alma. No importaba cuántas especias colocara a las verduras o cómo distribuyera los granos en las diversas carnes porque a excepción de la boda de Evelina y los días en que su padre se quedó con ellas más de lo usual, las manos de Laureana no habían logrado el clímax gastronómico esperado. La dedicada intención que colocaba su corazón roto en la preparación no bastaba para impregnar los platillos con el sabor necesario que los destacara como en el pasado había sucedido. El desamor que la habitaba había traspasado los límites de su propio cuerpo y alma con tal fuerza que, ante la ausencia de gusto y nutrientes, las hermanas terminaron por perder cada una varios kilos. Afortunadamente para ellas, el hambre que no saciaron aquellos lejanos meses los guisos de Laureana siempre pudo compensarse con la ingesta de dulces tradicionales que compraban entre semana cuando salían a la calle.

Al fin y como siempre sucede con las tragedias del corazón, el paso firme del tiempo bastaría para cerrar las heridas aún sangrantes. Poco a poco los platillos recuperaron su esencia algunos días más que otros. Gradualmente las hermanas los comieron con más gusto, hasta limpiar los platos con los dedos, seducidas por el regreso de la sazón, primero con mesura y luego con la desesperación de un cuerpo que ha vivido la hambruna extendida.

El desabasto de las especias en la cocina de Laureana la obligó aquella mañana de acontecimientos a hacer una visita rápida al mercado. Igual que había ocurrido con sus platillos ausentes de la belleza y sabor característicos durante mucho tiempo, Laureana estaba a semanas de recuperar la belleza que llegó a ella una vez entró en los años de adolescencia. Si bien todas las hijas de don Ismael eran atractivas a su manera, la gracia que poseía Laureana que no fue visible en sus primeros años eclipsaba en la actualidad a cualquier otra mujer que se le acercara y deslumbraba a los hombres que pasaban cerca. Su piel nacarada, sus gruesos labios rosáceos y su espeso cabello ondulado naturalmente la hacían una suerte de virgen caminando entre mortales. Una sonrisa suya bastaba para que las flores próximas se secaran de inmediato, incapaces de hacerle frente a las lunas que formaba su impecable dentadura.

El esplendor de Laureana tomó por sorpresa los ojos de Lisandro, quien llevaba un tiempo vagabundeando por los alrededores de la casa, por donde había distinguido a Lena. Asombrado por los rasgos de aquella ninfa, Lisandro caminó absorto hacia Laureana, quien reconoció al hombre que interrumpía sus pasos. El curso de los años había descubierto sus mejores rasgos, destacando el rostro y cuerpo de una mujer, no ya el de la niña que Lisandro conoció tiempo atrás y de quien, a diferencia de ella, él no guardaba memoria alguna.

Capítulo 31

El deceso de Rafaela y la angustia por no saber sobre los hijos de esta hizo reflexionar a Faustina acerca de un acontecimiento que tuvo lugar no mucho tiempo atrás. Por la noche, y asegurándose de que Laureana no pudiera escuchar, Faustina preguntó a Lena si no era ya un buen momento para contar a su hermana la información que tenían sobre Quirós. El buen semblante y el ánimo más entusiasta de la menor de las hermanas hacía suponer la absoluta superación de su tristeza. No obstante ello, Lena consideraba que contar a Laureana la información que había llegado a manos de Faustina por accidente implicaría un retroceso en su mejoría. En opinión de Lena, Laureana era excesivamente vulnerable a los estímulos del corazón, o por decir menos de ella, su imaginario romántico se colocaba, casi con placer, en situaciones de peligro mortal. Cada una expuso sus motivos para guardar o revelar al fin un secreto que, concluyeron, no les pertenecía. A pesar de lo relevante que resultaban los argumentos, el marcador siempre resultaba en una especie de empate técnico. Compenetradas en la discusión las hermanas ignoraron que el juez, contenido en el cuerpo de Laureana, había escuchado desde el pasillo la causa del desvelo de las otras. Entró en la cocina con un rostro que no parecía el suyo reclamando la verdad que le pertenecía.

Si el secreto revelado afectó a Laureana, fueron especialmente las palabras que dijo Lena acerca de su susceptible corazón y propensión a la tragedia las que terminaron por exasperarla. El reclamo mutuo entre ambas se alargó en tanto una y otra traían al presente reyertas del pasado. Mientras las reclamaciones atravesaban el cielo de los cuartos, Faustina fue consciente de las diferencias entre ambas hermanas. La educación que Laureana había recibido durante años la hacía una experta en el empleo de palabras que encerraban un significado más cruel que aquellas que reventara Lena sobre su rostro. El enojo de Laureana se movía en gerundios bien masticados y con frases completas que alargaban un desprecio más eficiente, mientras Lena se limitaba a emplear vocales planas y gruñidos que exponían la frustración de la que era presa.

Capítulo 32

Después de aquella revelación nocturna, noche a noche Laureana repasaba sus días en el instituto. Ahora que sabía que Quirós la había amado, ese tiempo lejano cobraba otro significado. Si bien en términos generales su estado de salud estaba bien, revivir las experiencias del pasado volvió a mortificarla. Imaginaba una y otra vez qué hubiera ocurrido si hubiese prestado mayor atención en las palabras que Quirós le confiaba entre las horas de descanso o en los fugaces minutos que apenas se aprovechaban cuando se lo encontraba atravesando algún pasillo. Reflexionaba en las acciones más insignificantes hora tras hora y luego con interminable calma diseccionaba las oraciones que se aferró a no olvidar y permanecían aún en su mente hasta caer dormida cerca del amanecer. Despertaba hinchada del rostro y con una jaqueca apenas soportable. La revelación de los sentimientos de Quirós por ella alteró la sazón de sus guisos, por ejemplo, los platillos que ocupaban diversos tipos de chile no picaban, o el atole de guayaba en vez de tener su característico sabor dulzón sabía a habanero molido. La distorsión continuó durante días de tal modo que hubo que interrumpir la producción de mermeladas de higo y naranja que solían elaborar para su venta porque sin importar cuánta azúcar se agregara terminaban imitando el sabor salado de las lágrimas.

Tratando de evadir la presencia de Lena, Laureana salía de la casa tan pronto su hermana entraba y se unía a la compañía de Lisandro, con quien había establecido esa nueva dinámica que le servía, a pesar de lo reducido de sus encuentros, para olvidar a Quirós. Si el esplendor de Laureana encandilaba a Lisandro, era el carácter de la otra hermana el que había vencido la reticencia de su corazón. Lisandro amaba a Lena por encima de sus deseos de cortejar a Laureana, a pesar de que era a esta última a quien más frecuentaba. Pese a las horas de diferencia que dedicaba a una y a otra, Lisandro había confirmado que el amor de Lena era mutuo cuando estrechaba sus manos entre las suyas y era capaz de sentir el temblor que surgía desde su corazón. Él también vibraba arrítmicamente, y a su vez también sonreía sin tener algún motivo para hacerlo. Las sonrisas súbitas y el enrojecimiento repetido de Lena cuando rompía la distancia decorosa entre ambos era el impulso que necesitaba para escribir a su padre en Ciudad de México y ponerlo al tanto de sus días en la capital de Guerrero y en especial para describir a la mujer con la que esperaba casarse una vez solicitara su mano. Para Lisandro asumir que amaba a Lena significó colocar cuanto antes una infranqueable distancia con Laureana.

Una segunda despedida era algo para lo que Laureana no estaba preparada. Pensaba que en esos fugaces encuentros había algo más que compañía, por lo que no pudo evitar que su corazón albergara alguna posibilidad. Cada una de las desoladoras palabras que aquella tarde salieron de los labios de Lisandro la hizo pensar en Quirós. El recuerdo de su primer amor mientras escuchaba a Lisandro la convenció de que sus sentimientos habían cambiado de destinatario. La imagen de Quirós había terminado diluida en alguno de los días compartidos con Lisandro, a quien había conocido y de quien quedó fascinada mucho antes que de su profesor. Esta vez Laureana no permitiría que el amor le diera la espalda sin antes confrontarlo. Parada en mitad del restaurante en donde Lisandro la dejó después de despedirse, Laureana persiguió discreta sus pasos. El flujo espeso de transeúntes por las calles de siempre y la llegada de las recién inauguradas desorientó tanto a Laureana que terminó orillada en la esquina de una calle que apenas identificaba. Cansada de caminar sin sentido, colocó su mano derecha en el corazón y preguntó, como había visto de niña a Lena hacerlo cuando buscaba mirlos para escucharlos cantar, si debía seguir de frente o virar a la derecha. Los pasos de Lisandro aparecieron delante de sus ojos como un camino de luciérnagas sobre el fresco adoquín. Laureana continuó la ruta invocada hasta que pasadas dos cuadras identificó la silueta que buscaba de pie frente a una banca. Convencida de que Lisandro repetía las decisiones de Quirós y de que su abandono correspondía a alguna circunstancia similar, Laureana caminó hacia él dispuesta a escuchar cualesquiera que fueran sus motivos. Segundos antes de gritar su nombre vio a Lisandro tomar las manos de la mujer sentada delante de él. El juego de manos terminó imitando la escena que desarrollarían dos enamorados a punto de prometerse. Con incredulidad Laureana observó que la mujer que se había robado el afecto de Lisandro era su hermana, Lena.

Incapaz de pronunciar palabra alguna, Laureana regresó sobre las calles que minutos antes había andado. Durante el trayecto hizo, repetidamente, el repaso de la imagen. No terminaba de traducir en palabras lo sucedido, en su alma, por el contrario, supo exactamente lo que habían significado los pocos pero simbólicos gestos de Lisandro para con Lena. Abatida por las circunstancias, Laureana necesitó el apoyo de una banca donde permaneció en silencio repitiendo la fotografía de su hermana y del hombre en quien había vertido sus inclinaciones afectivas una vez más apresuradamente. Luego, cuando observó las primeras sombras de la noche, caminó de regreso a casa.

Capítulo 33

Dos oraciones bastaron para que Laureana pusiera a Lena al tanto de la relación que ella había mantenido por su cuenta con Lisandro. Aunque por la mente de Lena jamás había pasado la idea de ocultar a sus hermanas su interés por Lisandro, casi sin darse cuenta había mantenido la dirección de sus afectos bajo el mayor secretismo en parte porque había concluido que la felicidad que mucho se repite tiende a interrumpirse cansada de celebrarse una y otra y otra vez.

Sacudida por las palabras, Lena necesitó de varios minutos para comprender lo que ocurría. Sabía que por muy encolerizada que Laureana estuviera aún con ella, su hermana no era propensa a la creación de engaños donde otros resultaran lastimados. En el corazón de Lena, no obstante el deseo de una respuesta que dejaría un solo corazón herido, otra resolución menos esperada se sacudía más enérgica. No quería pensarlo pero sabía que era posible que Laureana y Lisandro hubiesen llevado más allá de las palabras cualquiera que fuese el afecto que los uniera. El abismo que de por sí ya dividía a las dos hermanas alcanzó nuevas profundidades.

Lena, que amaba a sus hermanas con un amor que la hacía procurar cualquier cosa que las alegrara, supo sin tener que repetirlo en voz alta que en caso de elegir sería a su hermana a quien colocaría por encima de cualquier persona. El corazón le saltaba en el pecho como un grillo retenido entre las palmas de las manos mientras pensaba en las explicaciones que demandaría a Lisandro. Por encima de la angustia impuesta, Lena no dejaba de preguntarse hasta dónde había conducido la seducción de Lisandro y si sus galanteos no habían promovido en la hermana menor la clase de promesas que duran en el cuerpo más que ciertas caricias.

La noche fue un martirio para las dos hermanas e incluso para Faustina, que pensando que ambas podrían encontrarse en el pasillo rumbo a la cocina o de camino al baño y esto desataría otro feroz momento, no pegó ojo en toda la noche. Cuando el primer rayo de sol cruzó el cielo, Lena se levantó y comenzó a vestirse con la prisa de quien adivina un inminente cambio en el panorama. Salió de casa ante la mirada de Laureana que por un momento pensó en acompañarla. Muchas veces antes, Lena había sentido el corazón contraído, pero nunca como esa mañana, nunca antes con esa furia que oprimía no solo su pecho sino todo su cuerpo. Se percibió pesada, como una de esas estatuas que se instalaban en las iglesias y pretendían honrar a una comunidad de evangelizadores que habían usado algunas veces más la fuerza del azote que el convencimiento de la palabra para imponer nuevas espiritualidades.

Antes de entrar en el hotel donde Lisandro se hospedaba, Lena inhaló largamente. Los vuelcos de su corazón no habían interrumpido su prisa desde que Laureana anunció la noche previa el vínculo que sostenía por su cuenta con Lisandro. De súbito el miedo la invadió como una corriente eléctrica que subió de un tirón desde sus pies hasta sacudir su cabeza. El temor detuvo el frenesí que la había levantado minutos antes y la mantuvo sujeta a la entrada sin permitirle avanzar más allá de la calle. El aire, por otra parte, se sentía heladísimo. El sol que se asomaba sobre el horizonte aún no alcanzaba la altura necesaria pagar mitigar el frío de la noche que persistía en la atmósfera. Decidida al fin, entró al pequeño lobby y sin dar tiempo al encargado de preguntar la naturaleza de su visita, comenzó a subir los escalones que conducían a la habitación de Lisandro. Más que tener el aspecto de un hotel, el edificio mostraba la ambigüedad de algunos establecimientos configurados con prisa. La construcción de espacios correspondientes a la clase social alta se había interrumpido los últimos meses por la urgente reorganización de las fuerzas de contención del gobierno contra los cada vez más insurrectos indios que, para suerte de estos, habían comenzado a sumar a algunos mestizos a la causa revolucionaria.

De pie en el pasillo, Lena pensó en Laureana. Aunque estaba segura de los sentimientos de Lisandro, era posible que este también los tuviera hacia su hermana. Así como ella mantuvo su relación en secreto, nada le garantizaba que con Laureana no hubiera sucedido de la misma manera. La idea de que él amara aún más a Laureana la atravesó con la furia con la que algunos cometas cruzan el firmamento. Si Lisandro había dado su palabra a dos mujeres, su valor como caballero desaparecería por completo. Antes de que pudiera tocar a la puerta, uno de los encargados del hotel le informó que el huésped que buscaba había abandonado la habitación no hacía más de diez minutos.

Para entonces Lena ya no tenía fuerzas ni siquiera para bajar las escaleras del hotel. Súbitamente recordó el encantamiento que usaba cuando de niña jugaba a las carreras con sus hermanas. La desventaja de emplear el sortilegio era el colosal cansancio que los días posteriores a su uso padecería quien lo invocaba sin que hubiera remedio alguno para mitigarlo. Lena rememoró las ocasiones en que después de utilizarlo se desmayaba y permanecía recostada hasta que Chilo venía por ella y la llevaba a descansar a su habitación. Dispuesta a pagar el precio si con ello en ese instante su cuerpo tomaba la ligereza de una hoja llevada por el viento, Lena arrancó varios mechones de su larga cabellera y anudó dos tantos de ellos en cada pierna.

La fuerza y agilidad que había perdido después de la noticia volvieron con mayor presencia y Lena, en vez de dar tumbos por los escalones, dio enormes zancadas en la calle. Pero ni siquiera el encantamiento que acababa de hacer le permitió alcanzar el caballo en el que Lisandro cabalgaba con rumbo desconocido. Desplomada sobre el camino de terracería, Lena comenzó a llorar por amor por primera vez en su vida. El llanto la tomó por sorpresa. Las lágrimas que resbalaban desde sus negros ojos y corrían por sus mejillas sabían amargas, no como aquellas que había derramado cuando de niña se caía del caballo o cuando una plaga de chinches la atormentaba con múltiples picaduras por haberse acostado en los establos de Las alumbradas y pasaba las horas rascándose hasta que algún ungüento de Chilo llegara a rescatarla. La sal que había acompañado aquellos anteriores llantos estaba ausente. No imaginaba que no era la única en llorar pues aquel día dos personas más también lo hacían. Laureana, recostada en su cama, sollozaba aunque no con la rabia con que lo había hecho por Quirós, y también el propio Lisandro, que releía una y otra vez el telegrama de su padre que la noche previa había recibido y cambiado el curso de sus planes. Dos escuetas líneas fueron suficientes para que Lisandro prefiriera su herencia y apellido por encima del amor que sentía por Lena. Fiel al ultimátum paterno, regresó a la Ciudad de México.

Fue hasta que Lena intentó levantarse que se dejó sentir el eventual costo a pagar por haber recurrido al sortilegio de minutos antes. Vencida sobre el camino de terracería, se sentía al menos cinco veces más pesada, como si además de sostener su cuerpo sujetara todas las palabras con que Lisandro la había enamorado. Antes de desplomarse en su totalidad, unos brazos que ya la habían sujetado antes la levantaron del suelo. Lena abrió los ojos y reconoció el rostro de Renato, su leal amigo, quien había dejado de ver para asistir sin pausa a los encuentros con aquel cuyos pasos hoy desconocía. Renato volvió con Lena entre sus brazos por el mismo sendero que antes ella había recorrido. Ambos se encontraron frente a la fachada del hotel donde Lisandro se había hospedado durante cinco meses. Esta vez la imagen que Lena distinguió era otra. El glamur y la elegancia que caracterizaban el exterior del hotel no estaban presentes, sino que se encontró con una fulminante decadencia. Por ninguna parte logró encontrar las espigadas columnas y delicados arcos que había jurado encontrar en los marcos de las ventanas y en la entrada principal. Comprobó con amargura que el amor con que todo ese tiempo miró a Lisandro había nublado su juicio en todo lo que la rodeaba. Era un hecho confirmado que el regreso de Renato, siempre oportuno, constituía una forma de entender que algo de nuevo se rompía de algún modo dentro de su ser. Entendía el dolor desde la cura. La presencia de Renato, cíclica pero consistente con la entidad que Lena misma le había otorgado, era una manera de comprender su realidad inmediata. Su aparición nunca había sido casual ni años atrás ni ahora en que de nuevo, desde el suelo, era consciente de una nueva derrota. Una vez en la cama de su propia casa, Lena imitaría la pesadez de una lápida por dos semanas exactas.

Los días pasaban lentos y dolorosos. Su historia del pasado permitió a Laureana vivir con calma un segundo desamor. No fue igual con Lena a quien las penurias le entraron de golpe. El semblante pálido y los casi siete kilos que perdió en un lapso bastante corto dieron fe del dolor instalado. Por eso, cuando catorce días después al fin su cuerpo recobró su energía ya no se sintió como una lápida, sino como una hoja a la que el menor viento arrastraba a su antojo. Los movimientos de sus extremidades resultaban inconexos, empujados por una ausencia que ella misma identificó peligrosa. Estaba convencida de que lo que ahora se movía en el interior de su cuerpo no era ya su alma, que la había abandonado cuando decidió ir tras Lisandro, sino los ecos que esta hubiera dejado, remanentes carentes de voluntad, de peso y de vida.

Capítulo 34

Dos tristezas diferentes gobernaron la casa. Una de ellas era desgarradora e irritante como el calor del verano, y la otra contenida y fría como solo el invierno podía permitírselo. A Laureana el abandono de Quirós la había curtido con la experiencia del dolor, de modo que cuando pensaba en Lisandro no lo hacía ni con la pasión ni con el odio con que Lena lo traía a su memoria. El recuerdo de la misma persona, no obstante ser de hechura distinta en cada caso, tenía en común el acrecentar la separación entre las hermanas, que continuaron sin hablarse durante los meses subsecuentes.

La ausencia de peso en Lena, que primero la hizo flotar a unos pocos centímetros del suelo y luego a una descarada veintena de este, obligó a Faustina a cerrar con tablas colocadas desde dentro las ocho ventanas y varias puertas distribuidas en toda la casa. Harta de permanecer en cama, Lena había comenzado a andar primero por las habitaciones y después por el patiecito trasero donde germinaban la manzanilla, el epazote y el romero, que cuando compraba en el mercado solía agotar en tres días y por lo cual debieron plantarse para evitar adquirirlos cada tanto. Los paseos fuera de la casa orillaron a Faustina a amarrar a Lena alrededor de la cintura una cuerda lo bastante gruesa para que no resultara robada por algún viento raptor. Faustina, gracias a su prodigiosa memoria, mantenía en primer orden las leyendas que había escuchado contar a las indias en Las alumbradas, de las que recordó a ciertos vientos maliciosos capaces de oler a las mujeres que sufrían de desamor y de ir en su búsqueda transformados en huracanes. De tal modo, la latente posibilidad del rapto que mantenía alerta a Faustina la llevó a espiar los pasos de Lena dentro y fuera de la casa, y cuando esta se desplazaba fuera, salía enseguida y ataba la soga, antes sujeta a algún mueble de la casa, a su propio brazo izquierdo para que en caso necesario pudiera jalar a Lena e introducirla de regreso a la casa.

Un día, pese a toda la previsión que Faustina dedicaba al cuidado de su hermana, los vientos levantaron a Lena lo suficiente del suelo como para que en cuestión de segundos desapareciera de su custodia e incluso de su vista. Aterrada, Faustina salió de la cocina y se lanzó sobre el tramo contrario de la cuerda, que quién sabe cómo se había desamarrado. Enseguida se ató la cintura con la soga haciendo un contrapeso que detuvo en el acto a Lena, quien flotaba sobre los plantíos de manzanilla y orégano. Faustina no tenía pensado perder a su hermana y continuó jalando la cuerda hasta bajarla y arrastrarla al interior de la casa.

Abrazadas en el suelo ambas hermanas miraron la tolvanera que a lo lejos arrancaba del suelo otro corazón roto. Los vientos que no pudieron llevarse a Lena gracias a la rápida acción de Faustina terminaron raptando a otra mujer, probablemente igual de desgraciada, que no tuvo la estrella de ser cuidada y que, para su peor suerte, había permanecido demasiado tiempo expuesta a su raptor.

Capítulo 35

Aquella noche, mientras Faustina daba un baño a Lena, pensó en los hijos de Rafaela. Se preguntaba cómo estarían, si comían lo suficiente, si lograban dormir. Tanto era su pesar que a la mañana siguiente decidió visitar la casa de quienes hubieran sido sus patrones. Antes de irse amarró la cintura de Lena con diferentes cuerdas que ató desde los muebles que consideró tuvieran suficiente peso para evitar el desprendimiento del cuerpo cuya composición física imitaba la del algodón. Había calculado el tiempo que necesitaría, tanto de ida como de vuelta, así como el que ocuparía para preguntar por los niños que había sentido hechos de su propia carne. Temblaba cuando tocó la puerta de la casa de Rafaela y percibió la sombra de la muerte aún sobre la propiedad. Manola, la anciana mucama española que había criado a Rafaela y que apenas había podido llegar al país para despedirla, la recibió con una formalidad solo atribuible a las visitas más esperadas. Tal y como Faustina había imaginado, en la casa estaban los dos niños y los criados de costumbre. Manola, que había hecho de su presencia algún tipo de abuela sustituta, miraba a Faustina con un cariño inexplicable e incluso como a una joven que hubiese conocido desde la infancia, a pesar de verla por primera vez. Faustina aceptó el afable trato con gratitud, y aunque llegó a sentirse algo incómoda por las cortesías, no quiso contrariar el esfuerzo de la devota mujer, a quien imaginó Rafaela debió amar más que a una niñera. No imaginaba que la calidez que Manola le profesaba tenía relación directa con Rafaela, pues durante el breve tiempo que ambas mujeres compartieron, Rafaela puso al corriente a su mucama sobre la existencia de Faustina y de la relación que unía a esta con la casa y todo lo que en ella estuviese contenido.

La atmósfera que se percibía en los cuartos era fría, nebulosa. Faustina sabía que era posible que el espíritu de Rafaela aún se paseara por la propiedad pues, aunque habían transcurrido ya algunos meses desde su deceso, todavía no se cumplía el año. Además, tal y como había tenido oportunidad de atestiguar, era común que algunos espíritus tuvieran pendientes en la tierra y por ello no pudieran irse, y sospechaba lo mismo de Rafaela. Una tercera posibilidad del clima nostálgico alteró la calma característica del rostro de Faustina. Resultaba lógico que la energía de Rafaela se mantuviera presente esperando verla para reclamar lo que seguramente ya debía saber. Faustina también sabía que los espíritus dejan de respirar, mas no de escuchar. Incapaz de permanecer más tiempo en un reino que no era suyo, Faustina caminó hacia las escaleras en busca de los hijos de Rafaela. El afecto entre ella y los niños era aún más fuerte de lo que hubiera convocado una permanencia continua, parecía que el distanciamiento hubiese intensificado un sentimiento más cercano a la relación que obliga el oficio. Varios minutos después, cuando Faustina sintió que estaba por agotar el tiempo calculado, volvió a la planta baja. El calor que había recibido del abrazo dado a los hijos de Rafaela contrastaba con la frialdad en la sala. Apresurada para evitar un encuentro con Piteas, Faustina apenas se permitió unas palabras más con Manolita, quien por su lado parecía decidida a detenerla a como diera lugar. Una vez que Faustina logró despedirse de Manolita comenzó a andar apresuradamente por la calle. Sin embargo, ni todos los cuidados que Faustina tuvo para no encontrarse con Piteas bastaron para que él no advirtiera su presencia en las sonrisas de sus hijos una vez que llegó a la casa y subió a verlos. Bajó rápidamente los escalones y rodeó la sala sintiendo aún en el piso la calidez de los pasos que Faustina había dado en ellos. Salió de la casa y cruzó la larga y accidentada avenida por la que toneladas de adoquines entorpecían la ya frágil vista. Todo era por aquellos años así, accidentado y polvoso. Antes de que pudiera poner suficiente distancia, Faustina sintió cómo una mano la sujetaba por el codo. Reconoció el aroma natural de Piteas mezclado con tabaco y menta por igual. Cuando ambos se colocaron frente a frente, Faustina mantuvo la vista baja en dirección a los pies de Piteas. Los zapatos empolvados confirmaban la desesperación con que este persiguió la ruta que Faustina había recorrido. Además del polvo y fango en su calzado, Faustina corroboró el deterioro del esfuerzo físico invertido en la voz entrecortada y en especial en la mandíbula temblorosa que Piteas intentaba ocultar pasando la mano sobre ella repetidamente.

El panorama se aclaró con apenas dos oraciones enunciadas. Piteas agradecía a Faustina por su presencia y al mismo tiempo que hiciera la visita tan corta. Luego ella lo vio regresar sobre el camino con calma, como si fuera un condenado a muerte que acepta sin rezongar la sentencia impuesta de una viudez temprana. Cuando Faustina volvió encontró a Lena sentada en el centro de la sala. Las cuerdas con que la había sujetado por la cintura invadían todas las habitaciones como una enorme telaraña, prueba de que Lena había andado por las habitaciones con un apetito obsesivo, todavía buscando algo que estaba fuera de su alcance, probablemente una memoria cuyo nombre el cuerpo insistía en repetir. En las manos de Lena destacaba un sobre rotulado con una letra que Faustina reconoció al instante. La misiva informaba del embarazado de Evelina, mismo que dadas las circunstancias físicas cobró el rango de un milagro.

Durante los siguientes meses las tres hermanas se unieron con un único propósito y la próxima llegada del primer hijo o hija de Evelina dio a cada una lo que necesitaba. Sosiego, amor o fortaleza fueron emociones convocadas que hicieron eco en el respectivo corazón donde hicieran falta. Por ejemplo, el letargo y ligereza que habían gobernado a Lena desaparecieron, permitiéndole retomar sus labores en la costura. Como bien había reflexionado Faustina, había dolores que necesitaban pensarse como tareas del hogar, de preferencia escribirlos como en una lista de pendientes para asumirlos como quehaceres de casa. Dolerse de las 13 a las 14 horas. De las 15 a las 15:15 lavar los trastes. De las 17 a las 20 volver a llorar. Solo así, anotando las dolencias y las tareas diarias podían limitarse las emociones que las acompañaban. Sin darse cuenta, Lena acababa de crear su propia lista. Sobre el dolor que la consumía, Evelina había colocado una semilla de alegría. Pensar en la felicidad de otros, concentrarse en gozos que no fueran necesariamente suyos, agradecer por las esperanzas que recibían quienes habían vivido siempre a través de otros, todo ello la hizo olvidar su propia tristeza.

Capítulo 36

El cielo era violeta cuando Lena salió de casa y se dirigió a la sedería de costumbre. Obligada por Faustina, siempre llevaba escondido debajo de su falda un trozo de soga que amarraría al primer objeto, vivo o inanimado, que estuviera próximo en el caso de que los vientos intentaran llevársela una vez más. Faustina ignoraba que ni los vientos volverían ni ya la tristeza de Lena persistía como al principio. La sombra de Lisandro había pasado de inundar todas las horas del día a elegir solo algunas de la alta noche para saturarla con nostalgia y una larga hilera de hubieras. Lena había acordado, durante un instante de lucidez, que mejor que seguir añorando lo imposible, como hacía también con Las alumbradas, era redirigir sus pensamientos a situaciones en las que, además de participar, fuera un testigo principal.

El nacimiento del primer sobrino en la familia era un evento al que había que dedicarle toda la atención humanamente concebible. La costura del ropón para el nuevo integrante de la familia sería el regalo ideal. Lena acudió a uno de los pocos establecimientos que sus ingresos podían facilitarle acceso. En medio de estiércol de caballo, de adoquines amontonados que anunciaban nuevas calles o edificios, de pulquerías y de carruajes, las elegantes tiendas de telas intentaban establecer un oficio que aun entonces no terminaba de afincarse en la ciudad. Las jóvenes de la alta sociedad mexicana preferían pedir sus lujosos vestidos a las grandes tiendas de la Ciudad de México apegándose a los diseños que revistas como *Vogue* imponían con elaborados ruedos y complicada pedrería en los cuellos. Limitada por aquellas circunstancias, Lena no había podido hacerse de más de siete clientas y pese a la escasez de ellas, las mujeres que habían elegido sus manos para la producción de prendas y alguno que otro sombrero lo habían hecho convencidas de que aun el más sencillo vestido lograba, por la proeza de sus costuras, una calidad y belleza incuestionables. Tanta era la preferencia que la joven se había ganado que incluso cuando fue incapaz de coser debido al cataclismo que significó Lisandro le procuraron todo el tiempo que necesitara para recuperarse e incluso alguna de sus clientas le llevó media docena de botones de nácar para entusiasmar un creativo regreso. Aquella tarde Lena soportó estoica la pesadez de los mercaderes que intentaban venderle al doble de lo que costaban los dos metros de organdí y satén necesarios. Antes de irse pasó a la mercería, mucho menos costosa que la sedería, por dos carretes de hilo de seda y un paquete de agujas de mano. Había calculado dedicar tres horas diarias a la costura, que como sería a mano necesitaría un total de dos semanas para concluir la pieza, además de los arreglos de último minuto que pudieran necesitarse.

Pasados los meses de gestación cada hermana tenía listo el obsequio que otorgaría el día del nacimiento o en el bautismo. Laureana eligió escribir un cuadernillo que contuviera la amplia variedad de recetas de comida que las indias preparaban para ella y sus hermanas, así como un apartado propio en el que ella agregaba los platillos que durante años había ido inventado; Faustina, que conocía el gusto de Evelina por la escritura, decidió pasar a mano las historias que habían escuchado durante años en Las alumbradas, aquellas que incluían bolas de fuego mágicas, búhos humanoides y hadas azules, con la intención de que Evelina las repitiera a su descendencia como en el pasado lo había hecho la madre de ambas. Al ropón que había confeccionado como obsequio, Lena agregó un blusón para su hermana con el que, dada su holgura, podría amamantar a su hijo cada vez que este lo necesitara.

Capítulo 37

La tarde en que Evelina comenzó a sentir las contracciones se encontraba sola en su casa. Cualquier otra mujer habría levantado su pesado cuerpo y asomado su enorme barriga por la puerta principal para solicitar a gritos alguna ayuda, sin embargo, la invalidez de Evelina no podía permitirle más que actos de valentía en privado. Inconscientemente y sin planearlo, invocó el nombre de la única hermana que podría auxiliarla. Al instante, Lena entró a su habitación con una docena de trapos limpios y un jarrón con agua tibia. En silencio levantó el camisón de Evelina y separó sus piernas a una distancia que permitiera la salida de la criatura. En cuestión de minutos Evelina y Lena escucharon el llanto recién inaugurado de la vida misma. Media hora después, a la escena en que solo estaban madre e hijo, se sumaba Humberto.

Apenas cinco días después del nacimiento de Vicente, las tres hermanas acudieron a la casa de Evelina y Humberto. La celebración por su llegada terminó por borrar cualquier sentimiento de tristeza que alguna llevara consigo. Vicente les devolvía con su diminuta presencia una alegría que no recordaban haber sentido con tanta vivacidad. Ni siquiera la pequeña casa, aún más pequeña que aquella en la que vivían las tres hermanas, podía restringir la felicidad que las arrobaba. Resultaba de un modo misterioso que la casa en vez de encogerse a causa del exceso de personas contenidas en su interior parecía dilatar su usual tamaño. Pese a la estrechez de cuartos, ninguno de los asistentes se empujaba o chocaba entre sí. Mirando la propiedad desde afuera no parecía posible imaginar más de cinco personas distribuidas en la sala y quizá no más de tres alrededor del comedor. Pero dentro la realidad contrariaba toda certeza nacida a partir de la ciencia más ferozmente puesta a prueba, pues los familiares de ambas familias y el sacerdote que había llegado con un monaguillo que hacía las veces de secretario personal disfrutaban de charlas en común y la posibilidad de bailes improvisados que remarcaban la felicidad en plural.

El nuevo participante del apellido Fernández por parte de Evelina y Pérez Guevara de lado de Humberto era tal y como cada una de las hermanas lo había imaginado. Para Lena, el primogénito de su hermana era trigueño y con los ojos melados característicos de su padre; para Laureana, Vicente era un bebé casi rubio como ella misma y de ondulados cabellos color cobre; finalmente para Faustina, su sobrino era un coqueto pelirrojo en ciernes que con el paso de los años mostraría los mechones escarlata que en Evelina a veces asomaban cuando se le miraba a contraluz. En efecto, Vicente tenía todas aquellas señas particulares y además las que su madre veía cuando lo sostenía entre sus brazos.

En cuanto la celebración lo permitió, Evelina solicitó a Lena que la llevara al patio. Lejos del ruido y ajetreo de la casa, ambas se miraron como si en aquella larga mirada quedaran manifestadas las palabras que a veces se negaban a pronunciar por miedo. El vínculo que las unía era distinto al que tenían cada una con Faustina o Laureana. Evelina mitigaba con palabras el espíritu algunas veces demasiado precipitado de su hermana. Y Lena sacudía con su desfachatez el carácter siempre sosegado de Evelina. La última vez que ambas se habían visto fue cinco días antes durante el alumbramiento de Vicente. Ninguna confirmó la anterior reunión, no tanto por la inverosimilitud de poder atravesar en cuestión de segundos una distancia de varios kilómetros, sino porque sabían que aquel no sería el único evento extraordinario que acontecería en el futuro inmediato.

Ninguna parecía querer romper el silencio que rodeaba el paisaje frente a ellas. La distancia con la angosta casa pareció acercarlas a Las alumbradas. Motas de polvo circulaban en la atmósfera, pesadas y cafés, el horizonte era una línea dorada sobre la que parecía ver cada una los caballos que su padre había liberado años atrás. Las nubes que a lo lejos comenzaron a teñirse por el escarlata de la tarde hicieron imaginar a Lena que los caballos cambiaban su animalia composición por la divinidad que el fuego otorga. Finalmente, la voz de Evelina irrumpió en el silencio no para estropearlo, sino para poner en él una corona pues las palabras que había elegido otorgaron a Lena un reconocimiento inesperado a su valor. Conmovida, pero ante todo sacudida por la responsabilidad que implicaba la petición, Lena preguntó a Evelina por qué deseaba que fuera ella y no alguna de sus otras hermanas quien tomara la tutela de Vicente. Aunque le gustaba verse a sí misma mejor de lo que era, Lena no ignoraba sus defectos, tanto los reconocía que era capaz de admitir que resultaban dos veces más preocupantes que aquellos que pudiera tener la sensata Faustina e incluso una atolondrada Laureana. No obstante la lista de imperfectos propios que Lena nombró sin pudor alguno a su hermana con el fin de hacerla dudar del favor solicitado, Evelina no cambió su decisión.

Aunado a la insospechada petición de Evelina, otro hecho volvió a hacer de Lena su protagonista. En aquella primera reunión familiar tras el nacimiento de Vicente, Gerardo, uno de los dos hermanos de Humberto, le dedicó a Lena unas miradas que no pasaron inadvertidas para ella y que la entusiasmaron aunque no con la vivacidad de antaño. Gerardo no era un hombre que atendiera con formalidad atavismos sociales, contrario a lo que se pudiera esperar por su edad (le llevaba ocho años a Lena). La rapidez con que había vivido, siendo el primogénito de don Juventino y a ratos un padre suplente para sus hermanos, lo había vuelto un individuo acostumbrado a colocar su propia idea del tiempo sobre la vida. Gerardo y Lena compartían el pensamiento de que más valía actuar que dar por sentado los hechos. Motivado por los sentimientos que se instalaron en su alma con lo poco que la conocía, acudió en perímetro de la joven. Con solo tres miradas que intercambiaron Lena sintió curiosidad y experimentó la mitad del afecto que ya habitaba en el corazón de Gerardo. Supo también que, aunque aquel día apenas hablaran, Gerardo la buscaría más tarde, y luego después, y así sucesivamente hasta que ella le permitiera, con absoluto convencimiento, permitirle acompañarla en la esquina donde aguardaba derrotada el paso de la vida.

Las cosas se dieron más rápido de lo que cualquier observador lo hubiera podido imaginar. El amor que no reparaba en sentir tan tempranamente Gerardo por Lena había iniciado tiempo atrás y en silencio durante la celebración del matrimonio de Humberto con Evelina. Este segundo encuentro convocado por la llegada de Vicente solo confirmaba la autenticidad de sus sentimientos. Como el hijo mayor que era, sabía que la propuesta que haría a Lena lastimaría profundamente a su padre, quien despreciaba por completo a las hijas de aquel que había sido su capataz. No obstante la decepción paterna que vislumbraba, a Gerardo lo envalentonaba la posibilidad de un sí. Convencido de que no necesitaba más tiempo para asegurar una respuesta positiva, Gerardo acudió a la casa de las hermanas Fernández con un firme propósito en la mente y el corazón.

Aunque para Faustina y Laureana era indudable que Lena respondía al afecto de Gerardo, la mayor de ellas aún notaba cómo, cerca de las horas de la noche, Lena todavía se separaba del piso algunos milímetros. Consciente de que el hecho podría desalentar a un hombre como Gerardo, que no aceptaría bajo ninguna circunstancia que en el corazón de Lena existiera el recuerdo de otro amor, Faustina acostumbró todos los días meter en los bolsillos del vestido de su hermana piedras de diferentes tamaños con la intención de agregar peso a su todavía liviana alma. Sumados doce sábados el truco de las piedras terminó por ser innecesario cuando Faustina constató que la presencia casi diaria de Gerardo terminaba por mantener a Lena en el piso, e incluso durante las horas más difíciles de la madrugada, las favoritas de la incertidumbre para visitar a los dolientes.

Capítulo 38

Aunque no amaba a Gerardo con la vehemencia con que amó a Lisandro, el sentimiento que inundaba a Lena tenía sus propios méritos, sus propias ganancias. Amar como lo hacía, más con las palabras que con los sentidos, la volvía feliz. Le gustaba pasearse del brazo de Gerardo y hablar solo cuando fuera necesario y no porque el arrebato de sus afectos los impulsara a conquistar todos los espacios de la vida. Así, cuando Gerardo anunciaba algo, Lena sabía que las siete u ocho palabras que salían de su boca tenían más sentido que un sermón sensiblero armado con exceso de oraciones. Sin darse cuenta, Lena había comenzado a repensar sus palabras lo necesario para usar solamente las que explicaran mejor sus observaciones. Se comprometieron caminando alrededor de la plaza, entre el olor de los elotes asados y el café molido. El polvo que a ratos se levantaba por las pisadas de los transeúntes la volvió a llevar a un lugar conocido. Recordó a Las alumbradas por vez primera sin dolor de por medio. Lena miraba el paisaje rutinario, taciturna, silenciosa, escuchando con calma la voz de Gerardo y concluyendo que era feliz así y ahí. La sonrisa de Gerardo, casi siempre acompañada con un breve parpadeo, le recordaba por alguna razón los paseos a caballo que daba en el páramo que rodeaba Las alumbradas. Era como si el rostro de Gerardo, imperfecto y adulto, afincara un estado permanente de sosiego. Miraba entusiasmada la nariz encorvada y los párpados encapotados que casi cerraban los ojos color olivo de Gerardo. Especial entusiasmo le merecían sus dedos índice, ambos torcidos completamente a causa del arreo constante de caballos que desde adolescente debió aprender, porque parecían señalar con asombro algo fuera del contorno físico al que pertenecían, un punto imaginario que Lena intuía que también podría ver siempre y cuando Gerardo la acompañara.

Tan pronto como Gerardo dejó a Lena en su casa se marchó en busca de don Ismael, a quien pediría su mano y después a casa de su padre, esperando convencerlo de que aceptara a una más de las hermanas Fernández. Una semana después, Lena recibió dos cartas. En la primera misiva, Gerardo le informaba que don Ismael había dado su consentimiento en tanto Lena estuviera totalmente de acuerdo. El contenido de la segunda carta resultó un escenario conocido. Don Juventino rechazaba otro matrimonio con las hijas de quien ya consideraba su enemigo. Aunque don Juventino no tenía motivos reales para despreciar a Lena, pues su enojo con el enlace de Humberto había estado relacionado con la invalidez de Evelina, un segundo casamiento con las Fernández le parecía una desobediencia innecesaria.

Por encima del ruido de fondo persistían las intenciones de Gerardo y Lena. Decididos a casarse lo más pronto posible, Gerardo dedicó los fines de semana a buscar un lugar apropiado donde celebrar la boda y Lena, por su lado, invirtió los días en la costura de su vestido y velo. Aunque muchas veces Lena había admirado los elaborados diseños que sus clientas le solicitaban y disfrutado de coser telas cuya composición jamás habría podido comprar para ella misma, para su vestido de novia prefirió trazos sencillos de líneas mayormente rectas. Aquel cambio de gusto correspondía a su visión del mundo que al paso de los años había padecido su propia transformación. Sin trucos de alta costura ni intrincados cortes de sastrería, su vestido replicaba la sencillez de líneas y caídas que tenían las faldas y huipiles que había visto a las indias portar con tanta personalidad en Las alumbradas. Lejanos lucían los días en que Lena hubiese elegido para su boda un vestido similar a aquellos saturados de encajes o crespones repetidos con los cuales se paseaban sus hermanas en una vieja infancia en la hacienda y que terminaban sucios de barro o rotos porque se le ocurría andar con ellos por el inhóspito páramo. Solo con el velo Lena se permitió explorar formas caprichosas que imitaran la imagen de alguna de las pocas cascadas de agua comunes en los alrededores de la hacienda.

Sin muchas posibilidades económicas, pues de nueva cuenta don Juventino había retirado su apoyo financiero y negado el uso de la herencia materna a Gerardo, al final se decidió que la ceremonia se efectuaría en la casa de Humberto y Evelina. Tal y como había sucedido primero con la celebración del matrimonio y luego con el bautizo de Vicente, la casa volvió a duplicar su volumen para en una tercera ocasión hospedar a las dos familias involucradas.

Capítulo 39

El día anterior a la boda, Gerardo decidió hacer un último intento de paz y buscó a su padre. El tiempo de recorrido desde la casa de su hermano Humberto hasta la hacienda era de tres horas a caballo. El doble papel que Gerardo había asumido a lo largo de su adolescencia y luego en su primera juventud como hermano mayor y después como tutor de sus hermanos las veces en que su padre había tenido que dejar a sus hijos durante varios días para cerrar algún acuerdo que beneficiara a la familia, lo hacía a su vez dos veces más querido entre sus hermanos. Contra la voluntad paterna de desconocer a Humberto, Gerardo había sido también el primero en apoyarlo cuando decidió casarse con Evelina y, como ahora él estaba por hacerlo, deseaba que diera los primeros pasos necesarios para buscar la paz familiar.

Sin embargo, a pesar de que emprendía el viaje con el deseo de tender un lazo entre ellos y su padre, el destino tenía planes diferentes. Gerardo no imaginaba que una bala perdida de los muchos tiradores que se movían en la sierra de Guerrero practicando su puntería le arrancaría, además de las intenciones, la vida misma. La precisión de aquel disparo, que entró por el pulmón derecho y se instaló en su corazón en una impecable línea recta, apagó su vida en cuestión de segundos. El caballo que tantas veces había andado por aquella geografía de polvo y calor interminables continuó andando la ruta conocida y llegó con el cuerpo inerte y maltrecho de Gerardo sobre el lomo hasta la hacienda de don Juventino. Y la desgracia no terminaría ahí.

La noticia de la muerte de Gerardo arribó con las Fernández hasta la mañana en que se celebraría la boda. Lena recibió la muerte de su prometido vestida de novia aunque aún sin el velo puesto. El dolor la hizo caer de rodillas en el centro de la sala, que súbitamente empequeñeció cobrando el sentido real de sus proporciones. Durante ocho días y ocho noches Lena padeció una fiebre tan alta que sus hermanas tuvieron que colocar constantemente compresas de agua sobre su cuerpo e incluso en el piso debajo de la cama. Una vez que la temperatura de Lena bajó lo suficiente, don Ismael decidió llevar a su hija de regreso a la ciudad. El tiempo que regularmente tomaba hacer el trayecto, unas tres horas, se alargó inexplicablemente hasta demorar un lapso de tres días.

Una vez que Lena fue instalada en la casa y don Ismael emprendió el viaje de vuelta a Oaxaca, Faustina y Laureana se distribuyeron los cuidados que le daría cada una. El empeño que ponían las hermanas en las labores encomendadas excusaba la ausencia de palabras que reconfortaran a Lena. Aunque no volvió a llorar, en el rostro de Lena se instaló una tristeza acorde al suceso. Sumergida en un llanto invisible, el olor de las lágrimas que Lena no pudo soltar atrajo a una veintena de gatos, quienes sí lloraron a su modo todas las lágrimas que Lena fue incapaz de verter. A las primeras dos docenas se sumó pronto un centenar y después un número difícil de cuantificar. Pese al cúmulo de felinos que rondaban la pequeña casa y patio, ninguno atravesaba los márgenes físicos de la propiedad ni irrumpían en ella. Si la curiosidad de los gatos estaba restringida a la mera observación y permanencia en los alrededores, sus maullidos lastimosos, por el contrario, se hacían oír en todas partes, e incluso llegaron a arrebatar el sueño a las hermanas, quienes sentían a través de aquella desarmonía felina el pesar que su hermana no manifestaba en lágrimas. Tampoco quedaba claro dónde defecaban o cómo conseguían alimentarse siendo tantísimos. Resultó extraordinario que el número mantuviera un registro de tres dígitos durante exactos tres meses. Después, cuando Lena abandonó la cama y comenzó a andar por la casa, los gatos dejaron su estatus de gárgolas y empezaron a seguirla de ventana en ventana por los cuartos en que caminara. Tiempo después, cuando súbitamente Lena tuvo ánimos para visitar a alguna de sus clientas, la colonia de gatos extendió la custodia calle tras calle levantando un asombro general que primero cuestionó el inusual cortejo y después lo dejó pasar cuando vieron que toda la tristeza que podía sufrir un mundo entero estaba impresa de aquella a quien seguían. Solo un animal como el gato, que deambula de igual manera entre el mundo de los vivos y el de los muertos, comprendería a alguien que caminaba como ellos, por dos lugares tan opuestos.

Capítulo 40

Si en vida Gerardo no consiguió que su padre perdonara a Humberto, sí lo logró desde su muerte. Cuando por fin don Juventino pudo dejar de pensar en su dolor buscó a Humberto. La reconciliación con su hijo nunca fue tan importante ni tan necesaria. Convencido de que el sufrimiento por la muerte de su primogénito jamás lo abandonaría, don Juventino reconoció que solo buscando la paz con Humberto podría enfrentar con más sosiego el pesar futuro. Abastecido por lo que consideró una promesa pendiente, don Juventino no permitió que los caballerangos le prepararan carruaje alguno e incluso se negó a que lo acompañaran durante el camino. Si morir como su hijo era una posibilidad, don Juventino abrazó la idea y emprendió el encuentro con su destino, fuera benigno o un castigo merecido. Su andar repitió la ruta que hiciera Gerardo a la hora de su muerte, esta vez en sentido contrario. Cansado pero convencido de que lo importante era demostrar su arrepentimiento físico y moral, don Juventino tocó a la puerta de Humberto. Cuando este abrió y permitió accidentalmente a su padre mirar cómo Evelina amamantaba a Vicente, su nieto, cayó de sus rodillas frente a su hijo pidiendo perdón.

Tan pronto como don Juventino recibió la absolución de Humberto y Evelina, subió a su caballo y reanudó el camino, esta vez con destino a la casa de Lena. Como el hombre mayor que era, don Juventino no fue inmune al calor sofocante de la sierra ni a los azotes que un cuerpo recibe al andar una ruta inventada en cada pisada humana y animal.

La imagen que Lena recibió cuando lo vio bajar de su caballo frente a su casa la llevó al instante en que Gerardo fue asesinado mientras cabalgaba. Pensó que aun desde la muerte era el propio Gerardo y no su padre quien aparecía ante ella para despedirse. Conversaron durante horas y llegaron al acuerdo tácito de que además de su amor por Gerardo los unían otras cosas. La relación que iniciaron fue más que un lazo político, se trataba de una conexión parental. Don Juventino se rindió a la familia de sus nueras e hizo de cada una de ellas, pero especialmente de Lena, hijas adoptivas a las que jamás se negaría, ni en lo sentimental ni en lo material.

La primera solicitud que Lena le hizo fue convertir el camino de terracería donde había muerto Gerardo en un trayecto donde nadie más perdiera la vida. Don Juventino tomó la petición como una encomienda personal y lamentó que durante años, a pesar de usar el mismo sendero una y otra vez, jamás había pasado por su mente emparejar la empedrada ruta, no solo para su conveniencia, sino para la de cualquiera que la necesitara. Los días posteriores a la petición, el propio Juventino fue quien trazó el camino desde su hacienda hasta la casa de Evelina y Humberto y luego lo unió con la ruta estatal ya establecida en la ciudad. Al proyecto se sumaron con mano de obra y material aquellos que habían ya perdido a algún ser querido por una bala perdida o alevosamente disparada, y quienes aun sin ningún muerto que extrañar deseaban acortar la distancia y abrazar como se espera a sus lejanos afectos. Seis meses después en el camino que antes había muerto un hombre andaban con más seguridad cientos como él, así como mujeres, niños y ancianos. Los años siguientes nadie más murió a causa de la bala de algún bandido, ni mujer alguna sufrió la violencia física rumbo a su destino. La ruta que un hacendado trazó y mejoró por pedido de una costurera sentaría las bases de lo que más tarde sería la carretera de Iguala-Chilpancingo.

Capítulo 41

La paz mas no el consuelo llenó la casa de las hermanas Fernández. Mucho menos que antes, Lena continuó apegándose a la jornada diaria de las horas divididas entre los deberes atrasados de costura y aseo de la casa y aquellas en que se dolía como una mártir consagrada a la más necesaria devoción. Los gatos, menos en número, continuaron cercanos a la propiedad y a las ventanas a través de las que Lena podía verse. Para entonces tenía bien definidos los contornos de la desgracia por causa externa y también los que por propia mano se van tejiendo. Muchas veces durante la duermevela, cuando un pensamiento amoroso por Lisandro la visitaba, se permitía una sonrisa. Hubiera preferido que Gerardo la abandonara como el primero, que la elegancia con la que imaginariamente lo había vestido se deshiciera a la primera mentira, incluso hubiera preferido odiarlo, repudiarlo y tejer su nombre sobre las alas de un cuervo pudriéndose, como había observado que algunas indias hacían para quemar el amor no correspondido, o peor, el amor que no alcanza para que un hombre se quede. Cualquier cosa era mejor que extrañarlo como lo hacía en los últimos días tras la ausencia de su otro amor. Recordarlo elegante y adulto, hombre y príncipe, gallardo y entero, era una agonía inacabable.

Decidida a seguir adelante, colocó el recuerdo de Gerardo sobre la mesita de noche y, pensando en las cosas que sí tienen remedio, Lena escribió una carta a Piteas. La misiva con apenas cinco líneas era el empujón que dos amantes necesitaban para enfrentarse primero a ellos mismos y luego al mundo. Hacía siete días que Piteas había abandonado el país y se encontraba con sus hijos en un barco de regreso a España. Lena sabía que la carta necesitaba llegar con la velocidad que solo un ave que surca los cielos y el mar adquiere entre sus plumas. El cielo era un largo pétalo de oscuridad cuando Lena salió de casa aquella madrugada y comenzó a andar el camino en una vertical cuyo destino, aunque no la llevaría al mar, la colocaría lo más cercana posible para hacerse del componente que su hechizo necesitaba. Sentada en la cama, Lena se encontraba como la noche del parto de Evelina, habitando dos espacios de tiempo.

De pie en medio del punto más alto del amplio páramo, Lena cerró los ojos y comenzó a imitar el sonido que producen las olas cuando tocan la arena o se golpean mutuamente porque la marea ha enfurecido su ritmo. El cielo permanecía renegrido, como otro océano que con su indeterminada oscuridad anuncia su inmensidad. El sonido de sus labios era una canción perfecta. A lo lejos una bandada de gaviotas apareció súbitamente sobrevolando. Los labios de Lena eran la brújula que las guiaba. Una gaviota se alejó del resto y bajó hasta la altura de Lena, que continuaba con los ojos cerrados duplicando el acuático sonido. Cuando la gaviota estuvo a punto de alcanzar su rostro, Lena levantó una de sus manos y la atrapó como si se tratara de un diente de león arrastrado por el viento. Todavía con los ojos cerrados, Lena desprendió de la gaviota las plumas que necesitaba, procurando no lastimarla más de lo necesario, y después liberó al ave. Diez plumas bastaron para que la carta imitara el vuelo de una gaviota sobre el mar y de ese modo obrara el viaje en la mitad del tiempo en que lo hubiese hecho una carta común y corriente.

La magia, susurró Lena entre sus pensamientos, tenía y respondía a sus propios mandatos. Por tanto aunque en ese momento acudía a ella, el éxito del encantamiento no dependía de los materiales utilizados, ni siquiera del empeño que se pusiera en ellos, sino en la propia magia que decidiría si colaboraba o no y, más importante, si el destinatario era merecedor del demandado prodigio. Lena sabía que la verdadera magia actuaba de adentro hacia fuera, nunca a la inversa.

Desprenderse del núcleo físico donde se movían sus dolencias permitió que la magia convocada alcanzara a Lena. Una vez lejos de las ruinas conocidas, Lena volvió a ser funcional.

Con el paso de los días, la desaparición gradual de gatos constató la mejoría de Lena.

Capítulo 42

Había sido una noche larga y extremadamente calurosa. Parecía que el ambiente cálido, común en verano, fuera una prolongada caminata bajo el sol del mediodía y que la ruta semejara un círculo donde la sed jamás se sacia. Nerviosa, Lena salió de la cama y cruzó el patio trasero sabiendo que alguien que ya conocía la esperaba. Detrás de las buganvilias, parado y en total quietud se encontraba Renato. Lena supo que el momento de definir su relación había llegado y posponerlo más no solo sería inútil sino cruel. Salieron juntos hacia la ruta que solían tomar meses atrás y habían abandonado mientras la cercanía con Gerardo se consumaba y después el terrible duelo. Los pasos, pese al distanciamiento estaban ahí, esperándolos en silencio, sin reclamos tardíos ni venganzas necesarias. Las calles y casas que en el recorrido ambos parecían supervisar estaban idénticas. Todo parecía atrapado en un ciclo conocido de formas y palabras, como si ninguna fachada hubiese sido pintada o alterada ni las vías aumentado su grosor, como si no hubiera estado uno de los dos a punto de casarse. Pero escarbando un poco más en todo lo anterior, tanto Lena como Renato reconocerían que nada continuaba igual a como lo habían dejado. Ni siquiera ellos eran ya los mismos. Eso lo supo Lena cuando miró el rostro de su amigo. Era otro hombre aquella mañana y ella estaba segura de que antes del mediodía sería uno más. Aun así, decidió que aquel sería el día en que las palabras que no había querido pronunciar por temor a causar heridas innecesarias salieran al fin, expulsadas sin importar cuán duras o frías fueran. Para entonces, Lena conocía el poder que tiene la verdad y la importancia de decirla aunque en el momento en que se pronuncie procure más pesar que calma.

La luz de la mañana los alcanzó dando vueltas por la rotonda donde solían alinearse algunos de los restaurantes que tanto les gustaban. Entraron en uno y el silencio los dominó como dos niños que se desconocen antes de empolvarse en la calle o sangrarse por las heridas que los juegos fielmente obsequian. Luego, pasados los primeros minutos de la extrañeza que sucede antes de las declaraciones, Renato volvió a pedir a Lena el beneficio de sus afectos. La amaba con la intensidad de todos los hombres que ella había visto crecer a su lado, como el amigo o el más sigiloso de los confidentes, como el consejero ante tiempos de zozobra y como el hombre reducido a escombros que mantiene la luz de la esperanza en el paso del tiempo. Lena misma llevaba consigo las vidas de otros años. En su alma aún percibía la orfandad de la adolescente cuando salió de los límites terrestres conocidos, luego la llegada de la primera juventud con amores y abandonos repentinos y el eventual adiós a esos años quiméricos con el aproximamiento de una juventud cercana a la madurez que implicaría, como había aceptado cuando vio a Renato, decir adiós al amigo más amado.

Las palabras que Renato eligió imitaban su compostura y sin duda, la intensidad de su amor. A Lena, sin embargo, ninguna de ellas logró conmoverla. La única forma en que podía mirar a Renato era como a un hermano. En el interior de Lena se dibujaron una variedad de oraciones que pretendían justificar su incapacidad para amarlo. Las repitió una por una hasta que se quedó sin palabras, y literalmente sin voz. Si el amor produce entre dos personas que se aman la capacidad de inventar un lenguaje que solo ellos dos pueden entender, no sucedió así con Renato, quien incapaz de descifrar lo que Lena trataba de decir se convirtió en el más torpe de los oyentes. Lena no quería herirlo con expresiones que no merecía, pero estaba convencida de que aquel era el momento de dejarlo ir por mucho que deseara sujetarlo a su lado, entonces se dirigió al baño y ahí se obligó a llorar. La sal que por casi un año se le había negado en forma de lágrimas sería la encargada de decir a Renato lo que ninguna palabra había logrado pronunciar hasta aquella mañana. Cerró los ojos pensando en todas las noches en que había deseado llorar. Instantáneamente las lágrimas comenzaron a correr por sus mejillas, abundantes y frías. El bífido río que se unía en la curva baja de su barbilla juntó la cantidad de media onza que rápidamente Lena contuvo en el interior de su camafeo. Cuando regresó a la mesa y sin que Renato lo viera, vació las lágrimas en la taza de café frente al joven.

Un solo sorbo bastó para que Renato conociera de primera mano el dolor que Lena había intentado inútilmente poner en palabras. Aquello que los oídos no quisieron escuchar, el corazón y el resto del cuerpo de Renato constituido por venas, arterias, músculos y demás componentes sí lo hicieron. Comprendió que por mucho que lo intentara entre ambos jamás existiría un futuro. Al menos no en aquella vida. Miró el rostro contraído de Lena, las ojeras que las hojas de menta no podían ocultar, el adelgazamiento de mejillas y la prominencia de pómulos sobre los que algunas veces puso sus dedos, notó el cambio producido por las circunstancias. Aun cuando no habían estado juntos durante meses, aquel instante formado por escasos minutos representaba toda una vida. Una vida que, comprendió, estaba a punto de abandonar. Esa mañana sería la última que ambos compartirían. Regresó la vista a la taza y bebió la totalidad del tibio líquido. Los ojos de Renato se llenaron de lágrimas. En cuanto se levantó de la silla y comenzó a andar por la calle, las lágrimas de Lena vertidas en la bebida salieron y se mezclaron con las suyas. Era una tristeza inconmensurable que solo encontraría final en el encuentro con un amor que lo hiciera olvidar el calvario al que acababa de entrar.

Esa fue la última vez que Lena vio a Renato.

Capítulo 43

Cansada de sentir con gravedad y pesar, Lena se desvió del camino a casa y buscó en el riachuelo más cercano una piedra cuya forma, similar a la de un corazón, simbolizara la intención de su deseo. Rosácea y con un tamaño menor al de la palma de su mano, la piedra que buscaba literalmente saltó del río frente a sus ojos. De regreso en su casa puso la piedra a hervir dentro de una olla con agua y una vez el agua soltó su primer hervor, Lena bebió el líquido con rapidez. Aquel inusitado brebaje tenía la intención de apaciguar las ganas que en el futuro le vinieran por un nuevo amor. Pensar anticipadamente que alguien sacudiera sus afectos la asustaba aún más que la idea de no volver a sentir cosquillas de la cintura para abajo. La piedra, con la forma de su propio corazón, pretendía repetir en el citado órgano su inerte composición. En cuestión de segundos el encantamiento comenzó a expulsar todo fuego existente en las entrañas de Lena. Una neblina helada penetró en todas las habitaciones y las llenó de un polvo cristalino que tapizó cada mueble. Era un invierno artificial que puso en alerta a las hermanas y las hizo testigos de cómo el cuerpo de Lena pasaba de su natural semblante al que se vislumbra de camino a la muerte. Abrieron las ventanas para que el frío saliera por ellas y cubrieron a Lena con las ropas que llevaban puestas, luego prendieron fuego a todas las ollas que encontraron, esperando que el calor del fogón detuviera la catástrofe invernal. La helada se mantuvo esa noche y dos más sin que ninguna otra fuente de calor lograra minimizarla. Una vez la helada disminuyó y Lena pudo moverse sin sentir el entumecimiento característico de la hipotermia, buscó la piedra y la guardó en un viejo alhajero de madera, cerró la caja y amarró la llave, del tamaño de un dedal, en un dije improvisado que ató a un listón y que a partir de aquel día rodearía su cuello.

Si el corazón de Lena se había solidificado, el de Faustina estaba a días de encenderse como una bombilla. La carta que Lena envío semanas atrás no solo había llegado a su destino, sino que tal y como esperaba resultó ser el empujón que Piteas precisaba para buscar a Faustina. Cuando se apareció en casa de las hermanas, Piteas no tuvo reparos en atribuirse como propias las palabras con que Lena había descrito el amor que existía entre él y su Faustina, pues sorprendentemente eran las mismas que él había pensado y querido pronunciar tantas veces. El reencuentro, impulsado por Lena, no era una mágica imposición, sino la consecuencia promovida por la magia para quienes sentían amor verdadero. Piteas no actuaba impulsado por sortilegios ni hechizos elucubrados, sino por el convencimiento de sus propios afectos.

El temor que había tenido de que su amor fuera recíproco se sustentaba en que la honorabilidad de Faustina resultara afectada por el lazo que esta había tenido con Rafaela. Para Piteas hubieran resultado injustos los señalamientos de desconocidos sobre una mujer que solo merecía admiración y devoción completas, y como con las palabras que Lena había escrito para animar a Piteas a expresar su afecto estaban aquellas que daban solución a su problema, Piteas hizo caso de ellas.

El reencuentro entre Piteas y Faustina fue accidentado. El silencio que los rodeó después de la confesión se prolongó por horas y luego por días. Sentados uno frente al otro, ninguno parecía encontrar las palabras que los empujaran, de nuevo, más allá del pudor y de las formas sociales que por años obedecieron. El decimoprimer día de su llegada, antes de que la voluntad entre ambos se enfriara, Lena se dirigió a la cocina y puso a sazonar todos los chiles que encontró. Los hervores del guajillo, pasilla, cascabel, bola y colorado invadieron la casa con su picor característico y apuraron con ello las diligencias de dos enamorados excesivamente sensatos.

Piteas planeaba una vida fuera, por lo que acompañarlo resultaba la única y más apropiada opción, la idea mortificó a Faustina aquella noche y las tres más que siguieron. Acostumbrada a su propio buen juicio y sometida otro tanto al prejuicio de otros, Faustina no se decidía a enfrentar al fin el destino amoroso que la había alcanzado. Inquieta y sonámbula, alargó su humor nocturno dando vueltas dentro y fuera de la casa. El manto de la noche, pesado y caluroso, la atajó en la entrada principal y la hizo sentarse en el piso en espera de que algún frescor alcanzara su piel y la liberara aunque fuera por unos segundos del concentrado calor. Un ruido sutil, como de pasos, interrumpió el descanso de Faustina, quien al levantar la mirada sobre la calle identificó la presencia de Rafaela. Inquieta pero no sorprendida, Faustina se levantó y caminó hacia el espectro. Temblaba, aunque no de miedo, cuando se colocó frente a Rafaela. Era tal y como la recordaba, incluso más hermosa. Su rostro mostraba calma, una paz absoluta y blanca rodeaba sus mejillas. Cada movimiento que escapaba de su nívea anatomía era perfecto. Durante mucho tiempo Faustina había temido aquel encuentro y ahora, teniéndola frente a ella, solo deseaba que se alargara lo más posible pues el sosiego y calidez que brotaban de Rafaela entraban poro a poro en su alma. Supo, cuando despertó en su cama minutos después, que aquello no había sido un sueño, sino el consentimiento por el que había temido preguntar. El miedo que la había detenido por tanto tiempo fue sustituido por una respuesta afirmativa para Piteas y más aún para ella y la animó a iniciar a la mañana siguiente los preparativos de su boda.

De regreso en la casa, Faustina cayó en cuenta de que la aparición de Rafaela constituía su retorno al mundo de los espíritus. Apenas podía contar los años que habían pasado desde la última vez que vio alguno de ellos. Fue inevitable que los remordimientos atormentaran a Faustina aquella noche, se culpó por todas las ocasiones en que una voz débil intentó llegar a ella y decidió ignorarla o cuando una sombra atravesó su rabillo del ojo y volteó hacia el lado contrario. Tan grande había sido su deseo por no verlos que al final en vez de hacerlos desaparecer solo los había desconocido. La imagen de

Rafaela significaba que los espíritus anticipadamente liberaban a Faustina de la ignominia y proponían, si ella estaba de acuerdo, retomar la continuidad de los favores. Faustina accedió a la petición e inmediatamente comenzaron a llegar hasta ella voces de niños, ancianos y adultos que repetían, a la par del nombre de su intermediaria, el recado largamente pausado. Faustina pasó aquella noche escribiendo desde la duermevela los mensajes que entregaría los días próximos.

Capítulo 44

Dos días fue el tiempo que tomó a las hermanas Fernández deliberar cuándo viajarían a España para llevar a cabo el matrimonio entre Faustina y Piteas. La encomienda de mensajes del más allá apenas quedaría resulta un par de días antes del viaje. Para evitar que en esas últimas horas llegara algún espíritu retrasado, Faustina había solicitado a Lena que disolviera en sus bebidas y alimentos tártago en polvo con el fin de adormilarla. En experiencia de Faustina las únicas veces en que los espíritus no la buscaban era cuando no estaba en sus cinco sentidos, fuera por el sueño prolongado o porque su cuerpo se encontraba contaminado por la ingesta excesiva de alcohol. Una vez descartada la segunda opción, solo quedaba recurrir a las propiedades narcóticas del tártago para que así, reducida al trance del medio sueño, los espíritus encontraran inútil cualquier intento de comunicación.

El viaje provocó un frenesí de nerviosismo comunitario una vez que las hermanas cayeron en cuenta de que aquella sería la primera y la última vez que viajarían juntas. Aunque habían vivido cerca del mar, a Lena el impacto de verlo de nuevo luego de tantos años en toda su inmensidad, mucho más cerca que cuando solo lo espiaba a lo lejos, la afectó con mucha más excitación que a sus hermanas. Llegaron a ella tantas memorias de una infancia muy remota, casi como un sueño. El mar significaba estar de vuelta en Las alumbradas, el hogar que sentía le había sido arrebatado por el destino. De pie sobre la cubierta del barco, Lena se sintió minúscula ante el inabarcable azul que el horizonte retrataba repetidamente. El color del cielo y el mar eran un solo lienzo al que costaba definir en sus bordes. La panorámica de aquella comunidad de espacios contrastaba con el extenso café que rodeaba a Las alumbradas y que, si se tenía suficiente suerte durante el verano, alteraba su composición para revestirse en toda la gama de verdes conocidos por la naturaleza. No obstante su amor por los tres tonos, era con el azul con el que Lena siempre se había sentido más ella misma. Era como si su vida se dividiera por colores y la complejidad de su significado. Al mismo tiempo, la tierra que rodeaba Las alumbradas o el mar que ahora veía tenían puntos en común. Ninguno conocía los límites. El café del páramo era la gravedad que la sujetaba al origen y afectos conocidos, el mar, por otro lado, dibujado primero por la mano materna y luego por la guía del padre, era el recordatorio de que no había suficientes límites para un espíritu como el suyo. Mientras veía el mar, regresaron a Lena las tardes en que sus manos escarbaban entre la arena buscando conchas o caracolas que mantuvieran presente la magia de aquellas horas. Siempre que visitaba la bahía de Acapulco junto con sus hermanas regresaba a la hacienda repitiendo el braceo que había hecho dentro del mar, nadaba sobre el páramo semidesierto imaginando que no era polvo lo que sus pies levantaban sino furiosas olas de arena. El mar, suspiró Lena, siempre le había dado algo con qué nutrir una infancia de por sí llena de alegrías. Esa vez, por el contrario, el mar le quitaría a su hermana Faustina. No obstante la promesa de aquella pérdida, Lena se sintió feliz. Aunque el pasado reciente la había herido, el futuro que asomaba sobre el horizonte, dejando de lado la ausencia de Faustina, lucía misteriosamente prometedor.

Los primeros días a bordo del barco Lena los pasaba en cubierta. Parecía que intentara acumularlos para cuando de regreso a México no tuviera la posibilidad de repetir la cercanía con el océano. Luego, cuando su saciedad de mar se mitigó, se integró a las pocas actividades que podían hacerse en un barco. Distribuyó las horas en aquellas destinadas a los alimentos, las que invertía en recorrer la apretada cubierta y en las que hacía modificaciones al velo que nunca llegó a usar. Un total de catorce horas de costura bien distribuidas durante el trayecto bastaron para terminar los cambios en la prenda y entregárselo a Faustina, quien comprendió la importancia del simbólico acto. Ambas hermanas se abrazaron reconociendo que en el estrujón había también, escondida, una despedida que todavía se negaban a enfrentar.

El glamur y afrancesamiento que México intentaba imitar los últimos años persistía incluso en alta mar. La solemnidad impulsada durante la hora de la cena perpetuaba la idea que la clase alta tenía de la vida europea. No obstante sus intenciones, la elegancia que reproducían terminaba por sentirse forzada. Aunque el país había logrado éxito en algunas apropiaciones culturales, persistían otras donde fracasaba irremediablemente. Resultaba contradictorio ver a las mujeres de la alta sociedad mexicana usar sus vestidos de gala para sentarse a comer pollo en salsa de cacahuates o escucharlas hablar durante la hora del postre sobre cómo el exceso de indios en algunas avenidas perjudicaba la visión del progreso mexicano. Parecía que hombres y mujeres, además de apegarse al refinamiento ensalzado, buscaran distanciarse lo más pronto posible de su pasado rústico, autóctono y humano.

Para don Ismael y sus hijas el viaje, pagado en su totalidad por Piteas, significó un imprevisto regreso a Las alumbradas. A cientos de kilómetros de distancia de la hacienda los elementos que la recordaban estaban ahí, magnificados. Aunque nunca había sido un padre cuya crianza estuviera regida por el número de caprichos que cumplía a sus hijas, verdad era que pocas veces solía negarles gustos o peticiones materiales específicas. Los vestidos de amplio ruedo que Laureana, a su corta edad, encargaba con puntualidad cada quince días, o los libros y libretas que Evelina hacía traer desde alguna librería de la capital y los costosos tocados de bisutería con que Faustina gustaba decorar sus complicados peinados estaban de regreso y duplicados en el presente. Sin embargo, ninguna de aquellas cosas era ya memorable. El desalojo de Las alumbradas había implicado abandonar todo aquello que abonara a la banalidad de lo efímero. Mirando hora tras hora el espectáculo en que se había convertido la belleza más natural, las hermanas agradecieron el despojo material y volvieron la vista sobre las cosas que, ahora lo sabían, eran verdaderamente importantes. Las limitaciones terminaron moderando el juicio de cada una haciéndolas repensar en el significado de los objetos y, más aún, de las intenciones que les dieran los ejecutantes.

Las anécdotas acerca del pasado trajeron a la memoria de don Ismael algunas promesas incumplidas como aquella de un baile con Lena. Las circunstancias que iniciaron un éxodo que ahora continuaba en alta mar habían impedido aquella dupla. Sin esperar que un segundo más se sumara al incumplimiento del compromiso parental, don Ismael tomó la mano de Lena y la dirigió hacia el centro del salón del barco. El cuerpo entero de Lena imitaba el temblor del agua sobre la cual el navío danzaba a su modo su propia música. La ligereza de ambos los hacía ver como dos luciérnagas que en medio de la inmensidad de la noche se iluminan mutuamente.

Mirándola a los ojos, don Ismael confirmó que, aunque hallaba algo de sí en cada una de sus hijas, era en Lena en quien se veía. No se trataba de que en Lena identificara al hijo varón que jamás tuvo, a don Ismael le tenía sin cuidado la búsqueda que algunos hombres hacen por un heredero que los replique en cuerpo y forma, sino que ahora, comprendía, Lena era él mismo. Mientras la miraba, encontraba a su esposa Micaela en los rasgos de su hija. El parecido entre ambas mujeres hacía que su temor se duplicara. Lena llevaba en las venas la voluntariedad del molde en que se había formado. Dentro de su ser se distribuían por partes iguales la rebeldía y la vanidad que habían hecho sufrir tanto a la primera. Este miedo que a ratos lo aturdía lo manejaba silenciosa y discretamente. Don Ismael comprendía que por mucho cuidado que pusiera en quitar las piedras que en el camino su hija encontrara, habría otras invisibles a sus ojos, y esas justamente serían las que ella pisaría.

Capítulo 45

Dos noches antes de llegar a España, cerca de la medianoche, Lena salió a cubierta. El sonido del mar, rítmico y total, era otra manera de escucharse a sí misma. Lejos de sus hermanas y de sus memorias, Lena se permitió pensar en la inexplicable desaparición de Lisandro y la repentina e injusta muerte de Gerardo. La noche o el mar, o quizá la distancia lejos de los perímetros donde se sentía vulnerable y un poco menos en quien se había convertido, la calmaron. Repentinamente su paz fue interrumpida cuando un hombre apareció en la cubierta.

Una mirada corta bastó para que ambos temblaran como dos gotas de agua sobre la superficie. La sensación que experimentó Lena era nueva. De ninguna manera podía compararse con las emociones que Lisandro le hizo sentir y menos aún con la calma que experimentó durante el poco tiempo que trató a Gerardo. El trueno que se produjo en su interior había tocado lo más profundo, alcanzado lugares nunca antes visitados, ignorando de algún modo la magia convocada hacía semanas cuando el agua emanada de una piedra pretendía interrumpir cualquier propósito que el fuego procurara. El incendio que había visto sacudir la anatomía de Evelina aquel día que la encontró ardiendo como un pabilo en la recámara estaba ahora en ella. Asustada corrió a su camarote. En sus entrañas la combustión iba de menos a más, como si fuera capaz de atravesar su propia carne, buscara instalarse en las paredes del minúsculo cuarto y después en la madera del barco. El aire ardía cuando Lena separó los labios para que el fresco de la noche, que no podía sentir, entrara en ella y mitigara la voluptuosidad del fuego. Solo vapor ardiendo salió de su boca. El incendio que sacudía su espíritu continuaba en ella aunque ya no irradiándola desde dentro, sino ahora transformado en diminutas estrellas que al permanecer en su piel la volvieron invisible. El fenómeno no la asustó. Acostumbrada a la presencia inesperada de sucesos fuera de las normas conocidas, Lena olvidó el miedo identificado en cubierta y miró divertida cómo podía mirar a través de su piel los objetos contenidos en el camarote.

Más calmada por el súbito encuentro, comenzó a desvestirse. El reflejo en el espejo todavía le mostraba algo del fuego que había estallado en cada uno de sus poros. La observación que hacía de su piel se interrumpió abruptamente cuando notó la ausencia del listón donde había colgado la llave de su alhajero. Sin pensar en la posibilidad de reencontrarse con el hombre que había visto, Lena subió a cubierta y buscó concienzudamente la llave en los lugares donde recordaba haber caminado. Ni la llave ni el hombre aparecieron. El miedo que sintió y que llegó a ella en la forma de un espasmo se apoderó del lugar que el fuego había visitado con más placer, con más esperanza.

Capítulo 46

Aunque no le había costado adaptarse al movimiento constante de la embarcación sobre el mar, contrario a Laureana que vomitó los primeros dos días de viaje, ahora que por fin estaba en tierra firme, Lena no pudo evitar sentir la orfandad que la visitó los primeros días cuando llegaron ella y sus hermanas a Chilpancingo. Aquel primer paso fuera del barco trajo de vuelta sus deudas y deudos. Luego, enredado en el tacón de una de las tripulantes, observó el cordón con que había atado la llave del alhajero. Lena logró arrancar el listón pisándolo con su zapatilla. Una vez que el fragmento de tela con la llave estuvo entre sus manos, Lena volvió a experimentar el trance conocido. El fenómeno había alterado su forma física y pasado del fuego a una alquimia nunca antes comprobada hasta aquel día.

Lena observó maravillada el prodigio de ver a través de su piel y la de otros. Encandilada por la singular rareza, continuó mirando a los hombres y mujeres que bajaban uno a uno del barco. No solo era capaz de mirar a través de ellos, sino que su vistazo se detenía en una especie de humo que parecía estar formado por emociones y recuerdos. Para Lena fue fascinante comprobar que, como había pensado anticipadamente, las personas no solo estaban formadas de carne, huesos y demás elementos orgánicos, sino de sus afectos y principalmente de las memorias que con el tiempo van juntando. Gracias al fortuito portento, Lena corroboró el amor y seguridad que siempre tendría Faustina al lado de Piteas cuando lo vio saturado de luces escarlata que crecían en tanto se acercaba a su prometida.

Los días transcurrieron rápido desde su llegada al puerto de Cádiz, entre preparativos y emociones. La boda se celebró en una de las varias propiedades que Piteas había heredado y comprado gracias a su trabajo. A la ceremonia, a la que convocaron a poco más de trescientos personas, apenas llegó una treintena. Ni a don Ismael ni a las hermanas Fernández sorprendió la escasez de invitados. Las razones para justificar las ausencias podían ser tanto el origen mexicano de la prometida como la idea que propagaran algunos de un motín indio que pretendiera recuperar algunos de los múltiples tesoros robados en forma de oro o piedras preciosas. Para Lena y don Ismael, más importante que los ornamentos extraídos que decoraban algún palacio español, era la creencia de una peligrosidad existente en alguna de las hermanas Fernández, como si en cualquier momento una de ellas honrara el pasado vapuleado y apuñalara al español próximo, mujer u hombre que se atravesara en su camino. Al menos así lo sintió Lena cuando los días posteriores a la boda las hermanas se pasearon por el puerto de Cádiz y ella recibió la mirada de mujeres y hombres que mostraban a la par fascinación y miedo por los rasgos físicos desconocidos. Contra su pesar, ni Lena ni sus hermanas se habían sentido indias en su propio territorio por mucho que deseaban identificarse con las facciones que mayoritariamente habitaban tanto en la hacienda como a los alrededores.

El origen de las hermanas, menos indio de lo que aceptaban, procedía, al igual que el de la mayoría de la población de Guerrero, de violaciones ocurridas muchos años antes cuando las mujeres indias se volvieron como el oro, motín para el que lo ganara. El propio don Ismael admitía que por sus venas corría la antigüedad del viejo mundo, de tal modo que aunque ninguna de las hermanas mostrara en su rostro el vigor de una nariz curvada o la belleza de unos pómulos elevados, caracteres definitorios de las indias que reiteraban un origen puro todavía lejano a la colonización española, manifestaban por su parte una mezcla inusual de rasgos sobre los que se adivinaba la dominación extranjera de mujeres que poco o realmente nada pudieron hacer para evitar la mezcla impuesta. Luego, claro, el mestizaje culminó exterminando a los habitantes primigenios y continuó los años siguientes con asombrosa rapidez. La familia Fernández había testificado la violencia con que unos rasgos se extinguían y otros menos conocidos se hacían mayoritarios. Añadido al cambio en la fisonomía comunitaria hubo que sumar la identidad religiosa a la que por motivos meramente ideológicos don Ismael no quiso sumarse de forma absoluta. Aceptó y compartió gustoso la nueva religión que algunos indios abrazaron un poco forzados pero su personalidad se explayaba mejor cuando entraba en contacto con los conocimientos milenarios que la resistencia india se negaba a abandonar. La divinidad india, a diferencia de la católica, acercaba el fuego a los devotos sin preguntarse si eran capaces de manejarlo o de mantenerlo ardiendo. A diferencia del dios extranjero que, en palabras de sus creyentes, no solo había arrebatado esa misma llama sino que torcía las manos de aquellos que maliciosamente intentaran hacerlo suyo. Para don Ismael el problema no era el dios del viejo continente, sino los hombres que pretendían atribuirle palabras que jamás hubiera dicho para así domesticar una fe mucho más brusca pero ciertamente también más sincera.

Solo cuando Piteas se sumaba a los paseos de Faustina con sus hermanas, la sociedad gaditana dejaba de lanzar sobre las mujeres Fernández sus fisgonas miradas y se guardaba el cotilleo para la privacidad de sus casas, donde tenían la libertad de retomar cualquier tema que les provocara resquemor o rareza. El abrasador sol de aquel verano en Cádiz parecía promover la reaparición de viejos enconos, particularmente aquellos referentes a la religión. Todavía la ciudad se dolía de sus propias pérdidas. Tanto para las hermanas como para el padre eran aún notorias las pisadas de la conquista en aquella península. Las evidencias de su pasado musulmán estaban tan presentes que ni las ventiscas furiosas venidas del mar terminaban de arrancarlas. Las raíces de la prístina ciudad resistían la rabia de los elementos circulantes. La sal del mar, que la golpeaba desde los cuatro puntos cardinales, no terminaba de aislarla pero le procuraba una resistencia única. En realidad, Cádiz parecía tener un poco de las ciudades que habían formado a la estirpe Fernández: la rabia interminable del viento de la Sierra de Guerrero; el calor sofocante de Acapulco; o, en la provincia de Arcos de la Frontera, las calles y casas de Taxco caracterizadas por una estrechez casi ridícula que, no obstante la opresión provocada, incitaba al cuerpo un mejor dominio de sus extremidades. Taxco había sido en Guerrero la otra ciudad lechosa que alguna vez visitaron y a la cual se negaron a volver porque el secuestro y posterior apropiamiento de su geografía resultaron hirientes.

Contra el presente remarcado en su tierra y en la que hoy caminaban, para las hermanas y don Ismael el pasado era un tiempo que volvía cíclicamente. Los muertos por mano ajena, sin importar cuánto tardaran, encontraban la forma de reclamar justicia a su olvido. Los indios que en Guerrero estaban siendo empujados de su centro rumbo a la ignominia de la periferia no estaban retirándose sino preparando el regreso, tal y como pensaban que ocurría en Cádiz con los católicos que hubieran sido silenciados y más tarde habrían de gritar al unísono las palabras que explicaran su fe. Eso era el pasado y así era la forma en que volvía.

Pero la religión en España no era igual que aquella que don Ismael había visto en México. En esa tierra dorada, que parecía imitar el café interminable de la Sierra de Guerrero, parecía que Dios estaba formado del mismo barro con que hubiera creado al hombre, según lo pregonaba. No se daban cuenta de que el pecado lo ejecutaban ellos mismos en primera persona. Explicó sus observaciones a sus hijas y estas adjuntaron evidencias propias. Era normal el recelo con que eran vistas si la estampa que habían llevado los españoles a su tierra pintaba a los habitantes del nuevo mundo como un pueblo salvaje consumido en una ignorancia a la que urgía exterminar con métodos feroces, pero que creían justificados, pues no solo era paganismo consumado el que practicaban en México, sino una franca alteración al orden divino, reestablecido en Cádiz después de una larga historia de invasiones y ocupaciones sociales y religiosas. Los gaditanos comprendían el éxodo que propiciaban los cambios, y porque los habían sufrido y se habían adaptado a ellos, no sin dolor, era que miraban más con recelo que con miedo a las hermanas Fernández. Luego, con el paso de los días en mutua calma, finalmente dejaron de observarlas y las sumaron al paisaje cotidiano aunque no por ello la estadía definitiva de una de ellas no los seguiría alertando cíclicamente.

Los momentos de esparcimiento no fueron suficientes para que las hermanas obviaran la irremediable despedida con Faustina. Antes de volver a casa don Ismael habló con Piteas. La conversación tenía por propósito recordarle las promesas que este había hecho por anticipado cuando pidió la mano de su hija tiempo atrás. Aunque ni don Ismael ni alguna de las hermanas quería admitirlo era probable que nunca más volvieran a ver a Faustina, y en el caso de que sucediera, los encuentros no habrían de ser más de unos pocos a lo largo de sus vidas. Los cada vez más cotidianos enfrentamientos en territorio mexicano adelantaban un periodo de inestabilidad que eventualmente afectaría los viajes dentro y fuera del país. El futuro, lo habían aprendido ya don Ismael y sus hijas, era un espacio invisible de posibilidades y catástrofes en estado de reposo contra lo que poco o nada puede hacerse. Horas antes de irse, Lena concluyó que la confianza con que Faustina se desenvolvía alrededor de Piteas solo confirmaba que el lugar de su hermana nunca había estado en Las alumbradas.

Capítulo 47

El regreso no fue tan doloroso como lo hubieran imaginado ni don Ismael ni sus hijas. La alegría con que Faustina abrazó su nueva vida y el papel que tomaría como madrastra de los hijos de Rafaela bastaron para apaciguar los temores de mediano y largo alcance. La familia, como había dicho don Ismael, no perdía una hija, sino que agregaba más integrantes al árbol genealógico. Los días en la travesía de vuelta fueron dedicados a extender la reflexión paterna. Rememoraron las diferencias latentes entre lo que denominaron ambos reinos. La conclusión era unánime, extrañaban demasiado la rutina lejos de la solemnidad española. De vuelta en México, hermanas y padre retornaron cada uno a sus ocupaciones. Evelina volvió al lado de Humberto y el pequeño Vicente y don Ismael a su trabajo de capataz. Lena y Laureana resintieron de súbito la ausencia de Faustina. Decididas a recuperar el vínculo entre ambas, se propusieron iniciar de cero y así cerrar de una vez y por todas la zanja que en el pasado hubieran establecido los reclamos mutuos.

Aquella mañana de domingo igual de cálida que las acontecidas en Cádiz parecía ideal para salir a dar un paseo y quizá aprovechar una visita al mercado por algunas hierbas que no lograban crecer en el patio trasero. Decidida a pasar ese primer domingo en su tierra sin pensar en lo que venía colándose en su cabeza, Lena salió en solitario de la casa y se enfrentó, tal y como temía, al recuerdo de la noche en que extravió la llave de su alhajero. Las consecuencias, lo sabía bien, no demorarían en presentarse en la forma en que fueran y con la intensidad que quisieran.

La ruta inconexa de sus pasos la situó varias veces en camino contrario al mercadillo que pretendía visitar. Parecía que una fuerza más poderosa que la lógica fuese quien comandara la línea invisible que sus pies formaban. Segura de prestar mayor atención en el quinto intento, Lena terminó de nueva cuenta frente a uno de los restaurantes que habían hecho de la plaza un lugar más agradable, aunque estuviera rodeado de trifulcas y borrachos que apestaban a pulque y pólvora hacinada. Cansada de caminar decidió entrar en uno de ellos. Apenas se sentó en una mesa, la voz de un hombre atrapó su atención no tanto por el tono que empleaba, sino por el nombre repetido que pronunciaban sus labios.

De regreso a la casa, Lena tomó de la mano a Laureana y la guio hasta la cocina, pues sabía que de todos los lugares en la casa donde su hermana pudiera recibir una noticia como la que estaba a punto de dar, el cuarto dedicado a la preparación de la comida era el mejor. Sentadas frente a frente, Lena caviló dos, tres y hasta siete veces las palabras que formarían la oración que cambiaría el mundo de su hermana. Pero puesto que el don de la palabra no estaba en Lena sino en Evelina, al menos no cuando se trataba de medir dos cantidades exactas de prudencia y verdad, Lena admitió con tristeza que todavía no se habían inventado las oraciones que suavizaran lo que estaba por revelar a su hermana. La verdad siempre era un golpe, una especie de vacío, una herida abierta por donde saldría lo necesario, fuera sangre o cualquier otro líquido humano que significara el entendimiento de las vocales y consonantes escuchadas. Laureana comprendió la gravedad de lo que sucedía cuando el silencio de su hermana se volvió otra forma de hablar. Incapaz de nombrar el fuego que anteriormente casi pulverizaba a Laureana, Lena tomó entre sus manos su rostro. Las palabras que habían llegado a sus oídos por casualidad y que llevó dentro de sí desde el restaurante hasta la casa donde ambas vivían inundaron a través del roce entre ambas los pensamientos de Laureana.

Fuera por los sartenes o por el olor que de algunas especias emergían, Laureana tomó con tranquilidad la noticia y volvió a las labores de la casa tan pronto como recuperó el aliento. Lena hizo lo propio con los encargos de costura que se habían sumado y había puesto en espera para viajar con sus hermanas a Cádiz. Si la mayor parte del tiempo Lena y Laureana se habían movido como el agua y el aceite que vaciados en una sartén buscaran cada uno por su lado su propia identidad, por primera vez en años las diferencias entre ambas parecían fusionarse como nunca antes lo hubieran hecho. Había servido que pese a la ausencia de excusas que las llevara a compartir algo más que los espacios de la casa el hambre siempre las buscaba a la misma hora. Sin apenas interferir en el espacio contrario, las hermanas habían hallado la forma tácita de no perjudicarse ni siquiera estropeando sus mutuas sombras.

Antes de que el sol se escondiera, Quirós se apareció en la calle donde había averiguado que vivía Laureana. Desde donde se encontraba parado hasta la esquina de la cocina en la que Laureana molía el cacao que utilizaría a la mañana siguiente en la elaboración de chocolate los separaban menos de veinte metros de distancia. Cinco horas habían transcurrido sin que Laureana se moviera un solo centímetro de su espacio favorito. Fue debido a esa inmovilidad infringida que Laureana encontró la fuerza necesaria para no asistir al llamado que Quirós hacía al otro lado de la puerta. Sabía que de alejarse un solo centímetro del angosto espacio la fuerza que la sostenía la abandonaría y la dejaría a merced de un pasado que insistía en volver. El sonido de la puerta se repitió dos veces más y luego una tercera. Después todo fue silencio. Cuando Laureana se asomó por la ventana de la cocina y observó a lo lejos, perdiéndose en la calle, la silueta de Quirós, supo el siguiente paso que daría. El temor que la había rondado al pensar que únicamente estaría a salvo en el perímetro que conformaba la cocina desapareció cuando puso un pie fuera de ella. No solo no perdió su fuerza, sino que mantuvo la idea que había tenido dentro del cuarto.

Los pasos que Laureana daba en la calle iban en sentido contrario a los de Quirós. Lejos de Laureana estaban las preguntas que por tanto tiempo había llevado en la punta de la lengua. Todo lo que rodeaba a Quirós había dejado de ser importante. No era un pensamiento ya, ni siquiera un recuerdo. Había perdido su forma conocida, su voz e incluso su nombre. Quirós se había convertido en una imagen que la noche terminaba por borrar, en una sombra que se unificaba, sin poder evitarlo, con las que la ausencia de luz formaba en una sola en la calle. Los pasos que guiaban a Laureana aquella noche llevaban otro nombre como destino, un sentimiento que había estado presente sin que ella le diera la importancia que merecía, quizá por el silencio que lo revestía o por la falta de tiempo para consumarse. Segura de que hacía lo correcto, ni siquiera la distancia que intentaba romper o la gravedad que las noches reciben por pertenecer a dueños desconocidos la detuvo. Pasadas varias calles, Laureana llegó a su destino. Tocó la puerta repetidamente y Juan Ignacio salió a recibirla.

Nadie supo especificar el momento en que ambos jóvenes se enamoraron. Los instantes en que los habían visto, siempre públicos, no sumaban entre todos más de diez minutos. Ninguna frase o mirada que hubiesen compartido anticipó lo que ocurriría en un par de semanas. El amor que nació entre Juan Ignacio y Laureana se apoyó entre las sombras, promoviéndose siempre discreto incluso entre sus propios ejecutantes. Por ello, cuando Laureana miró a Quirós desde el interior de la cocina supo que no era tanto que el cuarto la envalentonara para rehusarse a ir tras él, sino lo que semanas atrás había descubierto durante su última aproximación con Juan Ignacio. Lejanos aún a los hechos que evidenciaran sus apegos, el amor que llegó a los dos lo hizo primero en la forma que tiene el afecto que germina entre los amigos.

Capítulo 48

La boda se efectuó en la hacienda de don Juventino, quien eufórico como pocas veces se permitió estar y no escatimó en recursos económicos. Decidido a celebrar las vidas de sus hijos en honor de aquel que no podría hacerlo, don Juventino dispuso de fuegos artificiales, un menú de cinco tiempos y una verbena que duró siete días. Rodeados por hortensias moradas y lavandas mandadas a traer desde todos los pueblos cercanos, Laureana y Juan Ignacio bailaron su primer vals como marido y mujer mientras un conjunto de salterios y demás instrumentos de cuerda inundaba con las notas de "Viva mi desgracia" el cielo de Guerrero. Muchos días después de que se llevara a cabo el matrimonio entre ambos jóvenes, las notas del vals siguieron escuchándose entre los pobladores que recorrían a pie o a caballo las rutas cercanas a la propiedad de don Juventino.

El sigilo con que el ahora matrimonio había guiado la ruta de sus afectos impulsó en Lena el razonamiento de que el amor, cuando era verdadero, necesitaba muy poco para florecer. Quizá más que las palabras adecuadas entre su hermana y Juan Ignacio, había sido justamente el silencio compartido el que les permitió comprenderse mejor entre tanto ruido de fondo. Ver a su hermana sonreír como no lo hacía desde niña le aseguraba a Lena lo convencida que estaba de su decisión. El amor también era eso, suspiró Lena, mientras veía cómo el nuevo integrante de la familia se unía gustoso a la guía que el cuerpo de Laureana imponía ante cada cambio de nota musical. Amar como ahora lo hacía Laureana, con más sosiego del que a su edad podía merecerse, no era menos eficiente. A veces primero llegaban, tal y como repetía el vals, las desgracias y luego, aunque eso ya no lo pregonaba la canción, el amor. Entonces, casi sin desearlo, Lena recordó a Gerardo. Le gustó pensarlo resguardado por aquella columna de gestos con que había identificado su admiración por él. La mirada inclinada por unos párpados que parecían caer repetidamente sobre sus ojos, los labios encimados en una curva céntrica que aparentaba darle un gesto de coquetería inaudito. Le agradó en especial recordar el tono que empleaba, en exceso meditabundo y suave, para referirse a las cosas importantes. Pensaba en sus manos gruesas y dedos índices desviados, los cuales a veces temía alterar en su forma por retenerlos como lo había hecho, con tanta fuerza entre los suyos. No fue la única en pensar en Gerardo, también don Juventino lo hizo. Aunque cada uno lo recordaba a su manera, había un lugar donde ambas memorias retozaban complacidas de saberse tocadas por la generosidad de un hombre que en vida solo deseó hacerlos felices.

Si el tiempo se palpaba denso ante las dificultades, no lo hacía igual cuando los protagonistas circulaban en sentido de la corriente. Los siguientes meses no se percibieron lentos, por el contrario, fueron apresurados por un inesperado suceso, la espera del primer hijo de Laureana. Qué lejos le parecieron a Laureana los días en que soñaba con Quirós o cuando se imaginaba al lado de Lisandro. La tranquilidad que vivía en el presente la hizo pasar un embarazo sin sustos que se resolvió en exactos nueve meses. La llegada de su hijo solo confirmó lo correcto que había sido su instinto cuando eligió el amor de Juan Ignacio. Al igual que con el primer nieto, el nacimiento del segundo integrante, llamado Gabriel, provocó en don Juventino un estado de dicha cercano a la divinidad. Se sentía bendecido por un nieto en el que por alguna razón veía a Gerardo.

El feliz desenlace en los eventos que sus hermanas habían vivido recordó a Lena su propia ambición. Siempre que había imaginado volver a Las alumbradas lo había hecho en plural. Ahora que Laureana se retiraba era momento de reconfigurar el deseo que daba forma a sus pasos, a sus decisiones, a todo lo que la rodeaba. Estaba sola. La idea de regresar a una casa llena de recuerdos la entristeció. No quería enfrentarse al pasado, menos aún a las sombras que tenían nombre y apellido. De camino a la ciudad después de haber visitado a Laureana y conocer a su nuevo sobrino, Lena cambió el rumbo de su andar e intempestivamente se dirigió a Las alumbradas.

Capítulo 49

Bastó con que Lena pusiera un pie fuera de la carreta para que Mateo, uno de los trabajadores más longevos de la hacienda, la viera detrás de la verja del zaguán y corriera hasta ella para recibirla. Lena sintió que no habían pasado solo unos cuantos años, sino una vida completa desde que hubiera abandonado su hogar. Aunque muchos nombres ocupaban su mente, el de Chilo quemaba su lengua. Preguntó por ella y la respuesta la entristeció de golpe. Aunque ya era una mujer anciana cuando Chilo entró en las vidas de las hermanas Fernández, a Lena siempre le había parecido que en su nana persistía, gracias al conocimiento de hierbas y remedios caseros, una suerte de longevidad que la alejaba de la muerte conocida. La última noche antes de abandonar la hacienda Lena la había pasado abrazada al cuerpo de Chilo. De todas las muertes que supo gracias a Mateo, la de Chilo consumaba el aniquilamiento de todos sus afectos.

Esa tarde, mientras Lena subía por el camino y dejaba que el viento de las horas de la hacienda, caliente y húmedo, retozara sobre sus mejillas, se preguntó por qué no había vuelto antes si hacerlo resultaba relativamente fácil. Juntos entraron por la ruta principal que los conducía a la propiedad. Aunque la hacienda estaba igual a como la recordaba, es decir, sin cambios agresivos que incluyeran la construcción de nuevos cuartos o el derribamiento de algunas paredes e incluso mantenía al interior casi los mismos muebles, había pequeños detalles, como un nuevo florero o una mesa colocada en un lugar distinto, los que hicieron recordar a Lena que la hacienda había cambiado de dueño, hasta donde sabía, dos veces. Sin la presencia de los nuevos propietarios, de quienes no tenía pensado preguntar nada personal, Lena se permitió recorrer Las alumbradas con calma. Mientras caminaba tuvo la sensación de que la hacienda era varios metros más amplia de como la recordaba. Los días pasados atravesaron su memoria como metrallas, disparando otros recuerdos como si se tratara de alguna fiesta patronal en la que se encienden al unísono todos los fuegos artificiales y apenas se puede ver o pensar. El polvo encimado en los recuerdos salpicó el horizonte que sus ojos veían. Era verdad que la hacienda estaba ahí, resistiendo todavía las nuevas estadías e incluso los días que no aseguraban su permanencia. El progreso del que Lena había sido testigo en Chilpancingo tenía la forma del derrumbe, de la expropiación, de la enajenación consumada. No supo en aquel instante qué era peor, si imaginar el piso de la hacienda abriéndose a causa del deterioro eventual, con ramas de árboles entrando por los ventanales o el techo cayendo pedazo a pedazo hasta volverse junto con el suelo una sola forma de aniquilación, o esperar que algún rico de apellido extranjero la arrumbara entre sus posesiones solo porque podía permitírselo. Aún peor, que su hogar fuese convertido en un fuerte desde el cual se concretaran los ideales de un plan traidor. Todas eran posibilidades fiables, y porque lo eran Lena comenzó a moverse sabiendo que, de no hacerlo, su propia presencia terminaría por divagar en el mismo incierto futuro.

Anduvo de habitación en habitación tocando y moviendo los objetos que habían sido suyos, pero palpando especialmente aquellos que ahora ocupaban los lugares conocidos con su nueva composición en el espacio de siempre. El día había dado paso a la noche y lo que había sido un instante más o menos de felicidad, se volvió de súbito uno de dolor. Si antes Lena había llegado a tener momentos de certeza referentes a su regreso a Las alumbradas, ahora que estaba dentro de la propiedad había encontrado la posibilidad francamente intrincada. Fuera de la hacienda la oscuridad lo cubría todo, páramos y verdor por igual. Además, el fresco que anunciaba la llegada de la próxima estación le recordó su soledad. Se sintió pequeña entre aquellas paredes. De pronto no parecía tener sentido volver si lo hacía en solitario. Cada una de sus hermanas vivía su propia realidad en su propia casa. El retorno, si sucedía, no significaría lo mismo. Pensativa y temerosa de replantear el que había sido su único deseo, Lena se dirigió a la que fue su recámara. Las sábanas, así como las paredes y hasta las esquinas donde el polvo se juntaba, daban cuenta de otra presencia. Aun así, quiso insistir sobre lo ajeno y entró desnuda bajo las sábanas y a pesar de la incomodidad se sumergió con relativa rapidez en el sueño.

Cerca de la madrugada, y sin haber dejado de moverse un solo segundo, Lena volvió al último lugar en el que se había sentido ella misma. La cubierta del barco y la proximidad del desconocido hombre fueron la imagen que ocupó la totalidad de sus pensamientos. Se sintió feliz, realmente feliz. Aquel instante que no había compartido con ninguna de sus hermanas le brindaba una felicidad propia, una que no terminaba pegándosele al cuerpo por cercanía o imitación. La fortuna que esa noche la alcanzó era propia, suya completamente. La claridad con que la noche en la cubierta volvió a sus pensamientos no solo inundó con fuerza su mente, sino también su cuerpo. Sin darse cuenta comenzó a restregar sus extremidades inferiores una y otra vez sobre la suavidad de las sábanas hasta orillarlas a la altura de su cintura. Luego sus brazos y manos imitaron el mismo frenesí. Se sentía afiebrada, inesperadamente agitada. Imaginaba la voz que tendría el misterioso hombre y la sensación de sus manos sobre ella. Los rasgos que no había podido vislumbrar inquietaban sus pensamientos y daban, al mismo tiempo, movilidad a sus propias manos sobre su piel y luego en lugares específicos de su anatomía, primero visibles y después ocultos. El ritmo de su recuerdo finalizó haciéndola repetir el raro fenómeno de la invisibilidad que la visitó en el barco. Durante unos minutos más, recostada sobre la cama, no vio su cuerpo sino las sábanas arrugadas bajo él. La experiencia, que fue mucho más breve que la primera vez, desapareció cuando Lena abrió los ojos por la mañana y observó el lugar donde se hallaba.

Antes de que terminara de vestirse y saliera de la hacienda, un ruido extraño subió hasta donde se encontraba. Manuela, la esposa de Mateo, entró rápidamente para informarle que la hija del nuevo patrón, Demetria, acababa de llegar y estaba en el jardín discutiendo con su primo, un joven de nombre Emanel, quien recientemente se había sumado a la propiedad como nuevo habitante. Apurada por lo que resultaba un inesperado regreso, pues hasta donde Mateo le había dicho no se esperaba el retorno de ninguno de los dueños hasta el mes siguiente, Lena terminó de vestirse sobre el pasillo. Más que preocupada por el encuentro, se sentía humillada por tener que escapar del que había sido su hogar. Antes de que pudiera poner un pie en las escaleras, Demetria entró a la hacienda y vio a Lena bajando. El encuentro no pudo ser más desafortunado entre ambas mujeres. La discusión comenzó en las escaleras, se alargó en el pasillo que Lena ya había andado y finalmente se resolvió donde dio inicio, en la parte alta de las escaleras y con la caída de Lena que rodó desde el primer piso hasta la planta baja.

Si bien la caída no provocó daños físicos visibles, fue necesario mandar traer al médico del pueblo. Un golpe en la cabeza que en la ciudad hubiera merecido una compresa con agua caliente, en el páramo cobraba una preocupación de largo alcance. Aunque no había una sola gota de sangre escurriendo de la cabeza de Lena, era evidente que su incapacidad de volver a la consciencia implicaba algún tipo de afectación mayor. Las horas avanzaban sin que despertara e incluso sin que algún movimiento involuntario revelara que continuaba atada a la vida. Pese a que apenas llevaba algunos meses viviendo en la hacienda, Emanel había aprendido con rapidez que en el páramo muerte y vida circulaban con plena libertad para hacer de este su deseado campo de batalla. Decidido a evitar una desgracia mayor, Emanel salió en persona a buscar al doctor, no sin antes dejar en claro que se atendiera lo mejor posible la salud de la joven, de quien había sabido por Mateo y Manuela se trataba de Lena Fernández, una de las hijas del anterior y más longevo dueño de la hacienda. Al instante Manuela acudió a la cocina y preparó los remedios que recordaba haber visto usar a Chilo en raspadas, dislocaciones y demás urgencias físicas. Aunque la memoria le fallaba tanto que solo distinguía hechos del pasado en los que hubiera participado, el amor que sentía por las hijas de don Ismael la hizo recordar, como si lo hubiera hecho durante años, el remedio que necesitaba un cuerpo que hubiera caído veintidós escalones hacia abajo. Atender a Lena por aquellas horas devolvió a Manuela la luz que los cuartos de su mente habían perdido. Ningún remedio, pese a la perfecta elaboración, logró poner a Lena en pie. Las indicaciones del médico que llegó a la hacienda en compañía de Emanel tampoco hicieron mucho por el estado físico de Lena.

Dos veces intentó Lena sin éxito incorporarse de la cama. Más que los golpes que la caída hubiera dejado en su cuerpo, más allá de los moretones e incluso del esguince que impedía toda movilidad, parecía que Lena hubiese perdido el control de su cuerpo. Supo que no era el dolor lo que amagaba su presencia a la cama, sino la memoria de su infancia en la hacienda que había entrado de golpe en ella. Por tres días seguidos Lena repitió en lo que parecía un largo sueño, los días del pasado. Uno a uno se encontró viviéndolos del mismo modo en que habían sucedido años atrás. Tres días después, despertó y se encontró frente a ella con los nuevos dueños, se sintió profundamente avergonzada, en especial porque el rostro de quien se autonombraba su anfitriona parecía no estar satisfecha con el papel impuesto.

La caída había tenido como consecuencia, además del desmayo de tres días, múltiples golpes, nervios aplastados, moretones, raspones y quizá lo peor había sido el esguince del pie, que al menor movimiento le producía un dolor como hacía mucho Lena no había sentido. Si Demetria carecía de la amabilidad necesaria de un anfitrión, no resultaba así con Emanel, cuyas palabras de tranquilidad se sentían auténticas. La escasa disposición que Demetria mantuvo aquella mañana y los días siguientes estaba más que justificada por Lena, quien entendía lo horrible que podía resultar la intromisión de una extraña que poseía lo que ya no llevaba su nombre, y para colmo, víctima de un accidente. Ella misma, días antes del desagradable incidente, había visto con mayúscula incomodidad los objetos que mancillaban la alquimia personalizada. Aunque en menor medida, Lena comprendía el enojo que Demetria experimentaba por la intromisión a su espacio. Decidida a no causar más incomodidades a sus anfitriones, aceptó el consejo médico de mantenerse en cama y así propiciar una mejora rápida. Por desgracia, para mala suerte de Lena y de todos los involucrados, un descanso de cinco días no bastaría para recuperarse y menos aún para eliminar la preocupación que reinaba en la hacienda. Una segunda visita médica insistió en el reposo de al menos quince días más. Todavía peor que estar en un lugar donde no se sentía bien recibida era tener que dormitar en un cuarto que ya no era suyo.

El octavo día en la hacienda dio a Lena más información sobre los últimos eventos que habían acontecido en Las alumbradas. Era notable además la ausencia de las indias e indios que con sus manos habían formado la hacienda, solo Mateo y Manuela, con su permanencia cálida y real, daban orden y sentido a los márgenes que contenían Las alumbradas. Agregado a lo anterior, estaba el desamor latente de Demetria por la hacienda. Y segundo, que Emanel, sobrino de los dueños, amaba a Demetria. Qué gracioso resultó para Lena encontrarse en una situación que la hizo recordar sus propios días en la hacienda y los que siguieron a ellos cuando su relación con Renato progresaba en dirección opuesta a la que su amigo hubiera deseado. Emanel era, a su modo, una copia de Renato. Demetria, todavía no estaba segura, la suya. Si por un momento había imaginado lo difícil que sería habituarse a los cuidados de ambos primos, el descubrimiento que había hecho alentó un poco a Lena a por lo menos no enfocarse en aquello que la incomodaba.

Los siguientes días, los tres jóvenes los vivieron entre pláticas forzadas y silencios todavía más incómodos. Demetria y Lena parecían habitar en los extremos no solo de una mesa cualquiera, sino del lenguaje mismo. Aunque Emanel hacía preguntas propicias para una respuesta compartida, la nula química entre ambas mujeres obstruía toda comunicación. Más tardaba Emanel en introducir un tema que alguna de ellas en rechazarlo. Solo cuando la pregunta en turno u observación sacudía los intereses de Demetria, esta se permitía abarcar la mayoría de las palabras inventadas. A Lena le parecía que más que genuino interés en lo que Emanel observaba, la joven amaba el sonido de su propia voz.

Aquellos días se desarrollaron en similares condiciones en otras actividades. Qué lamentable resultaba para Lena no poder utilizar compresas de pegahueso o floripondio blanco en su propio tobillo para, recuperada, escapar a la primera oportunidad. Había reflexionado que su cuerpo, contra sus deseos, se negaba a abandonar aquella estadía y alentaba las dolencias como si a través de ellas pretendiera mostrarle una verdad que aún no se manifestaba. Así funcionaba la propia magia del cuerpo, atajó Lena. A veces había que rendirse a los trucos que el cuerpo hiciera para entender un propósito más grande todavía y oculto en los vericuetos de las circunstancias.

Mientras reflexionaba el tiempo que faltaba para irse, Lena concluyó que mejor que presentarse en Las alumbradas hubiera sido nunca regresar. Se había convencido de que el regreso anticipado ensuciaría las memorias que con tanta devoción buscaba cuando el presente se tornaba una noche oscura por la que apenas podía caminar. La entristeció la revelación de que una vez que pusiera un pie fuera de la hacienda serían los días recientes con sus acontecimientos e infortunios y no los anteriores a ellos los que se manifestarían con más verdor. La presencia de Demetria y el poco afecto que la joven tenía en familiarizarse con las habitaciones y espacios que constituían las orillas de su primera casa la irritaba aún más. La joven era dueña de una tierra con la que no se entendía, de un entorno al que no quería pertenecer y de relaciones con las que no buscaba ejercer vínculo alguno. Para Lena la presencia de Demetria era una ofensa a Las alumbradas.

Capítulo 50

Como el esguince en su pie había mejorado lo suficiente, Lena se permitió dar un paseo fuera de la hacienda con la ayuda de un bastón. Estaba segura de que la retirada estaba próxima y con ella el ajuste de planes que haría al volver a la ciudad. Quiso guardarse para sí un par de postales propias, recordar el pasado pero procurar además nuevas memorias. Cada persona, esto lo había escuchado entre algunas indias, tienen sus propias fuentes de poder. Para algunos era el amor en pareja, para otros son los hijos, para unos más es el amor que sienten por la naturaleza. El amor que movía a Lena siempre había estado bajo sus pies, en la tierra que conformaba a Las alumbradas. Se sentía fuerte dentro de ella, así había sido antes y así era ahora. Pero la fuerza que entraba por sus pies y subía por su cuerpo en aquella ocasión se movía de distinta manera. La certeza de que cada vez sería más difícil, e incluso un día imposible retornar, la hizo confrontarse con todos los epicentros identificados. No se sentía cómoda en la ciudad, al menos no del modo en que había sido en Las alumbradas. Cada paso que daba la movía hacia una nueva pregunta y si el recuerdo de la hacienda siempre le había dado algún tipo de respuesta, esta vez no se asomó en él ninguna certeza.

Contrario al desinterés que Demetria tenía por el nuevo hogar, Emanel había mostrado con algunas observaciones hechas a la propiedad el inicial afecto que esta le merecía. Lena y Emanel estaban alineados por las mismas afinidades. El joven era, en efecto, una réplica de Renato. Aquella mañana los dos se animaron a dar un pequeño paseo por los alrededores. La camaradería los hizo alejarse de la hacienda más de lo esperado. El horizonte que frente a ellos se dibujaba en tonos azules mutó por obligación de las horas en un espectro rojizo. Seguían en silencio cuando decidieron sentarse y esperar que la paleta nocturna se presentara. Las horas en el campo se movían distintas a las que avanzaban en las ruidosas ciudades. Valía la pena quedarse un rato sobre la tierra y permitirse ser invadidos por hormigas o insectos si la recompensa era una estampa como la que acababan de contemplar. Poco a poco fueron llegando a ambos las palabras con que nombraban la singularidad del paisaje. Luego, cuando la calma del panorama volvió a silenciarlos, Lena pensó que en Emanel se resumían de algún modo los hombres que había conocido. Por ejemplo, la ternura de Renato, la galanura de Lisandro y la serenidad de Gerardo.

Mientras veía simultáneamente hacia la distancia y el perfil de Emanel, Lena se preguntó si Demetria no sentía algo más que afecto parental por su primo. Después de meditar las probabilidades que Emanel tendría con Demetria, Lena pensó con un poco de horror que la raíz de las desavenencias entre ambas correspondía a lo parecidas que eran. Si Lena había contado con el paso del tiempo como conciliador de su temperamento, no era así con Demetria, de quien anticipó un despertar tan amargo como el que ella misma había tenido. Fue entonces que una idea traviesa cruzó los pensamientos de Lena. Se propuso hacer que Demetria se enamorara de Emanel y evitar de ese modo el futuro desalentador promovido por amoríos fallidos.

Al día siguiente, más repuesta y motivada por su nuevo propósito, Lena pidió tener acceso aquel día a la cocina y preparar una cena de agradecimiento a sus hospedadores. La petición fue recibida con gusto, aunque con relativa sorpresa tanto por Emanel como por Demetria. Poco después del mediodía, y sabiendo lo complicada que sería la elaboración del platillo que tenía en mente, Lena confió una pequeña lista de ingredientes a Mateo, que aquel día, además de sus labores diarias, había acordado ayudarla en lo que necesitara. Mientras Lena, todavía apoyándose en el bastón, se escurría en los alrededores de la hacienda en busca de algunas hierbas como romero y epazote que crecían salvajemente en casi cualquier rincón, Mateo se apegaba a la lista que completaría con una rápida visita al mercado itinerante de los miércoles que todavía, al paso de los años y las guerrillas intermitentes entre indios, españoles y criollos, repetía su ubicación a unos pocos kilómetros de distancia. En cuestión de una hora y cuarto, Mateo había logrado completar la lista de ingredientes que incluía lavanda, miel de maguey, pepitas, cacahuates y corazones de pollo que Lena había escrito como imprescindibles. Un kilo de jitomates, tres cebollas, ocho chiles de árbol, dos chiles habaneros y medio kilo de manteca de cerdo completaban el encargo.

Una vez que los corazones estuvieron entre las manos de Lena, comenzó a soplar su aliento sobre ellos. Con cuidado introdujo la mezcla de lavanda con romero y epazote en el interior de cada uno y finalmente los dejó en reposo en un tazón de barro lleno hasta el tope con la miel de maguey. Desde el extremo contrario de la cocina, Mateo y Manuela observaban a quien fuera su patrona repetir paso a paso la receta que Chilo dictara a la joven años atrás para cuando precisara unir a dos enamorados que aún no saben que se aman. Sin embargo, y como bien aprendió Lena, la magia no podía alterar los hechos, solamente empujarlos. No se trataba de que un brebaje o un mejunje inventara emociones o afectos antes inexistentes, sino que buscaba, en caso de que los hubiera, exponerlos, o como era la ocasión, ayudar a revelarlos a aquellos que los sintieran sin saberlo.

El hechizo de los corazones de pollo tenía como intención sacudir el corazón de aquel que los probara. Si en el de Demetria no había ningún sentimiento por Emanel, el preparado no ocasionaría cambio alguno en ella más que el de proveer placer a su paladar, pero si por el contrario en su corazón existían los principios de algún sentimiento, bastaba con que hubiera digerido un solo bocado de carne para que expresara la desesperación del amor y anunciara a través de un gesto breve, apenas imperceptible para un ojo indiferente a los hechos de la magia, la confirmación de un amor próximo a irrumpir en todo su ser.

El tiempo de la cena se alargó hasta las primeras horas de la madrugada. Entusiasmados por el exquisito guisado nunca antes saboreado, tanto Emanel como Demetria solicitaron que se les sirviera dos veces el inusual estofado. La cena completísima había necesitado de cinco tiempos que incluyó alcachofas con arroz negro, tortillas rellenas con lentejas y pimiento morrón, sopes con jumiles en salsa de mezcal y de postre higos cristalizados en adobo de nopal con azúcar morena. Una vez satisfechos, Emanel propuso dar un par de vueltas en torno a la hacienda. La espléndida cena había sorprendido a los primos a tal punto que enseguida se mostraron curiosos por conocer el origen de tan extraordinarias recetas. Lena eligió con sumo cuidado las palabras que pudieran explicar su talento en la cocina, uno que ella sabía había tomado prestado de Laureana, anticipándose desde las primeras horas de la mañana a la invocación de un hechizo que pretendió robar por un día el don que su hermana había heredado naturalmente. La receta de los corazones de pollo era atribuida a la abuela que nunca conoció pero de quien ocasionalmente terminaba tomando conocimientos gastronómicos, médicos e incluso astronómicos. La abuela de Lena, de nombre Xomali, había sido una mujer de quien se llegó a saber realmente poco. Como la mayoría de las mujeres en la historia, fue tomada a la fuerza por el abuelo de Lena a la edad de trece años y quedó embarazada apenas días después de ser raptada. Nadie tenía muy claro cómo fue que Xomali hizo uso de las especias para evitar quedar nuevamente embarazada por Heberardo, lo cierto es que al paso de los años Heberardo la abandonó por otra mujer que conoció en las recién formadas calles de la Ciudad de México.

Aunque nunca amó a su esposo, Xomali lloró el abandono como se esperaba en una esposa ante el dolor por saberse rechazada. Pasado un año exacto desde la última vez que vio el rosto de Heberardo, Xomali convirtió al puerto de Acapulco en el hogar donde criaría a la madre de Lena. Si el paso de los años no había sido bondadoso con el puerto, haciéndolo crecer desproporcionadamente tanto en su planeación como en su población, no fue así ni con el cuerpo ni con el rostro de Xomali, a quien mantuvo inexplicablemente joven y hermosa. En un periodo de cuatro años, tres docenas de hombres y una que otra mujer se presentaron en la casona de Xomali con la intención de cortejarla. Cansada de los galanteos de los que era objeto, Xomali decidió dejar de lado el atractivo cuerpo en el que nació y arremangarse del mismo modo en que se viste una prenda horrible, la piel que pudiera alejarla del deseo comunitario que despertaba en los ojos de quienes la miraran. Súbitamente y en apenas unos pocos días Xomali envejeció veinte años. Nunca se supo si el rechazo a su belleza se consumó ingiriendo alguna o varias hierbas o si solo bastó la intención de su deseo. El hecho comprobado era que quienes volvieron a toparse con Xomali en alguna calle del puerto quedaron asombrados por la vejez que aquella mujer, antes seductora, portaba como una dignidad pocas veces vista. A pesar de las arrugas que marcaron su rostro, de las canas que palidecieron su negra caballera, y de las estrías que asomaban sobre sus senos ahora caídos, hubo quienes insistieron los años siguientes acompañar a Xomali los últimos años de su vida. Finalmente, una tarde, nadie más tocó a su puerta. Feliz y tranquila, la avejentada mujer se paseaba por las playas acapulqueñas satisfecha con su papel de madre y soledad de cama. Aunque vivió contenta no llegó a ver la primera juventud de su propia hija, por eso y porque estuvo a gusto consigo misma y nadie más es que no hay mayores registros de su existencia.

Mientras Lena piensa y nombra hipotéticamente las acciones de su abuela, siente que le hace un poco de justicia aunque las referencias que diga sobre ella nazcan de sus deseos y no de los hechos. Sin registros físicos de su existencia, el paso de Xomali se redujo a lo que sus descendientes fueron abonando por cuenta propia. Las suposiciones que Lena suma al relato, como en su momento lo hicieron sus hermanas, la hacen pensar que en realidad no está inventado lo que no ha visto, o quizá no del todo y las palabras que usa para describirla no nacen precisamente de su boca sino de los labios de aquella a quien nadie recuerda.

Capítulo 51

Los pasos alrededor de la hacienda estaban a punto de sumar el principio de la séptima vuelta y Lena todavía no observaba señales de afecto de Demetria hacia Emanel. La posibilidad de haberse equivocado en el orden del preparado hizo a Lena repasar mentalmente la receta. Todo parecía haber sido hecho en estricto orden, ella sabía que el equilibrio tanto de cantidades como de movimientos debía ser preciso para lograr el éxito en cualquier tipo de encantamiento. Minuciosidad y convicción eran dos elementos requeridos en el trance mágico. Los pasos que siguió se desdoblaron uno a uno en su mente. En efecto, había lavado con delicadeza los corazones y ni qué decir de los cortes que ejecutó, todos de menos de dos centímetros y siempre en sentido de las manecillas del reloj. Y desde luego, había pasado por el agua trece veces cada manojo de hierbas.

Sin darse cuenta por estar enfrascada en sus pensamientos, Lena se separó de los jóvenes. Hasta que regresó sobre el camino minutos después y los observó, obtuvo su respuesta. Sí, tal y como lo sospechaba, Demetria amaba a Emanel. No era que Lena hubiera visto un beso o escuchado una declaración de amor, sino que algo más simple y a veces más expresivo como lo era una mirada en la que queda capturada la esencia de la inclinación misma revelaba más que las palabras. Las facciones de Demetria, casi siempre en sintonía con el tono de su voz, ligeramente soberbias, tuvieron por una fracción de segundos una composición abarrotada de ternura. No importaba el color de piel, la etnia, religión o rango social que tuvieran dos enamorados pues la señal que revelaba la condición de sus almas se desprendía con las mismas expresiones. El indicio que Lena advirtió no la defraudó. Intrigada y seducida por igual, Lena percibió en su camino un segundo desafío: hacerse amiga de aquella joven cuyo carácter, finalmente aceptaba, le recordaba el suyo.

La mañana siguiente después del desayuno los tres jóvenes repitieron el paseo alrededor de la hacienda. Aunque en el rostro de Demetria no había indicios de molestia por el clima, como habitualmente solía manifestar a tempranas horas de la mañana, a Lena le pareció que por primera vez desde que habían hecho de las caminatas una actividad diaria debido a su mejoramiento, su anfitriona se mostraba cómoda. Repentinamente Lena cayó en cuenta de una probabilidad que había ignorado. Si ella misma se había sentido arrancada de su epicentro al salir de Las alumbradas, era admisible que con Demetria ocurriera algo similar. Resultaba verosímil que la joven hubiera sido obligada a vivir en la hacienda.

Según Mateo, Demetria llevaba aproximadamente cuatro meses viviendo en Las alumbradas. Para Lena, la chica se encontraba aún en el periodo de resistencia, viviendo con amargura los días del destino impuesto. Imaginó a la joven deseando noche a noche que algo o alguien la liberara de aquella condición de destierro obligatorio. Incapaz de ahondar aún más en las razones que hubieran direccionado a los padres de Demetria a tomar la decisión de enraizarla en Las alumbradas, se contentó con la poquísima información obtenida y se enfocó en el presente de quien apostaba sería, más tarde que temprano, su nueva amiga.

Capítulo 52

Cuando se aseguró de que Demetria se encontraba dormida, Lena entró con total sigilo a la habitación de su anfitriona. Esperaba que, como había escuchado años atrás a las indias decir, la luna la afectara de cierto modo como hacía con algunas mujeres. Bochornos, locura temporal, amantes tardíos e incluso éxodos inesperados eran sucesos que el astro provocaba en temperamentos volátiles. Aunque no había sido el caso ni con ella ni con alguna de sus hermanas, ni siquiera con la mayoría de las indias que había conocido, supo por ellas que principalmente eran las españolas quienes resultaban afectadas con su plateado reflejo. Por supuesto, nadie culpó al satélite ni dispuso teoría alguna, acusarlo hubiera sido todavía más disparatado que todos los actos que ciertas damas realizaron en su honor.

En vez de mirar al cielo y señalar a la responsable, los hombres concluyeron que eran las mujeres por sí solas quienes al disponer de más tiempo libre del que debían tener hacían cosas que normalmente no pensaban. Por aquella teoría es que a la larga los hombres decidieron atribuir más tareas a sus esposas o novias con el ánimo de no darles tiempo para elucubrar absurdos. No obstante la disciplina masculina, hubo más de una que entusiasmada por lo que pasaría y sabiendo bien a quién acudir buscaba a la luna. De aquellos tiempos, si no es que de antes, conservan algunas mujeres el acto de bailar desnudas bajo su luz.

Lena observó el cuerpo dormido de Demetria que no obstante el sueño, se movía inquieto como tratando de alcanzar el reflejo plateado que el satélite procuraba desde el marco de la ventana. Las vueltas que daba sobre sí misma y las sacudidas de sus pies y manos eran la evidencia de que su espíritu se encontraba en una lucha interna por desatar su propia naturaleza. Al instante, Lena se agachó debajo la cama y dibujó con el dedo anular de su mano izquierda un círculo casi perfecto. La luna artificial, hecha con base en pólvora, sal de mar y carbón molido tenía por propósito atraer la luz que provocara en Demetria el delirio y desfachatez de los que carecía.

Pese a la invocación hecha, ni el temperamento ni los afectos de Demetria variaron a la mañana siguiente. Lena supo que la única forma de sacar la real esencia de la joven sería en tanto ella misma hiciera lo propio, aunque ello significara exponer los lugares que aún no visitaba. Esperanzada en las alegres consecuencias, Lena aceptó el reto y habló como si, más que hacerlo a otra persona, hablara hacia sí misma lo que para ella significaba Las alumbradas. El largo soliloquio que inició retomando su infancia fue igual que una canción que conforme avanza de estrofa en estrofa se va elevando y haciendo grupal por el tono y rimas empleadas. Ninguna palabra que salió de sus labios exageraba sus memorias. Lo supieron Emanel y Demetria cuando más de una vez los ojos de Lena se nublaron con la presencia de dos ríos en ellos.

Los días inventando juegos en los riachuelos cercanos volvieron con vivacidad. Lena se vio a sí misma saltando sobre el arroyo al que nombró Valle Encantado. Una sonrisa cubrió su rostro cuando contó cómo cuando algunas indias lavaban en la parte alta del arroyo la lejía que utilizaban pintaba la corriente, haciendo que Lena lo renombrara con el mote de Aguas Blancas. Especial atención merecieron en ese relato las dunas que se dibujaban bajo el torrente y la hicieron recordar algunas de las playas que conoció de la mano paterna. Por supuesto, la playa y el mar fueron una memoria que aunque no sucedió en Las alumbradas requirió su propio tiempo para ser citada. No faltaron en el recuento las tardes en que su padre la llevó junto a sus hermanas de excursión a los cerros. Ni el polvo ni lo empinado de las subidas resultaron difíciles para alguna de ellas. El camino que subían las obligaba a poner en práctica todas las capacidades físicas que en la hacienda trabajaban. Aunque jóvenes y no tan experimentadas como su padre o como algunos otros niños que solían visitar los mismos cerros, cada hermana enfrentaba a su manera el reto de conquistar la cima. Una vez que lo lograban la recompensa era grupal. Apenas descansaban lo suficiente de la subida, cada una compartía los animales vistos durante el trayecto como iguanas, libélulas, mariposas o pequeños lagartos inofensivos. El suelo terroso resultaba la pizarra ideal donde dibujaban las flores o plantas que hubieran llamado su curiosidad. En medio del calor y sentadas sobre las piedras, las cuatro hermanas miraban el horizonte que se trazaba a lo lejos como una sola tierra rojiza donde parecía vivir el sol de manera indefinida.

Las palabras que Lena usaba para explicar su amor por la hacienda, sus alrededores y la vida que allí vivió impulsaron en Demetria una convicción súbita que no pudo prescindir de expresar en voz alta. Las palabras que saltaron de sus labios irrumpieron con gravedad tanto en Lena como en Emanel, quienes asombrados por lo mencionado se miraron con complicidad. La joven se había propuesto adivinar cuál de los cerros era aquel al cual Lena se había referido con una pasión que no dudó en imitar. Sobre el horizonte había al menos una decena de ellos de variados tamaños. Demetria los miró uno por uno, se imaginó imitando la infancia de Lena subiendo en alguno de ellos, saltando intrépida por encima de las rocas y luego contando las dunas del famoso Valle Encantado. El paisaje que había visto durante meses sin interés por vez primera le resultó fascinante. El inesperado descubrimiento la levantó del piso y la hizo mirar hacia Emanel. Sentada en el suelo, Lena rogó que el amor que sentía Demetria por Emanel fuese lo suficientemente poderoso como para hacerla caminar en su dirección. Las plegarias que en su mente se dibujaron tuvieron éxito cuando ambos primos se besaron.

Quién sabe si porque Demetria nunca antes había experimentado un amor de aquellas dimensiones o porque se había guardado muchas cosas durante demasiado tiempo, pero una vez que se separó de los labios de Emanel comenzó a resplandecer como si fuera el mismo sol el que aquella tarde les acompañaba. El fulgor que Demetria irradió por catorce días y sus respectivas noches fue tan intenso que hubo que cubrir todas las ventanas de la propiedad con cinco y hasta siete cortinas encimadas para mantener aislada la luz que brotaba desde su interior. Si fuera de Las alumbradas la noche era posible, no sucedía igual dentro de la propiedad donde el resplandor que surgía de la joven orilló tanto a Emanel como a Lena a colocarse en los ojos un vendaje que les permitiera dormir al menos un par de horas. La incandescencia que salía de la habitación de Demetria hizo pensar a Lena que por fin Las alumbradas daba sentido al título con el que había sido nombrada, pues parecía que era el sol mismo quien vivía dentro de la hacienda.

Capítulo 53

Desde que Lena puso un pie en la hacienda habían transcurrido más de cuarenta días. La mañana antes de partir, Demetria le entregó una pequeña caja de madera que contó había sido hallada en la habitación principal escondida en un extremo inferior del piso. Lena miró con extrañeza la caja, ni su existencia ni su forma hexagonal le parecían familiares pero fue cuando la sostuvo entre sus manos que reconoció que, en efecto, el singular objeto pertenecía a su familia. En cuanto estuvo a solas, Lena comenzó a leer la primera carta. La letra, estaba segura, era de su madre. Las oraciones que leía no parecían pertenecer a la mujer que las había traído a ella y a sus hermanas al mundo. Cada misiva daba una perspectiva completamente diferente de aquella a quien había conocido. Luego una de las cuartillas le reveló una verdad inesperada. La historia que su madre contaba era ante todo una súplica a su esposo, es decir, a su padre.

El descubrimiento de una relación que su madre sostuvo con otro hombre provocó en Lena un colosal desconcierto. Las palabras escritas narraban una suerte de hechos cosidos por la peor fatalidad. Las cartas enumeraban la aceptación de una infidelidad largamente alimentada, un no tan repentino abandono y un eventual regreso no sin antes solicitar el perdón al más afectado de los inesperados integrantes de aquel entramado de emociones y afectos desordenados. La última carta de su madre agradecía a su esposo la absolución recibida en ella y en el hijo que llevaba en su vientre, quien no tenía culpa de sus errores cometidos. Lena leyó las fechas enumeradas en cada misiva, hizo cuentas, deseando y no ser ella. Lo era.

Abatida, Lena leyó una vez más desde la primera hasta la última carta. La verdad no se había movido un centímetro de donde la había encontrado. Apenas podía pensar cuando salió de su habitación ante la vista de Emanel y Demetria y comenzó a andar sobre el amplio páramo. Cada paso que daba la conducía hacia la vereda donde empezaban los cerros. Las palabras que había leído entre las paredes de la habitación de huéspedes permanecían en su cuerpo como un temblor sobre el que no tenía control. Una y otra vez las oraciones leídas volvían a su mente.

Parada en lo alto del cerro, Lena miró Las alumbradas con profundo pesar. De pronto no solo la hacienda no era suya ya, sino la vida que había conocido. Aunque hacía menos de algunos minutos el sol había llegado a su cenit, Lena fue incapaz de ver la luz y las demás cosas que la luminosidad señalaba con su fulgor. Sus ojos negros, aunque abiertos, no podían ver. Había quedado ciega de forma instantánea e inexplicable. Casi de inmediato, Lena cayó sobre sus rodillas y luego de forma total encima de aquel promontorio de tierra y rocas. Algunas horas después, Lena despertó en la habitación de la que había salido. A su lado se encontraba su padre, quien luego de escribirle durante varios días y no obtener respuesta comenzó a preguntarse dónde podía estar su hija. Más tarde obtuvo su respuesta cuando recordó que solo habría un lugar al cual Lena podía ir y perder la noción del tiempo.

El despertar fue inflexible para Lena, además de ciega, había perdido la capacidad del habla. No obstante la elocuencia de los padecimientos, ni el doctor que había llegado con uno de los trabajadores de la hacienda, ni Emanel o Demetria eran capaces de entender qué o quién los había ocasionado. Solo don Ismael, sentado a un costado de la cama de su hija, conocía la causa. Una vez que Emanel, Demetria y el doctor se retiraron, don Ismael empezó a repetir lo que en silencio y sin cambiar la postura de su rostro Lena ya sabía.

Al día siguiente, padre e hija partieron rumbo a Chilpancingo. Si en un principio Demetria y Emanel habían recibido con ligera desconfianza la inesperada invasión de aquella mujer de quien solo sabían el nombre, ahora, por el contrario, despedían con genuina preocupación a una hermana.

Capítulo 54

El viaje de regreso fue agresivamente breve. Pese a la necesidad de aclarar algunas dudas y de enfrentar los secretos que los habían alcanzado, padre e hija parecían decididos a evitar incluso la dirección de sus propios cuerpos sentándose en extremos contrarios del carruaje. Una vez que ambos llegaron a la ciudad, don Ismael llevó a Lena a su habitación. Las horas siguientes sin salir del cuarto probarían el aislamiento en el que Lena acababa de entrar. Su reclusión reiteraba una mezcla de emociones entre las que ponderaba una rabia concreta.

Los días avanzaron sin que Lena mostrara el menor mejoramiento. El dolor que había entrado por el cordón umbilical la había puesto ojerosa, pálida y tan enjuta como la hoja de una mandrágora vista de perfil. La presencia de su padre, que antes hubiera bastado para curar todo mal, entonces carecía de importancia. Incapaz de saber qué más agregar al soliloquio escrito que su esposa había dejado como evidencia de aquel periodo absurdo de afectos y deseos encadenados, don Ismael decidió explicar la situación a sus otras hijas. La docena de cartas que habían escrito a Lena permanecían sin respuesta y él, por como lo veía, iba a tener que explicar lo que había ocurrido no solo entonces sino veintitrés años atrás. La intención paterna fue interrumpida por Lena. El dolor que sentía, explicó a su padre, era un dolor con el que solo ella podría vivir, no así sus hermanas que una vez que supieran el secreto de su madre entrarían en una espiral de rencor sin vuelta atrás. Luego de que don Ismael prometiera no compartir con las demás el asunto de las cartas, Lena volvió a su mutismo. Sin importar cuánto empeño pusiera en cuidar de su hija, esta permanecía recluida en su habitación. Don Ismael comprendió que el quebranto de Lena no iba a curarse con su presencia a todas horas, pues para ella la mentira cuya verdad acababa de cambiar su vida también lo incluía a él.

Aunque continuaba ciega y negándose a hablar con su padre, Lena decidió enfocarse en sus labores de costura operándolas con el mismo éxito con que lo hacía cuando podía ver. Pronto su habitación se llenó con diversos vestidos, corsetería y demás prendas que sus manos hábiles sabían cortar y coser a la perfección. El instinto que gobernaba sus dedos la hacía espectacularmente diestra a la hora de agregar detalles como bordados de rosas o estrellas en ruedos y cuellos. Pero si en el interior de su habitación era hábil como pocas costureras podían serlo, fuera de su pequeño cuarto Lena era incapaz de caminar sin golpearse los dedos de los pies o darse cabezazos contra las macetas que decoraban algunas paredes.

Los días que pasaban podían contarse por el número de prendas que Lena cosía. Pronto hubo que colocar las docenas de vestidos y corsés terminados encima de los muebles de la sala, después estirados en el comedor y finalmente colgarlos entre las paredes como si se tratara de una exquisita tapicería. No obstante el perfecto trabajo que desplegaba en su habitación, la estadía de Lena en el resto de las piezas era inexistente. Los quehaceres que la casa demandaba y demás diligencias externas eran realizados por su padre. Sin intención de ahondar en el tema y sin poder evitar menos aún el tránsito del tiempo, don Ismael comenzó a preparar el regreso al trabajo. Por ello, y tomando en cuenta el trato que había hecho con Lena de no informar a sus hermanas sobre su situación, consideró necesaria la ayuda de alguien con conocimientos en medicina.

Su deseo se manifestó en la forma de una india cercana en edad al medio siglo. Los ojos de la mujer, tan enormes como dos ciruelos, y una sonrisa tan blanca como la espuma del mar hicieron a don Ismael cerrar el trato. Ayudaron, claro, las credenciales que la mujer presentó aun antes de ser pedidas pues no solo sabía de medicina moderna, sino que conocía las bondades de la magia prehispánica.

Antes de abandonar la casa, la voz de Lena situada desde el umbral de la puerta lo detuvo. La voz de su hija sonaba distinta, como si proviniera desde otro cuerpo, pero aunque el tono que Lena empleó se escuchaba diferente al acostumbrado, las palabras que pronunció no resultaron ajenas sino inmediatas en su intención. Todavía encerrada en la oscuridad, Lena caminó hasta su padre. Era el único padre que conocía, el único que necesitaba. Lo amaba, aunque no compartieran ni la sangre ni la piel, aunque el vínculo que los uniera fuese externo y hubiera sido alimentado a través de los años y no desde el origen. No podía imaginar un amor más grande que el que él le había dado. Supo cuando tocó con sus dedos la arrugada piel de sus manos que la amaba incluso más que a sus hijas de carne. Era verdad, don Ismael amaba a Lena porque debió haber sido su hija de sangre y porque de alguna manera, desde el vientre de su madre, la joven había encontrado el modo de llegar a él, de ser su hija. Y Lena correspondía a ese amor, aunque en ese instante, mientras se lo hacía saber, estaba convencida de que ese mismo amor había sido golpeado. El amor que la atravesaba, como algunas líneas lo hacen sobre la tierra no para derrotarla, sino para ampliar su rango por encima del resto de otros elementos, alcanzó un espacio nuevo exn la jerarquía donde sin tener consciencia se colocan los apegos. Después de hacérselo saber, Lena pidió a su padre que mantuvieran en secreto el suceso de las cartas y de su ceguera. Don Ismael no escatimó en palabras que reafirmaran lo que Lena había dicho segundos antes, para él, ella era su hija más querida.

Capítulo 55

Tal y como lo habían advertido sus cartas de presentación, la mujer que respondía al nombre de Camila resultó sumamente eficiente en su labor. Disciplinada y metódica, resolvía por igual asuntos relacionados con Lena como diligencias caseras que iban saliendo en el día a día. Sobre sus cualidades profesionales, Lena agradecía que Camila se mantuviera alejada de su perímetro, pues a pesar de mostrarse cariñosa no se inmiscuía con descaro en su vida. Poco a poco Lena fue sustituyendo las horas de costura por caminatas al lado de la anciana mujer.

Para esta la ceguera de la joven era una especie de barrera protectora que la alejaba de algún tipo de dolor. De tal manera, por muchos remedios que Camila conociera, ninguno resultaría eficiente si la cura misma estaba, como la enfermedad, contenida en el cuerpo que la padecía. Aun así, decidió satisfacer el paladar de la joven con toda clase de elaborados guisos y bebidas de exótico origen. Era contundente la pericia de la mujer en las artes gastronómicas, pues lo mismo usaba raíz de tejocote para sustanciosos consomés como para pastas o bebidas con base en alcohol y también cuando se necesitara, para aliviar un largo empacho. A su modo, Lena comparaba a Camila con Chilo, a quien no tuvo oportunidad de volver a ver una vez salió de Las alumbradas. Por aquella cálida similitud es que Lena se apegó con rapidez a la figura de aquella mujer de cortas carnes y estatura irracionalmente pequeña.

Sin la capacidad de sus ojos, fueron los otros sentidos los encargados de llevar a Lena por el mundo inmediato a sus pasos. El esplendor de la naturaleza, la grandilocuencia de la arquitectura que crecía alrededor de la casa e incluso cosas más habituales, como el movimiento de Camila en la cocina, cobraron una identidad riquísima en significación. Lena exploró con el olfato y la piel de sus manos los espacios que había creído solo podían entrar en su memoria a través de los ojos. Algunas tardes cuando escuchaba la lluvia caer en forma de gruesas gotas encima del techo o sacudir con su presencia en forma de temporal la vida de Chilpancingo, recordaba de golpe lo ridículamente pequeña que era la ciudad y lo fácil que hubiera sido hundirlos en un aguacero de cinco horas continuas. Lena extrañaba ver los relámpagos que sobre la casa y más allá de ella se anunciaban con un estruendo que la hacía recordar la pirotecnia que iluminaba el cielo de la hacienda y pintaba en la negritud de aquel techo infinito crisantemos y cascadas de fuego. El agua en cualquiera de sus presentaciones era un elemento que merecía respeto.

Bajo la supervisión de Camila los días transcurrían con relativa serenidad. Luego, súbitamente reaparecía en los pensamientos de Lena el contenido de las cartas maternas. Aquellos instantes, aunque breves, tenían la facultad de alterar la realidad en que la joven vivía. Su mundo construido desde la oscuridad volvía a ser una ilusión, tal y como lo era su ceguera. No tenía fuerzas para nuevas batallas. Y, sin embargo, en medio de la desazón, Lena continuaba evitando que su ceguera alcanzara a sus hermanas. Su infelicidad era suya y de nadie más. Con la intención de calmarlas, pidió a Camila que contestara una por una las misivas amontonadas que ellas habían enviado las semanas anteriores.

Una vez terminada la larga labor, Camila leyó pacientemente a Lena cada carta en espera del buen visto. El lenguaje que habían desarrollado las hermanas estaba compuesto de expresiones únicas y puntualizaciones que nadie más podría imitar. Para evitar que su tristeza se instalara en alguna de las cartas, Lena pidió a Camila buscar entre las hierbas del patio trasero dos tantos de lavanda, un manojo de melisa y tres dedos de tila. La mezcla, previamente molida en el mortero, se puso a hervir en dos litros de agua. Una vez que soltó el hervor, Lena dio un largo sorbo que mantuvo en la boca sin tragarlo durante todo el tiempo que llevara a Camila escribir cada carta. Segura de que las respuestas se apegaban a la fórmula filial, Lena dio luz verde al envío colectivo. Las misivas no demoraron en llegar. Alegre y sonriente, Lena escuchó las buenas nuevas que a su vez sus hermanas contestaron en sus cartas de vuelta. En cuanto Camila leía la última línea de cada carta, volvía la oscuridad a sus ojos y se desvinculaba de la vida que en el exterior continuaba precisa y ajena.

Capítulo 56

A Lena le gustaba salir a la calle con Camila e imaginar las cosas que esta le iba contando. Los días bajo su ala protectora hacían menos difícil el tránsito por la oscuridad. Cada objeto, acción o elemento natural cobraba un significado nuevo cuando era descrito a través de los labios de aquella india de origen difuso. A excepción del nombre, no había una sola parte de Camila que se apegara a la identidad física de las indias que conocía. Camila, con sus facciones y sus movimientos sobre el suelo alejados del peso que las indias ponían con cada paso, creaba un peculiar folclor.

Aquella mañana, tal y como venían haciéndolo durante semanas, ambas mujeres salieron de la casa rumbo a la plaza principal. Lo que antes había sido un paisaje sin forma definida, con ideas arquitectónicas inconclusas de la alta sociedad interrumpidas por la permanencia del pasado en la forma de pulquerías, cuarteles militares que recordaban los tiempos de zozobras recientes y aquellos que a ratos se asomaban de lugares recónditos, había alcanzado al fin una perspectiva más uniforme. En los años más recientes habían comenzado a instalarse tiendas de giros todavía inaccesibles para la mayoría de las mujeres, aun así indias, criollas, españolas y mujeres de indistinguible casta acudían a las nuevas perfumerías no tanto para adquirir sus productos en turno como para dejar que alguna de sus esencias se instalara por accidente en sus cabellos o prendas. Las mujeres salían de sus casas con las manos vacías pero volvían con las cabezas rebosantes de sueños. Un vestido admirado hasta el cansancio sobre un maniquí era lo mismo que habérselo puesto. Ni siquiera Lena lograba ser indiferente a las demandas de su género y guiaba por medio de una serie de pellizcos y jalones de manga la ruta que Camila tomaba desde el zócalo hasta alguna de sus tiendas favoritas. Aquella mañana, pese a los jalones, Camila no tomó la senda que los deseos de Lena empujaban sobre sus brazos, pues en vez de seguir la ruta de la feminidad, condujo los pasos de Lena en una dirección completamente opuesta.

El aire que minutos después de empezar la caminata golpeó su rostro llevando hasta él pequeñas, casi microscópicas motas de tierra, hizo a Lena separarse bruscamente de Camila. No estaba en la plaza, ni siquiera de camino a ella, sino en Las alumbradas. Aunque no podía ver, identificó el lugar en el que se encontraba. Frente a ella, muchos metros pendiente abajo reconoció las paredes, techo y vegetación colindantes de la hacienda. Segura de saber dónde se encontraba, Lena se quitó el zapato de su pie derecho y con él tocó el piso de polvo rojo solo posible en los cerros desde los que en otros tiempos contemplara Las alumbradas. Supo también que estaba a escasos centímetros de caer al despeñadero si acaso daba un paso más hacia el frente. Sin el brazo de Camila al cual sujetarse, Lena bajó hasta sus pies y comenzó a guiarse con las manos en sentido contrario al indescifrable abismo, detrás de ella solo había más piedras y polvo. Palpó el suelo terroso a su alrededor buscando a Camila, pero ni en el piso ni en ningún extremo había rastros de la anciana. Luego ya no pensó más en ella sino en su madre, después en su padre y finalmente en el hombre que la había abandonado aun antes de conocerla. Deseó volver al pasado y no haber descubierto su origen. El regreso a Las alumbradas no había sido lo esperado y jamás volvería a verlo como su hogar. Los minutos pasaban recordándole a Lena la amargura que la acompañaría por más que intentara acumular buenas experiencias, mejores recuerdos. Luego, derrotada al fin, se rindió.

Su origen, lo aceptó, no cambiaría por mucho que lo rechazara. Lo mejor que podía hacer era consentir con quietud aquella irrupción en la continuidad de su árbol genealógico y enfocarse en quién y en el cómo había sido la rama donde su existencia había sido consumada. El sitio donde nacen los afectos, susurró para sí, no era y nunca lo sería aquel donde fueran imaginados sino donde hubieran sido establecidos con hechos. Su morada era y sería donde pudiera citar un abrazo y una caricia, donde un recuerdo fuese confirmado. La imagen de ella misma abrazando a su padre le devolvió de golpe la gravedad que se necesita para enraizar las almas a los cuerpos.

La sonrisa que se dibujó en sus labios encendió, además de su rostro, la oscuridad de sus ojos que al instante se abrieron en el mismo lugar donde meses atrás se habían cerrado. El rostro de su madre inundó sus arterias. El viento terminó por llevarle el sonido de la risa materna. Dibujó el resto de sus características entre sus pensamientos, luego todavía pensando en su madre se agachó hasta el suelo. Tocó la tierra bajo sus manos. Su madre continuaba en el lugar donde la enterraron, a su lado, acompañándola por siempre su hermana Milena. Algunas ausencias no pueden compensarse, suspira Lena mientras sigue buscando con las palmas los relieves que señalarían ambas tumbas.

Madre e hija habían sido enterradas en uno de los cerros desde donde se miraba a Las alumbradas. Aunque han pasado varios años, Lena todavía recuerda cómo los indios subieron, primero el féretro de su madre y más tarde el de Milena, cuesta arriba en una ruta inventada de pasos que antes ella y sus hermanas habían colocado jugando. Lo había sabido entonces y después, no había para sus dos querencias un mejor suelo donde esperar el regreso. Mientras cierra la memoria de su madre regresando al suelo que rodea la hacienda, Lena la perdona. Lamenta haber llegado a su vida como una hija con quien, si se tiene suerte, se envejece, hubiera preferido que el vínculo entre ambas fuera el de dos amigas que se confían mutuamente los misterios que no pueden quemarse o guardarse en el corazón sin secuelas. Tal vez entonces, además de saber quién había sido aquel fantasma al que se niega a llamar padre, sabría por qué finalmente su madre volvió cuando quizá seguir de frente hubiera sido mejor. Luego, como sucede con ciertos hijos, el amor que siente por ella derrota al odio que sus mentiras despertaron y vuelve a venerar la mano que cuidó de sus primeros pasos. La perdona, aunque la haya convertido en la prueba de aquel episodio de fiebre y arrepentimientos alternos. El perdón que da a su madre deshace la negritud que han encerrado sus ojos.

Sin ganas de combatir más con sus pensamientos y menos aún con fantasmas sin nombre, Lena baja del cerro, cruza con sosiego el larguísimo páramo que bordea a Las alumbradas, se adentra en los peñascos que circulan aquel tránsito de tierra apenas accesible y finalmente comienza a andar rumbo a Chilpancingo.

Capítulo 57

Mientras observaba la casa en que ahora vivía, Lena pensó en lo fácil que era existir con simpleza, sin aspirar a tanto, entregada al día a día, permitiéndose una que otra vez algún goce representativo de su género, o como era su caso, abonando sueños en solitario que más tarde compartiría solo con quienes amara. La casa le gustaba, primero porque en ella había vivido junto con sus hermanas y segundo porque la propiedad con sus ceñidas piezas la había educado a recomponer las formas conocidas de Las alumbradas. El asunto de las dimensiones provocaría que Lena, además de ajustarse en términos físicos al nuevo espacio, lo hiciera también en lo concerniente al ámbito de lo humano. Persuadida por la practicidad de las dimensiones arquitectónicas, Lena acercó su espíritu a algunas ideas que la hacienda le hubiera impedido, por ejemplo, el de hacer de la costura una profesión.

Las reflexiones que Lena administraba frente a la casa no pretendían limitarla o reducirla al presente, sino enfocarla al anhelo de una casa propia donde su cuerpo, mente y alma exploraran sus espacios. Un hogar formado no solo por sus deseos, también por sus decisiones tal y como ya habían hecho sus hermanas. Segura un poco más del futuro, giró la perilla de la puerta principal y entró en la casa. Frente a ella se encontraba una mujer de cabello y ojos claros que Lena no reconoció. Sin embargo, cuando volvió a mirarla con más detenimiento contempló los rasgos que intuía eran característicos de Camila. Asombrada, Lena identificó a la india, aunque ya no en su forma física previa sino más bien en la que parecía ser su configuración original, como una mujer de complexión mediana, ojos color miel, perteneciente a la clase alta, con algunos centímetros más de altura y mucho menos vieja de lo que se había mostrado.

Pasada la impresión, Camila reveló a Lena quién era y el motivo de su aparición. De todas las anunciaciones que habían llegado a sus oídos, aquella que salió de la boca y cuerpo de Camila tumbó literalmente a Lena sobre el piso. Si la pequeñez anatómica de la mujer en su aspecto de india la había hecho sentir segura, el nuevo aspecto, no obstante, los rasgos europeizados, también otorgaron tranquilidad a Lena. Con rapidez ambas mujeres se identificaron más allá de la convivencia en el oficio. Aunque los eventos extraordinarios, vividos y ejercidos por mano propia, e incluso los que sus hermanas hacían y más tarde negaban o apenas nombraban, la habían familiarizado con un orbe mágico, nunca hasta ese momento Lena había conocido a una mujer que se autonombrara con el extraordinario título de bruja.

Convencida de que no había nada más que hacer en la ciudad, Lena aceptó la invitación de Camila de acompañarla a la Ciudad de México y enseguida se dispuso a preparar su maleta. Por segunda vez en la vida, Lena se desplazaba sin hacer a nadie más partícipe de su decisión. En el camino escribió a su padre y hermanas, a don Juventino e incluso a sus nuevos amigos, Demetria y Emanel. En un lapso de tres horas, Lena había concluido seis cartas cuyo propósito era el de aminorar cualquier preocupación que despertara en sus hermanas un viaje repentino. Antes de partir, se dirigió a las oficinas de correo. La salida y llegada de la correspondencia era una de las pocas cosas que seguían su propio ritmo e independencia respecto a los hechos que volvían a sacudir ciertas partes del país. El breve periodo de calma que se había sentido por casi un año en México había concluido de la misma forma en que aconteció, de súbito y sin apenas contemplarlo más allá de la indiferencia.

El camino que el carruaje siguió atravesaba pequeños poblados y uno que otro asentamiento humano. Lena comprobó con sus ojos que la violencia y caos que habían secuestrado buena parte de

Chilpancingo persistían con más fuerza en los caminos complejos del estado, pese a la existencia de la policía rural. No obstante la veracidad de las demandas que los indios y obreros tenían, dos mujeres en un carruaje resultaban una flagrante provocación para cualquiera que tuviera pólvora entre las manos y fuego en los pantalones. Anticipada a los actos que pudieran suceder, Camila había soplado su aliento sobre ella y Lena dos o tres kilómetros después de que el carruaje comenzara su viaje. Solo hasta que Lena se encontró de frente con un nutrido grupo de hombres ebrios, tuvo miedo. Luego, cuando vio cómo los siete u ocho hombres dejaron pasar al carruaje apenas mirándolo, supo que Camila había repetido el conjuro con el que se presentó frente a ella y su padre y la había hecho aparecer como una anciana con arrugas incontables y cabello cano hasta la cintura.

Capítulo 58

Si Chilpancingo agotaba por ratos a Lena debido a su reestructuración constante, la llegada a la Ciudad de México significaría un quiebre con todo lo conocido. Cada espacio por el que se movía sin importar su pequeñez parecía hecho con la única voluntad de alterar todos sus sentidos. La capital del país, con sus altos edificios y otros más construyéndose sin descanso, parecía una provocación física a los dioses repudiados. La ciudad se formaba apegada a una divinidad de reciente adopción. Era significativo que la Ciudad de México, a diferencia de Guerrero, no solo enfrentaba su propia urbanidad, sino una batalla con sus propias raíces como no se había visto antes. La movilidad y modernización a las que la ciudad aspiraba y con las que se comprometía en todos los aspectos violentaba no solo visualmente sino, en efecto, al resto de los sentidos.

Lena, quien no había vivido una profanación de aquel alcance, se sintió desnuda no por la escasez de prendas, sino por falta de cuerpo para resistir el embiste de un exterminio promovido con tanta convicción. En medio del crecimiento y de la propagación de edificios que a la vista parecían competir entre sí por ver cuál lucía más sofisticado, más alto, o más europeo, Lena se sentía pequeña, ridículamente insignificante. Caminaba asombrada del sometimiento que vivían los obreros a diario mientras intentaban dar forma con sus manos curtidas a la visión de algunos mexicanos. El maltrato del que era testigo ni siquiera podía compararse con aquel que los españoles procuraban en Guerrero a los indios. Para Lena quedaba claro que no dolía tanto lo que otros les hacían a los suyos, sino lo que los suyos se hacían entre sí.

Recordó a las indias e indios que bajaban desde la montaña empujados por la hambruna a pedir empleo como trabajadores de la tierra y cómo había quienes abusando de su condición de perseguidos los explotaban aún más. También rememoró a quienes procuraban darles un empleo y sustento dignos. Su padre, evocó con alegría, había sido uno de los pocos hacendados que habían brindado, además de trabajo, reconocimiento a esos hombres y mujeres para quienes demandó el mismo trato igualitario que tenían los mestizos o españoles. Con amargura, Lena concluyó que el progreso llevado de la mano de la clase alta era ajeno a la dignidad que merece cualquier individuo y en cambio exigía, muchas veces con excesiva crueldad, urgencia en los trabajos para los que hubieran sido llamados. Resultaba ridículo relacionar a Guerrero con la capital del país, pues esta última enfrentaba la modernidad con un apetito insaciable, indiferente al costo humano que implicaría la imitación por el viejo continente. Lena misma sin darse cuenta pronto imitó la voracidad que mostraba aquella imponente ciudad. De súbito, aunque todavía con la sensación de pequeñez, se sintió libre como no lo había estado en Chilpancingo ni en Las alumbradas. Sin tierra propia que secundara su origen como lo haría un apellido, Lena experimentó la ausencia total de enraizamiento que tienen los nómadas que van de una geografía a otra sin sentir el peso de la nostalgia. La nueva ciudad, concluyó, demandaba ser explorada con valentía.

El exterior de la casa de Camila replicaba el amontonamiento arquitectónico francés y su interior, por el contrario, enfatizaba que el lugar era la morada de una bruja. Así como las personas terminan poseyendo el rostro de las experiencias buenas y malas que hubieran vivido, con las casas pasaba algo parecido. La planta baja estaba distribuida en diversas áreas, una de ellas contenía una cantidad incalculable de frascos con esencias y brebajes, otra estaba saturada con aparatos extraños que Lena deseaba conocer lo más pronto posible. Todas las habitaciones sin excepción contenían uno o dos morteros y sahumerios encendidos. Y ni qué decir de las plantas que desde el jardín trasero habían hecho de la cocina y del comedor otro hábitat más. Lena podía identificar algunas de aquellas plantas, mas no todas, ya que la voluptuosidad que caracterizaba a ciertas de ellas en forma y tamaño resultaba intrigante. Floripondios, añiles, carissas, hierbas del susto, pasionarias e incluso una buena cantidad de bules decoraban a manera de candelabros las habitaciones de la propiedad. Aunado a los instrumentos e ingredientes, Lena tuvo acceso a la biblioteca que los conocimientos de Camila llevaban años nutriendo. Los apuntes, algunos en hojas de amate, incluían ilustraciones y generosas explicaciones de cada planta o ingrediente empleado. Los ojos de Lena se sintieron envueltos por una vorágine inabarcable de palabras e imágenes. Cada objeto que veía sin importar su tamaño era una puerta por la que confiaba entrar a un mundo todavía oculto. Lena era consciente de que había manejado su don a través del instinto y otro tanto mediante la fe. Su camino por la magia era lo mismo que dar un salto constante en completa ceguera. El recorrido por cada una de las habitaciones se repitió durante tres días, ya que el reconocimiento no solo tenía que ser visual sino físico. Cada vez que se introducía en un cuarto cerraba los ojos e intentaba, en absoluta oscuridad, recordar cada objeto que hubiera al interior. Al cuarto día, Lena logró caminar por la casa con los ojos cerrados recordando e incluso describiendo para sí misma los ocupantes mágicos que hubiera en cada una de las habitaciones.

Más dedicación que las hierbas, esencias e instrumentos contenidos, le merecieron los manuscritos, libros y apuntes acumulados a los que de inmediato tuvo acceso. Si bien había hecho uso más de una vez de oraciones o frases para potenciar algún rito, nunca había anotado sus ideas, un poco porque la mayoría eran inventadas o, mejor dicho, inspiradas en el momento exacto por alguna suerte de éxtasis o divinidad adquirida espontáneamente. Lena, a diferencia de Camila, había forjado su magia oral en la pasión del instante y no en la anticipación del rito. Parada frente a la colorida biblioteca sintió por primera vez en su vida la necesidad de anotar todos los hechizos y conjuros que había realizado anteriormente aun si no lograba recordarlos todos. El cambio por el que suplicó tiempo atrás, ahora lo sabía, parecía incluir la adopción de ciertos hábitos a los que nunca pensó acercarse por otra persona.

Al día siguiente por la mañana, decidida a empezar cuanto antes el viaje de su identidad, Lena salió en busca de sus propios instrumentos de trabajo. De momento la lista solo incluía papel amate y un mortero de piedra. Fiel a la costumbre de una movilidad en solitario, Lena rechazó la presencia de Camila y se entregó a la curiosidad de sus pasos.

Capítulo 59

Una vez en la calle, Lena miró la línea bajo sus pies como un interminable ciempiés decidido a invadir con su forma imperfecta todo horizonte identificado. Era como ver el nacimiento adelantado de un animal del que apenas sabía algo como el nombre. Calles y edificios parecían aún más grandes. La imaginación que había instalado una arquitectura externa chocaba con la realidad más polvosa, las náuseas y la fascinación llegaban por igual a su cuerpo. Pese a la atracción que sentía hacia la arquitectura, color y jocosidad presentes en el ánimo de algunos hombres y mujeres, había situaciones que ocasionalmente la rebasaban como el bullicio de las calles, originado por los autos que circulaban por las angostas vías o el barullo que salía de los mercados que, escondidos entre los edificios, reiteraban un nacionalismo más auténtico. Por encima de lo estrambótico del paisaje persistía la belleza de un aroma nunca antes establecido o de una ventana cuyas formas resultaban novedosas al registro conocido. La capital ofertaba placer y dolor por igual y dependía, como siempre habría de suceder, del caminante en turno elegir entre una y otra intención para seguir adelante. Lena, por su lado, intentaría apostar por la belleza en medio del ruido de fondo que intentara perjudicarla y poner en la mesa asuntos menos mundanos. Lo supo desde aquel instante: su paso por la Ciudad de México estaría atado a dos rutas continuas, la del asombro y la del eventual miedo.

Eso era la ciudad y eso sería en tanto llegara a acostumbrarse a la miseria que invadía los lugares donde el sol más brillaba. La posibilidad de identificar el dolor era para Lena la capacidad de humanizarse. Reducida algunas noches por sus recuerdos, volvía durante el día a los sitios donde podía ser otra mujer, donde las memorias de ciertos nombres solo significaran cenizas de una vida pasada. Pero luego, como suele suceder con quien pretende evadir constantemente la vuelta atrás, Lena regresaba a los espacios donde las desigualdades dolían como propias y recapacitaba sobre su vida y aquellas que en poblados cercanos a Las alumbradas había visto perderse por falta de recursos, por olvido o costumbre.

Todas las razones que la situaban en la Ciudad de México eran importantes. Todas y ninguna bastaban al mismo tiempo para otorgar la importancia necesaria que cualquier vida demanda. Por las noches todavía veía los rostros que habían hecho de la hacienda su casa y luego su ocasional orfandad. Las horas invertidas en mirar la nueva ciudad no bastaban para quitar la idea de que ese momento de calma era inmerecido. Se planteaba regresar en algún momento adonde sus pasos aún resonaban y reparar su miedo caminando por los mismos surcos, en el mismo páramo, o llevando su cuerpo a una u otra de las playas que sus ojos habían admirado desde los cerros que rodeaban la bahía de Acapulco; allá donde ella y sus hermanas gobernaban el impetuoso oleaje con cada brazada como si promovieran, sin apenas notarlo, la totalidad de un mismo cuerpo. Pero estaba lejos y pretendía continuar así. El camino etéreo que había seguido desde Chilpancingo hasta la capital del país tenía como propósito hacerle comprender cuál era su lugar en el mundo.

Siguió de largo calle tras calle sintiendo cómo el sol que la vestía también la impregnaba con un sudor extraño. El líquido que caía desde sus sienes y frente y bañaba su moreno cuello nada tenía que ver con el que habían registrado sus días en el sur. Las perlas de sudor que escurrían estaban gélidas. Recordó el reclamo que hacían sus hermanas cuando resultaba imposible detener los surcos de humedades que surgían de sus cuerpos por razón del calor acapulqueño o del que, en Las alumbradas, aunque mucho menor, las gobernaba incluso en las noches más frescas que la montaña de Guerrero habría de permitirse. Recordó también la imagen de Chilo subiendo a los cuartos jarras de agua de pepino con limón para las acaloradas hermanas y luego la formalidad con que estas untaban sobre sus sienes hierbabuena molida para mitigar la canícula permanente en las noches del Pacífico mexicano.

A pesar de las horas invertidas en la compra, Lena no había adquirido ni las hojas de amate ni el mortero, en su lugar llevaba medio cuarto de semillas de caléndula y una de cundeamor. Inesperadamente, Lena observó cómo su cuerpo reproducía un fenómeno conocido. La invisibilidad de la que apenas recordaba la experiencia volvía a sacudirla. El proceso esta vez resultaba más pausado, permitiéndole primero ver sobre su propia piel diminutos puntos rosáceos y luego de golpe ya no las marcas sino lo que había debajo de sí misma, es decir, los adoquines donde se hallaba parada. Perturbada, miró a su alrededor, de nuevo no distinguía cuerpos sino la esencia que habitaba en los embalajes de carne y huesos. Amor, odio, miedo o alegría, incluso el ímpetu, cada una tenía su propia coloración y densidad. Tan pronto como el fenómeno se repitió recordó la posible causa y comenzó a andar con rapidez por la avenida. Luego, un cuerpo, uno solo, salió de aquella multitud de trazos y emociones para atraer su atención.

Un corriente de electricidad la sacudió cuando reconoció en la distancia la silueta del hombre que había visto tiempo atrás en la cubierta del barco. La angustiosa posibilidad de que la razón del portento fuese más profunda y más letal se instaló en su cabeza. Decidida a evitar el aniquilamiento, Lena comenzó a caminar en sentido contrario al hombre pero, no obstante los pasos que ya la habían alejado un considerable trecho, todavía miraba a través de sí misma y de otros cuerpos. El efecto, como ya había tenido oportunidad de corroborar, duraría al menos un par de horas. El tumulto de la vía, conformado por una manifestación que gritaba y se jaloneaba ante la presencia de policías rurales, la orilló a refugiarse en un callejón. No tenía miedo, expresiones públicas como aquellas ya habían sido registradas en su memoria. El temor que sentía hacer temblar sus rodillas tenía otra forma y distinto origen, una configuración que no tardó en llegar hasta ella en su totalidad. El hombre del que había intentado huir sin éxito se encontraba mirándola en el extremo contrario del callejón.

Antes de que el individuo avanzara en su dirección, Lena se adentró en la muchedumbre. Los movimientos y gritos de los manifestantes la atravesaban una y otra vez, temerosa, continuó internándose en el hacinamiento humano hasta quedar en medio de policías rurales y obreros. No temía por su vida a pesar de que las armas de ambos lados la apuntaban, el miedo que Lena identificaba atentaba contra el alma, no contra el cuerpo. Si debía morir por un disparo aquello no era más importante que morir sin su alma. Decidida a evadir al hombre, continuó en medio de ambos bandos resistiendo consignas que por la fuerza con que eran exclamadas parecían formar otra suerte de armas. Luego, un disparo en el cielo rompió la minúscula calma todavía circundante. En tiempos de guerra, la civilidad siempre estaba a una bala perdida de romperse. El sonido de la muerte provocó un caos mayor, el grupo de obreros se dispersó como un hormigón aunque sin la precisión característica de los insectos. Antes de ser arrastrada por el resto de manifestantes, el hombre a quien había intentado evitar la sujetó por el brazo y rápidamente la llevó consigo calle tras calle en sentido contrario a la protesta. Lena mantuvo cerrados los ojos todo el tiempo, temerosa de lo que el reencuentro significaría. La voz del hombre, fuerte y definida, retumbó en los oídos y en los adentros de Lena. Las interrogantes que este solicitaba le fueran contestadas, no obtenían respuesta, parecía que más que preguntar por su nombre, la voz que se repetía en la mente de Lena como un eco demandara algún conocimiento inaccesible sobre el que ella no tenía razón alguna que ofrecer. La repetición de una pregunta le hizo percibir que, aunque se trataba del mismo hombre que había visto durante el viaje a España, la falta de palabras que aludieran a aquel instante advertían que él ignoraba por completo el previo encuentro.

Lejos de la estridencia y revuelta de la manifestación, y adentrados completamente en la quietud de una arteria menos congestionada, el hombre que continuó sujetando a Lena por el brazo hizo lo impensable. El beso que Lena sintió sobre los labios entró en sus huesos y venas. Se abrió un espacio en medio de sus recuerdos y deseos menos pensados e inesperadamente una imagen atravesó su miedo. Como si su alma hubiese salido de su propio cuerpo se vio a sí misma al lado del extraño cuyo rostro se negaba a mirar, cuyo deseo refutaba reproducir. Esta vez no solo testificaba el portento de la luminiscencia sino que ella también era parte del juego de luces. Su cuerpo contenía la materia del universo mismo.

Incapaz de contar a Camila lo ocurrido, Lena se refugió en las horas de estudio. Había trabajado un día completo en la elaboración de un calendario que mantuviera ocupadas las primeras horas del día y luego un par más por la tarde. Las labores diarias iban desde la teoría, de la cual sabía apenas lo necesario, luego la práctica y una solicitada parte de preguntas y respuestas de libre elección. Ansiaba aprender el oficio que había ejercido por instinto, con la naturalidad con que se ejercen las tareas para las que solo se tiene el gobierno de los sentidos y ningún otro conocimiento táctico. Aprendía rápido acerca de especias y hierbas y en general sobre cualquier elemento físico que tuviera dos lecturas. Aunque conocía la mayoría de ellas, no era una experta como Camila, quien no necesitaba ni siquiera anotar sus nombres en los frascos en que las guardaba. Lena sabía que su ojo necesitaba la domesticación solo posible a través de la larga práctica, deseaba el estudio y se apegaba a la disciplina de las horas dentro y fuera de la rutina sin que por estar en descanso dejara de repetir las propiedades de un musgo de Irlanda. Procuraba poner especial atención a aquellas hierbas cuyos nombres no entraban con rapidez en su cabeza o dificultaban el abrazo de su lengua y tropezaban dos o tres veces al intentar ponerlo fuera de los labios. Los retos siempre habían apurado en Lena mejores resultados, cuando recordaba su infancia se veía saltando donde ninguna otra de sus hermanas lo hubiera hecho. Siempre había sido más arriesgada y porque apenas había calculado el costo en cruzar un arroyo o el que implicaría trepar un almendro de dos niveles era que volvía a casa con más heridas de las que una niña de su edad puede sumar durante toda su infancia. Se había abierto la misma rodilla dos veces en tres años, partido la ceja derecha a los ocho y la barbilla antes de cumplir los diez. Aprender el nombre científico de cada raíz que en el mundo conocido existiera se convirtió su principal meta, los dones que entendía y había procurado no eran absolutos.

De vez en cuando el beso del desconocido volvía a ella y sacudía sus entrañas para perturbarla y precipitarla con torpeza sobre la labor en turno. A pesar del exabrupto que la zarandeaba desde los huesos, Lena agradecía el temblor porque solo cuando sucedía recordaba estar viva. La vivacidad que encontraba eco en el resto de sus órganos no respondía a la agitación que tendría una aprendiz de los recursos desconocidos que bajo el ala de Camila iba descubriendo, tampoco correspondía a la hija o hermana que había sido y que siempre sería, sino a la mujer que la habitaba lejana a imposiciones filiales o sociales. Le gustaba sentir el aturdimiento de su lengua y la humedad que la visitaba debajo de la ropa, como enfatizando que aunque había perdido la fe, la voluntad de amar y de sentirse más allá de los títulos parentales y políticos persistían en ella.

Capítulo 60

Pronto Lena viviría en carne propia el apetito por encajar al que Camila se había referido cuando la anticipó respecto al panorama que sus ojos verían en la capital. Aunque ya había contemplado el frenesí que la ciudad alimentaba en la carrera por volverse la capital de un país más allá de su historia, Lena todavía no había experimentado la conversión en primera fila. La ocasión se presentó en la forma de un baile de salón tan común en aquellas épocas. El recuerdo del último al que asistió en la cubierta del barco la entristeció por la imposibilidad de repetirse, por ello la idea de ir a uno no pareció descabellada. El baile representaría, además de la oportunidad de sumergirse en el presente frente a sus ojos, una visitación a los años en Las alumbradas en donde las fiestas, aunque no precisamente los elaborados bailes, solían celebrarse con frecuencia.

Dos meses después de su llegada a la capital del país Lena se alistaba para hacer una inesperada entrada en la alta sociedad mexicana. Hacía tiempo que las imposiciones sociales no le merecían el menor cuidado, pero para aquella ocasión Lena quiso apegarse a las exigencias que la etiqueta pidiera. Su intención era empezar de cero con respecto a algunos temas que en otras circunstancias hubieran alterado su participación. El tiempo, lo había comprobado, poseía la facultad de invisibilizar las cosas, de reducirlas a tal punto que había que verificar la memoria referida con algún testigo para que la desmintiera o ratificara. Sin sus hermanas y sin su padre como miembros activos en el álbum de los recuerdos, Lena deseaba llenar con nuevas experiencias los vacíos aún más grandes desde su visita a Las alumbradas. En la caminata diaria de la vida resultaba para ella que un paso en el presente era lo mismo que nada debido a los dos que daba en sentido contrario. La invitación al baile de salón evocó los pocos valses que en la hacienda se tocaron y que ella evitó bailar porque pensaba, equivocadamente, que siempre estarían ahí aguardando su ánimo.

Antes de terminar la hora destinada a la escritura de sus hechizos, un fuerte ruido proveniente de la planta baja de la casa hizo salir a Lena de su recámara. El olor de la canela que había molido durante horas para propiciar la concentración aún permanecía, pero se mezclaba con los otros olores diarios que brotaban de los sahumerios, por lo que la atmósfera era una mezcla de distintas especias. Para cualquier persona la tolvanera tenía un solo olor, pero para los olfatos adiestrados de Lena y Camila el torbellino tenía varias rutas y composiciones bien definidas. El exceso de aroma en los pasillos y habitaciones alteraba la disposición de la casa y la volvía casi un estado de la conciencia, un espacio donde los muertos se permiten además de la contemplación de los vivos efectuar alguna interferencia. En las horas más espesas de los sahumerios, Lena y Camila se convertían en dos espíritus caminantes de regreso a la vida. No era un secreto que el incienso quemado transformara las situaciones más informales en solemnes y la magnánima humareda que Lena había aspirado con fines educativos tuvo un final abrupto cuando al pie de las escaleras encontró a Lisandro.

Se sintió de vuelta en el pasado. Un estremecimiento la golpeó desde los pies hasta el último de sus largos cabellos. Lena regresó sobre sus pasos mentalmente segura de que aquello que sus ojos veían no era producto de la canela molida, sino la realidad menos esperada. Luego, cuando Lisandro volteó y ambos se miraron, supo que él también había regresado al pasado. Las caminatas y las risas estaban instaladas entre ellos como otro mueble más en la casa y ella se sintió presa de un instante que, aunque en su mente creía olvidado, su cuerpo acababa de recordar con categórica precisión. No obstante el mutuo estremecimiento, ninguno de los dos tuvo tiempo para decir algo pues Camila, parada en lo alto de las escaleras, acababa de hacer su entrada en la forma de otro cuerpo. Era la segunda vez que Lena veía en Camila una apariencia distinta.

La posterior charla que los tres tuvieron explicaba la súbita aparición de Lisandro y de la mujer en que Camila se había transformado, mucho más avejentada y refinada de lo que era. Estaba claro que la relación que Camila tenía con Lisandro era la de una madre adoptiva que, entre otras funciones, tenía la de solventar sus intereses económicos cuando su propio padre no lo hiciera. A cambio del dinero que Camila ponía en sus manos, sin límites ni demasiadas preguntas, Lisandro hacía uno que otro favor a la anciana mujer que en este caso sería el de acompañar a Lena en el baile al que ambas mujeres habían sido invitadas. Aunque existían entre los dos jóvenes asuntos pendientes, esa tarde ninguno pudo agregar algo al pasado que no resultara en la repetición de una misma memoria. Los rasgos de una adolescencia compartida se habían ido, dejando en su lugar la madurez de los años que cada uno tenía, debajo del hábito, pese a los cambios, persistía una idéntica afectación.

Capítulo 61

Llegado el día del baile y a pesar del acuerdo mutuo, Lisandro no se presentó en la residencia de Camila. Aturdidas por la falta de una explicación que justificara la ausencia, al final las mujeres fueron solas al baile. Las elegantes edificaciones que Lena había visto en sus caminatas por la ciudad no se comparaban con aquella en la que entraba. Para Lena resultaba disparatado recordar los adoquines tapiados en lodo por los que había caminado y tan solo a unos metros de distancia entrar en un mundo donde ninguna de aquellas imperfecciones urbanas existía.

Los castillos no solo habían sido construidos en las calles sino en las mentes de los invitados. Y como había que ser congruente con el sueño, estos exageraban los ademanes y alzaban el tono de sus voces, que estentóreas pregonaban un arribismo insultante. No importaba si alguno de los caballeros o damas presentes había andado apenas unos minutos antes en los adoquines recién colocados o evitado ensuciar sus zapatos en los charcos de lodo que no podían deshacerse sin importar cuánto se limaran las vías, la única realidad que existía era la de esa noche. Lena comprendió que su idea de que el baile pudiera hacerla recordar Las alumbradas además de inadmisible era contradictoria, la hacienda no tenía nada que ver con el espectáculo que delante de sus ojos producía grotescas danzas. Agotada, buscó el camino hacia el jardín y se sentó a la espera de su destino. Si ninguno de los salones visitados la devolvió a Las alumbradas, los altos árboles que conformaban el paisaje frente a ella sí que lo hicieron. El sereno murmullo de los grillos reconfortó a Lena, quien suspiró largamente antes de decidir que era hora de volver por Camila para regresar a casa.

De pronto observó que otra vez podía ver a través de ella. Lo supo, no estaba sola. El hombre que producía el insólito prodigio estaba también ahí. Aunque deseaba poner distancia, fue incapaz de moverse. Luego, cuando el individuo colocó una de sus manos sobre las de ella, sintió que después de todo sí estaba de regreso en Las alumbradas. Bailaron el resto de la noche en el jardín, lejanos al alboroto que salía del castillo. La noche, los árboles e incluso el tiempo parecían más auténticos ahí. El verdor de la escena solo podía asemejarse al que brotaba en el páramo cuando el verano arreciaba y la vida se permitía otras formas más presentes aunque de corta duración. Más tarde, al sonido de la música se agregó la voz de Camila llamándola y Lena se liberó con violencia del cuerpo de su acompañante y se fundió en la noche siguiendo la voz de su amiga. Aunque la separación fue rápida y la despedida inesperada, el hombre agradeció que ambos eventos pasaran porque le permitieron conocer el nombre al que respondía su interés.

De camino a su encuentro con Camila, Lena pensaba lo difícil que a veces era obedecer los deberes del pensamiento cuando por el otro lado persistían las intenciones. No obstante el debate que su mente y corazón promulgaban, permeó su intención de distanciar a Camila de aquella escena. Su instinto, más fuerte que su propio deseo, le pedía conservar privado el momento. Aunque era irrebatible que en términos geográficos la Ciudad de México era mucho más extensa que el puerto de Acapulco o Chilpancingo, en lo concerniente a sus pobladores resultaba que en la capital del país quienes pertenecían a la clase alta se conocían entre sí o estaban por hacerlo. Sin proponérselo y por el azar de los comentarios que se producen en una fracción de la sociedad fue que Lena descubrió que el nombre del individuo que solía perturbarla era el de Asdrúbal Santiago. Aunado al nombre, supo de la amistad que este sostenía desde hacía años con Lisandro.

La relación entre los dos amigos, según fue contando Dolores, la cocinera de Camila, quien conocía al por mayor las murmuraciones y habladurías en las que los hombres y mujeres de la clase alta estaban envueltos, más que la que sostendrían dos amigos era la que tienen los hermanos. El afecto que los unía había sido promovido desde la infancia por experiencias y confidencias en común y aunque físicamente eran distintos, Lisandro y Asdrúbal compartían un mimetismo que los hacía duplicar ademanes y demás expresiones físicas.

No tanto tiempo después y ya repuesto de su primer reencuentro con Lena, Lisandro volvió a la casa de Camila. Esta vez ambos jóvenes se hallaron sin la presencia de alguien que pudiera restringir sus palabras. Los ojos de Lisandro eran dos cristales que, húmedos, salpicaban con su nostalgia cada lugar que miraban. Lena se sintió contagiada por aquella extraña e inesperada tristeza, reconocía la sensación porque ella misma la había experimentado cuando Lisandro la abandonó. Cada pregunta que había formulado durante días y luego semanas obtuvo su respuesta. En efecto, Lisandro la había amado antes y después, incluso mientras montado a caballo se perdía en la distancia. Sí, se había arrepentido con cada centímetro de su corazón por dejarla atrás. Incluso podía aceptar, vagamente y hasta donde su vanidad podía permitírselo, el desacierto, así lo consideraba, que hubiera implicado la proximidad con otra mujer en especial si esta resultaba, como había sido, su propia hermana. Y sí, aún amaba a Lena. Los años arrepintiéndose por cometer tantos errores y haber dado la espalda a sus afectos lo hacían hoy, de pie frente a Lena, comprometerse por adelantado con la eternidad de su amor. Esta vez, continuó Lisandro, no volvería a equivocarse y mucho menos alejarse de ella, y de ser necesario desatendería su apellido y herencia.

Ninguna de aquellas oraciones alteró un milímetro el corazón de Lena, las palabras que había deseado escuchar durante años hoy carecían de importancia. Lamentaba la poca hombría con que Lisandro había manejado la situación antes e incluso ahora. Si él mostraba valentía era porque en el fondo, aunque no lo mencionara, sabía que podría contar con el apoyo de Camila en su forma de anciana, en su aspecto de madre sustituta. El amor que Lisandro sentía, dedujo con amargura Lena, siempre estaba condicionado. Sin una respuesta que lo alentara pero seguro de que volvería a insistir, Lisandro abandonó la casa.

Desde la cocina salió Camila en su apariencia original. Lena miró con extrañeza a su amiga al no encontrar en ella el asombro que debería manifestar al descubrir la relación que ella había sostenido con Lisandro años atrás. Camila, por el contrario, estaba segura de que era Lena quien necesitaba respuestas, por ello antes de que le fueran exigidas comenzó a inundar con palabras aquella habitación. Camila era la madre biológica de Lisandro.

Capítulo 62

Las razones por las que abandonó a Lisandro siendo pequeño entristecieron a Lena. La verdad que Camila contaba le hacía ver a Lena que el padre de Lisandro no solo había sido cruel con ella, sino al menos dos veces con su propio hijo. La única manera en que Camila podía acceder a él ni siquiera era en su forma original, sino dentro de un cuerpo que el padre de Lisandro no pudiera reconocer. Parecía que ser bruja tuviera horribles consecuencias y el costo que Camila había pagado por ser ella misma una de las brujas más poderosas fue el de perder el derecho a su propia sangre. Ambas mujeres hablaron largamente aquella tarde y noche, el amanecer las encontró reafirmando que aunque la magia abría puertas y corazones, era menester que ambos elementos desearan ser sacudidos. El corazón de Rafael Hernán no deseaba ser tocado, cualquier encantamiento que Camila hubiera intentado en el pasado e incluso los que Lena procurara obtendrían el mismo resultado negativo. Mientras en el corazón de Rafael existiera odio no habría sortilegio o invocación alguna que cambiara el futuro. Tras escuchar la historia, Lena compadeció a su amiga y a quien fuera su primer amor. Sin un ejemplo de lo que el amor de una madre podía hacer, Lisandro había ordenado su vida en función de sus necesidades y no de sus sentimientos. Quedaba claro por qué Camila había encontrado en el dinero y no en el amor el único camino para llegar hasta su propio hijo.

El vínculo que unía a Camila y Lisandro hizo que Lena se replanteara el interés que en ella había despertado Asdrúbal. Aunque sus sentimientos por Lisandro ya no eran los mismos, no podía dejar de lado la responsabilidad que sentía hacia él y más aún el agradecimiento y cariño que la unía a Camila. Recordó las veces que había minimizado su propia suerte para apoyar a sus hermanas y recientemente a Demetria y los resultados positivos que implicaba redirigir su atención a quien la necesitara. Como si fuera imprescindible la confirmación de aquella reflexión, Lena miró sobre el escritorio de su recámara un cúmulo conocido de papeles, parecía que sus hermanas se hubieran puesto de acuerdo para escribirle todas al mismo tiempo. Al azar tomó una primera carta. Faustina, quien fuera la más disciplinada de sus hermanas, escribía con un entusiasmo irreconocible acerca de la vida fuera del país. Se había adaptado a los días cálidos del viejo continente, abrazado con calma la ausencia de las horas mexicanas y apostado sin el menor temblor por el futuro próximo. Lena sonrió satisfecha del presente que Faustina tejía lejos de la primera y segunda casa. Luego leyó la misiva enviada por Evelina. Percibió el orden de la inicial lectura, Evelina era una mujer afortunada a quien parecía que la vida la beneficiaba retroactivamente. Incluso, a su moderada forma, Evelina le anticipaba a Lena la posibilidad de un segundo embarazo debido a los apetitos, similares a la primera gestación, que habían empezado a manifestarse.

La penúltima carta pertenecía a Laureana. Lena leyó pausadamente la misiva de la menor de sus hermanas. El tiempo que vivieron juntas en Chilpancingo, después de que el enojo alcanzara el clímax de su existencia y luego cuando se rindieron a la paz, había promovido un sentimiento tardío de arrepentimiento en Lena por los años en que prefirió ser juez de su hermana en vez de conciencia, como había elegido serlo con las otras. La paciencia que hubiera fomentado entre ambas un mejor vínculo no llegó hasta que las dos alcanzaron su madurez como mujeres. La verdad era que Lena había elegido castigar a Laureana, sin darse cuenta, por razones absurdas que nada tenían que ver con el amor que sentía por ella, que siempre estuvo ahí aunque al paso de los años había elegido reducirlo al extremo y mantener el enojo como vínculo. Pero si Lena había aceptado sus errores,

Laureana parecía no reparar ya en las heridas que su hermana le hubiera hecho. Lena besó la carta de Laureana conmovida por su bondad porque era un poco cierto que algunos sentimientos tienen que ser favorecidos por otros antes de llegar.

Finalmente, Lena leyó la carta escrita por Demetria, la hermana honoraria a quien ahora contaba entre sus afectos como propia. En las tres cuartillas que Demetria escribió con elegante prosa agradecía la llegada de Lena a su vida y le hacía partícipe del día elegido para casarse con Emanel. Y más importante, le informaba de la habitación en la planta alta dispuesta para ella cualquier día que eligiera volver. Lena tuvo que leer tres veces la frase referente a la habitación que llevaba su nombre, estuviera en ella o no. Contempló sus planes pero la posibilidad de ir no estaba en ellos. Más que alegría por el espacio dedicado a su regreso, Lena sintió felicidad por las vidas resueltas de sus, contando a Demetria, cuatro hermanas. Supo, como había sabido qué hechizo emplear para resolver la encomienda en turno, que ese era el propósito de su existencia. Lo había creído vagamente por años pero nunca con tanta certeza como en aquel instante de lectura ininterrumpida. La felicidad venía de los otros, desde sus *amoras* queridas, como últimamente le había dado por llamar a sus hermanas. Decidida a retomar el papel para el que confirmaba haber nacido, dispuso la energía de su alma orientada en la reedificación del vínculo que aún no tenían una madre y su hijo.

Si el deseo de Lena era mantener a Camila como eje de sus acciones, Asdrúbal por el contrario había colocado su interés por Lena en el pináculo de su propia pirámide emocional. Después de investigar dónde vivía la joven que alentaba sus suspiros, Asdrúbal se presentó en casa de Camila y, frente a ambos, Lena cayó de nuevo presa del éxtasis conocido. Al don de la invisibilidad que llegaba a ella por razón de Asdrúbal hubo que sumar el del desdoblamiento astral. Aunque su cuerpo continuaba en casa de Camila, su alma caminaba bajo el sol de Acapulco. Los viajes a través del tiempo y la distancia, pese a que no eran nuevos para Lena, le producían una sensación de vértigo que como la invisibilidad tenderían a durar por un par de horas.

Ni siquiera la ciudad con sus altos edificios o el ruido desorbitado de la modernidad lograban turbarla tanto como la presencia de Asdrúbal. Esta vez, a la luz del día y con más calma, Lena se permitió mirarlo con mayor curiosidad. Le gustó la oscuridad de sus ojos almendrados, el cabello castaño y grueso que decoraba su frente y sienes como una corona impuesta de rizos elevados e hirsutos que se pronunciaban aún más cuando el viento arreciaba e incluso le gustó el ligero desnivel entre ambos ojos. Una variación sutil que hacía ver a un ojo más atormentado que al otro pero que al unísono le otorgaban una virilidad única, descompuesta por razones justas. Si lo que miraba le atrajo, fue la voz, pausada pero firme, el elemento que terminó por aturdirla.

Muchas horas después de que Asdrúbal se retirara, Lena repitió mentalmente el nombre que daba forma a su deseo y presente. Luego, recordando la promesa que acabara de hacer días antes, abandonó el camino hacia su felicidad y se ocultó en las sombras de la casa.

Capítulo 63

Sumergida en las clases diarias, Lena vio pasar los días con relativo sosiego. Aunque evitaba pensar en Asdrúbal, cuando su oscura mirada atravesaba sus pensamientos y se escurría debajo de su piel, Lena accedía a fantasear con la posibilidad de una vida a su lado. Luego, viendo a Camila pasearse por la casa con aquella tristeza sobre los hombros, Lena olvidaba sus anhelos y abrazaba la promesa hecha a su amiga. Una y otra vez Lena se planteaba cómo acercar a Lisandro en el papel que ignoraba dentro de la vida de Camila. La falta de ideas la hacía replantearse las preguntas que se había formulado en otras ocasiones, como aquella que cuestionaba la capacidad de la magia para alterar o transformar algunas vidas, pero a otras ni siquiera podía alterarlas un par de centímetros. Para Lena era necesario que la magia alcanzara un lugar cercano a la justicia desde el cual pudiera desempeñarse mejor, pero la posibilidad, lo sabía, era utópica. La magia, admitía con pesar, no era lo mismo que la justicia y jamás lo sería, los límites de la primera eran como un marco legal que obligaba a sus practicantes a reflexionar si no existía otro método aún pendiente por hacerse, un procedimiento que no necesitara energía y elementos inusuales para su desarrollo. El recordatorio de ciertas reglas tácitas en la práctica mágica incluía aquel que enfatizaba que los hechizos y demás artilugios tendrían que ser siempre el último procedimiento a realizarse.

Por lo anterior era que Lena comprendía el costo que debía significar para Camila, incluso cuando lo hacía con las mejores intenciones, transformar su cuerpo según la ocasión lo demandara. Para Lena era obvio que cuando Camila ayudaba a su hijo a través de su forma anciana trasgredía el don heredado, un poder que ni ella misma, así estudiara durante toda su vida, sería capaz de reproducir.

Capítulo 64

Habían salido a la periferia como casi todos los sábados. Ahí el contraste del paisaje rural confrontaba igualmente a indios y mestizos, a hombres y mujeres. Aunque Lena y Camila no se habían retirado demasiado del perímetro capitalino, el panorama frente a ambas resultaba un cambio total en lo que conocían. Deambularon buscando raíces y hierbas necesarias, incluso recogieron una buena parte de la tierra escarlata que brotaba por secciones como si debiera su color a la furia con que era removida de sus centros. Hacía poco Lena y Camila habían comprobado las propiedades de la tierra roja en la preparación de brebajes ligeros que favorecieran la toma de decisiones inconcebibles en corazones temerosos o tímidos. Como se esperaba en cada bruja, Lena iba agregando sus propias conclusiones después de probar en sí misma una que otra hierba. El dolor de cabeza que, por ejemplo, no lograba arrancarle la valeriana, lo desaparecían la puesta de dos tantos de hojas de higuera debajo de la lengua.

Como la mañana se les había ido con rapidez, decidieron descansar un par de horas al pie de los muchos árboles que el páramo ofrecía. Los tiempos de batalla, aunque aún no terminaban, habían menguado su ritmo por aquellos días. La tregua que flotaba en el aire les permitió, no solo a ellas sino a quienes se atrevieran a cruzar la distancia de lo conocido, un poco de calma ante la cercanía de algún pistolero o vengador encapuchado. La policía rural había trascendido del mito al hecho actuando especialmente en áreas donde la inconformidad levantara más voces de las que pudieran callarse. A pesar del esfuerzo que el gobierno de entonces ponía en silenciar el clamor que día a día ganaba más peso, todavía había motines que escapaban al régimen gobernante. Más allá del sueño de europeización, México pertenecía a los mexicanos.

Recargadas sobre el grueso tronco de un árbol, Camila y Lena observaron a dos mujeres acercárseles, su vestimenta explicaba la casta de origen. Lena, que ya había tenido oportunidad de conocer una amplia variedad de telas por su oficio de costurera y luego como reciente clienta en la Ciudad de México, reconoció la sofisticada manufactura de los tejidos que se aproximaban. No solo el material que formaba a los vestidos destacaba sobre referencias anteriores, incluso el diseño, ya que el corte alto del escote, así como las mangas cuya forma elevada solo podía lograrse a través de un pivote específico, daban cuenta de una procedencia foránea. Esta observación la golpeó con una verdad obvia en la que apenas había reparado. Su vida, aunque llena de precipitaciones físicas, únicamente había orbitado en cuatro lugares, incluida España.

La imagen de las dos mujeres en el horizonte era una promesa de lo que estaba pendiente por llegar. Mientras las observaba las comparó con los navíos que sus ojos habían escoltado desde la línea unificada que el mar y cielo formaban hasta la esquina donde parecían perderse, pero en la cual permanecerían hasta dejar en tierra firme toda la mercancía que llevaran consigo. La forma del futuro era un vestido, un diseño, una tela tan exquisita en su producción que parecía imitar la cualidad del líquido sobre el que los navíos se movían. Destacaba entre ambas la más joven, cuya belleza parecía no solo fuera del ámbito geográfico, sino del mundo mismo. Los ojos azules de la muchacha eran una ventana al mar acapulqueño del que aún extrañaba sentir la arena bajo sus pies. Resultó fácil comparar la silueta de la joven con las dibujadas en las revistas de modas que venían gratuitamente con cada periódico del domingo. Los figurines eran una oda a la elegancia, a la feminidad y obviamente al dinero. Como la costurera que era se sintió atraída por explorar los cortes que unían el vestido, como la hija de un hacendado en su mejor momento, solo deseaba ponerse la opulenta prenda.

Fascinada por lo que parecía una afortunada coincidencia, Camila se levantó con rapidez del piso y celebró el encuentro. La mujer mayor que vestía con mucho más decoro respondía al nombre de Lourdes y la menor al de Catalina. Las cuatro mujeres continuaron descansando bajo la sombra de un tule tan colosal como la cháchara que parecía no tener fin. Camila se mostraba especialmente excitada con la presencia de Catalina. Lena no recordaba haber visto a su querida amiga tan emocionada. Luego, cuando las observaciones dejaron de sorprenderla, Lena miró la forma anciana en que se movía Camila. En algún momento durante el paseo, había distorsionado su cuerpo en aquel que Lisandro tan bien identificaba.

Menos de una hora después Asdrúbal se unía inesperadamente al pequeño grupo. Pese a lo sorpresivo de su encuentro, la cercanía que él mostraba con las mujeres no le resultó extraña a Lena, quien ya había concluido el ocasional conocimiento que las mujeres y hombres de la gran ciudad tenían entre sí, sobre todo si pertenecían a la misma clase. Ella, por el contrario, lejana al periplo céntrico, tenía a su vez sus propios conocidos o, como solía llamarlos, sus propios testigos en Chilpancingo, en Acapulco y evidentemente en Las alumbradas, donde estaba segura aún debía existir más de un indio, mestizo o mulato e incluso español que evocara a las hijas de don Ismael Fernández caídas en desgracia.

Las luces y su maravilloso resplandor estaban de vuelta en cada organismo vivo que Lena veía, lo mismo que su plena capacidad para ver más allá de lo físico. Decidida a mantener bajo control la situación, introdujo la mano derecha en la bolsa de terciopelo donde había guardado al menos una docena de ajos y se llevó uno a la boca y lo masticó hasta que su sabor acre inundó con náuseas su paladar y luego la boca de su estómago. Hacía apenas unos días había descubierto que algo tan simple como un ajo, bien masticado, podía regresarla del extraordinario trance y situarla por medio de incomodidades fisiológicas al instante inmediato en que sucedía el fenómeno. Un diente más fue tronado entre sus dedos y una vez convertido en la cantidad exacta de masa, Lena procedió a untarla con discreción sobre sus párpados. Ni Lourdes ni Catalina fueron testigos de ambos actos, en cambio Camila sí, pues esta conocía cada movimiento que su pupila hacía, fuese con propósitos mágicos o no. Espasmódica de los pies a la cabeza, Lena evitaba mirar directamente a los ojos de las demás mujeres, lo mismo que reprimir sus deseos de agregar algo a la charla que pusiera en evidencia la agitación de su mandíbula.

Luego, terminadas las observaciones sobre el paisaje, una inminente guerra o el futuro de la patria en las manos de los liberales, Camila y Lourdes se hundieron en el único tema que en verdad parecía importarles: Catalina. Lena observó con curiosidad y sin entender por qué Asdrúbal giraba el rostro hacia el paisaje cada vez que las dos mujeres mayores hacían hincapié en la belleza madura que había alcanzado Catalina, o cómo los herederos en edad casadera solicitaban uno a uno algún encuentro privado con la joven. Después, y como si se tratara de una fiesta en un gran salón y no del encuentro accidentado de algunas personas en un páramo, Catalina y Asdrúbal se alejaron del grupo. A la vista no parecían dos extraños que acabaran de conocerse, sino dos amigos que al reencontrarse por casualidad se ponían al día. La mirada de Lena sobre ambos era a su vez la inspección de Camila sobre ella misma. Incapaz de creer que el paseo de Asdrúbal y Catalina significara algo más, se permitió volver su concentración a la plática que Camila lideraba.

Capítulo 65

Algunos años antes, Catalina y Asdrúbal habían sostenido un compromiso que fue roto por la propia Catalina cuando su interés por otro hombre se interpuso en la relación. Mientras caminaban, Catalina no pudo evitar recordar otros paseos a su lado. Pese al distanciamiento e incluso a la traición hecha, lo seguía amando, Asdrúbal había significado para ella su primer amor. No lo había abandonado porque el afecto hubiera disminuido su intención sino porque amaba, más que al amor, las promesas que se hacen en su nombre, aunque terminen provocando lo contrario de lo que pregonan. Abandonó a Asdrúbal cinco semanas antes de casarse por un hombre que puso bajo sus pies demasiadas cosas para ser ignoradas.

Mirando a los ojos de Asdrúbal, Catalina apenas podía recordar al hombre por el que su corazón lo había traicionado. Si Catalina continuaba amando a Asdrúbal, este por otro lado miraba sobre su hombro en busca de Lena. La mujer que ahora ocupaba sus sentidos no estaba frente a él, sino detrás. Aunque prestaba atención a la plática de Catalina y agregaba según fuera el caso alguna expresión que satisficiera el empeño que ella ponía en sacudir alguna emoción en su receptor con el recuento de las memorias compartidas, Asdrúbal solo podía pensar en regresar sobre el camino y sentarse al pie del árbol donde Lena aguardaba.

El interés con que Asdrúbal miraba en dirección a las mujeres pronto fue evidente para Catalina quien, irritada por el hartazgo que él comenzaba a mostrar para con ella, cuestionó la causa. El desprecio con el que Catalina se refirió a Lena le recordó a Asdrúbal el temperamento inaceptable de quien fuera su prometida. En otras circunstancias el amor por la joven hubiera bastado para ignorar alguna frase, para obviar algún ademán, pero ahora que nada lo unía, Asdrúbal no fue capaz de desertar la molestia que irrigaba un enojo más antiguo. Volvió sus ojos hacia la joven, como si nunca la hubiera tocado o deseado dar su vida por hacerla feliz, y Catalina reconoció la indiferencia en sus ojos como un puñal atravesando, además de su piel, sus expectativas y, peor, sus memorias.

Celosa como nunca lo había estado, Catalina cuestionó a Asdrúbal su interés por Lena. El silencio con el que Asdrúbal minimizó la pregunta tuvo el efecto contrario y Catalina comprendió con dolor que acababa de entrar en el pasado de Asdrúbal como un recuerdo que cada día se hace más remoto. Contrario a la derrota que sintió instalarse en sus entrañas, Catalina decidió que aquel no sería el día en que abandonara lo que recién acababa de iniciar, pues su regreso no tenía otro propósito más que el de reclamar el amor que aún consideraba suyo. Algunas horas después, las cuatro mujeres y Asdrúbal regresaron a la Ciudad.

El tiempo siguió su irremediable curso y aunque para entonces habían pasado casi dos semanas desde que Asdrúbal apareció en el páramo, Lena continuaba recordando cada segundo con perfecta precisión. Cada pensamiento que inundaba su cabeza y cuerpo, no obstante el frenesí con que lo hacía, tenía un límite de tiempo al que se apegaba con extrema disciplina. Concluidos los minutos en que se permitía evocarlo, Lena empujaba la alargada imagen del deseo y reprimía las secuelas que intentaban hacerla romper la promesa contraída semanas atrás. Recientemente había llegado a la resolución de que mejor que evitar recordarlo era dejar que la fotografía de sus imperfectos rasgos volviera a ella en su totalidad para martirizarla como solo los deseos que no se consuman pueden permitírselo. Se daba la oportunidad de vagar hasta donde el recuerdo la llevara y luego, pasado cierto tiempo, regresaba al suelo donde la realidad se construía de arriba hacia abajo y no a la inversa. Las imágenes que ilustraban su afecto eran breves, tan fugaces como habían sido sus encuentros. Resultaba preferible no querer como había querido y como aún deseaba. El amor que la atravesaba justo ahora había tenido el infortunio de llegar en el peor de los momentos, pero si Lena había logrado controlar sus pensamientos, no sucedía así con Camila, quien divagaba en una línea muy delgada entre la tristeza y la alegría.

Aquella tarde Camila interrumpió la clase una hora antes para preparar la comida junto a Dolores. Mientras caminaba rumbo a la cocina, Lena advirtió la forma que tomaba el cuerpo de su amiga y supo al instante cuál era el motivo. Consternada por la llegada de Lisandro, Lena cortó trozos de pasionaria que enseguida se colocó debajo de la lengua. Ese día no tenía ánimos ni espíritu para lidiar con el pasado, sin embargo, consciente de la importancia que tenía Lisandro en la vida de Camila, se preparó mentalmente para la llegada del invitado. Cuando Lena abrió la puerta apenas pudo mantenerse en pie, frente a ella además de Lisandro se encontraba Asdrúbal. El temblor que la abrazaba cuando lo recordaba apareció debajo de sus talones como un escozor que a medida que avanzaba sobre ella se intensificaba. Por primera vez no había aparecido el fenómeno de invisibilidad, en cambio volvió a ella, pulcro y aumentado, el mentado espasmo. Incapacitada de disimular que le costaba mantenerse de pie, Lena se hizo a un lado lo más pronto que pudo y dirigió a los invitados hasta el comedor. Así como había viajado desde Las alumbradas hasta la punta de algún cerro en Acapulco o como había ayudado a traer al mundo al bebé de Faustina, Lena duplicó su presencia. La mujer que caminaba delante de Lisandro y Asdrúbal tenía pleno control de sí misma, sin temblores ni emociones latentes debajo de la cintura, no sucedía igual con la Lena original parada aún a un costado de la puerta que no dejaba de sucumbir al ritmo que imponía su propio sur.

Una vez que la agitación aminoró, Lena tomó el lugar de su yo duplicado y volvió a la mesa. El resto de la comida fue un calvario para Lena pensando lo inapropiado que sería, en caso de que Lisandro no lo hubiera hecho ya, mencionar cuál era o había sido la relación que ambos tuvieron. En una ciudad como Acapulco o Chilpancingo bastaría alumbrar el pasado con un par de velas, pero en una como lo era la capital del país un incendio no sería suficiente para señalar la verdad. Demasiado pronto Lena había comprendió la importancia que tenían el origen, la cantidad de metros cuadrados que se poseen como propios y los vínculos, buenos o malos, que se tienen a lo largo de la vida. Lena miró con pesar cómo su pasado unido al de alguien como Lisandro rompía la continuidad de su presente y borraba de tajo cualquier futuro en plural. El amor de una mujer o, mejor dicho, el cuerpo que lo contenía era entonces, y lo sería muchos años después, la propiedad cuya valía se contaba por el número de afectos que en él se hubiesen depositado, con su permiso o sin él. Y mejor sería para la afectada no estar en la primera categoría.

La conversación que aquella noche llevó el pequeño grupo permitió a Lena distraerse apenas lo suficiente de la inevitable pérdida de su honor mientras Lisandro y Asdrúbal lucían cómodos como solo dos buenos amigos podían estarlo. La silueta de Lisandro era una memoria distante pero aún definida, Lena recordó las veces que ambos caminaron por las calles soleadas y cómo recobraban energía sentándose bajo la sombra de un almendro. El perfil de Lisandro era agradable, una suerte de caricia que entraba primero por los ojos y se estacionaba más allá de las córneas, en el espacio donde comienza la intimidad más recóndita, donde la privacidad se construye con cortinas y camas interminables. Lena había soñado y fantaseado con ese agreste perfil que tenía, como pocos, la capacidad de volver la ternura en rencor.

El rostro de Asdrúbal, por el contrario, desde la línea que principiaba en su frente hasta aquella que terminaba en el cuello y seguía de largo el camino hasta la punta de sus pies, era para Lena otra forma de habitar en el tiempo. Se sorprendía pensando cómo pondría sus manos sobre aquellos espacios de carne y alma. Deseaba tocarlo más allá de la piel, del otro lado de sus propios dedos, llegar juntos a los lugares donde la materia todavía no existe y se forma de a poco con palabras y caricias. Aunque su rostro no era, en términos generales, amable por la cantidad de marcas que la vida había estacionado en él, Lena pensaba que la virilidad que asomaba en el perfil de Asdrúbal estaba hecha a su medida.

Los minutos pasaron primero con pesadez y luego ligeros, como plumas que el viento comanda al antojo de sus deseos etéreos. Entre palabras amontonadas, recuerdos de viajes y observaciones sobre el gobierno, la velada deambuló por varios tonos y el liderazgo de la conversación tomó dos rutas, la de Camila y la de Lisandro. Para Lena era evidente que la reunión se trataba de una festividad cuando quien llevaba el orden de la plática era Lisandro. También observó que el amor que sentía Camila por su hijo rompía sus miedos, ni siquiera la forma de anciana que adoptaba minimizaba la jocosidad que expulsaba cada parte de su cuerpo ante la proximidad de su descendencia. Viéndola tan feliz, Lena se preguntaba cómo soportaba aquella madre estar lejos de su hijo o cómo había tolerado perderlo una vez que salió de su cuerpo. Sabía que después de este encuentro pasarían semanas antes de que Lisandro acudiera a ella, aunque para entonces estaba convencida de que Lisandro en verdad apreciaba a Camila no solo como una albacea improvisada sino como una madre honoraria, por mucho que deseara visitarla con mayor continuidad no lo haría. Era justo ahí donde Lena sentía las ataduras de las circunstancias. Sin embargo, solo por ella y por nadie más, Lisandro volvería a la casa y por consiguiente a Camila.

Capítulo 66

Convencida de que una sola mirada entre Asdrúbal y ella bastaría para hacerla explotar, Lena evitaba dirigirse a él con palabras o intenciones que procuraran algún tipo de contacto. Estaba decidida a mantener bajo control el imperante nerviosismo que le hacía temblar eventualmente las manos e incluso confundir algunas palabras con otras, por lo que cada cierto tiempo arrancaba algunos pétalos de la pasionaria que había escondido en su peinado de día e inmediatamente y sin que nadie la viera los colocaba debajo de la lengua. Las propiedades de la planta volvían a gobernar los espasmos de la pasión que sacudían el centro de su cintura donde escuchaba resonar el nombre completo de Asdrúbal. Una vez que Lena agotó los pétalos de la pasionaria, e incapaz de sosegar más lo que sentía, pronunció la palabra *silencio* con tanta determinación que el ambiente completo obedeció el comando y enseguida todos los integrantes a la mesa, e incluso Dolores que para entonces se desvestía en el último cuarto del primer piso, fueron enmudecidos.

Al sigilo solicitado se sumó una parálisis que solo sufrieron Camila y Lisandro. Conscientes del poco tiempo del que disponían, Asdrúbal se levantó de la mesa y ofreció su mano a Lena. Caminaron juntos desde el comedor hasta la cocina y luego se hundieron entre las hierbas del pequeño huerto donde, rodeados de valeriana, cabello de ángel, hierba de San Juan, santa maría y demás hierbas, de sahumerios empotrados en todas las mesas y bules colgantes sobre sus cabezas, continuaron el baile que habían empezado meses atrás.

El orden de los pasos, duplicados en perfecto paralelismo, provocó que aquellas hierbas que aún no germinaban espontáneamente alcanzaran largos y alturas inexplicables, lo mismo ocurrió con los sahumerios que sin sustentar fuego en su interior esparcieron esencias de jazmín, mirra y corteza de coco en el ambiente, incluso la maceta de flores de hibiscos que se había negado a prosperar por no ser aquella la estación en que debiera hacerlo brotó con tanta fuerza que se desparramó en cientos de ramas más allá de los límites de su recipiente contenedor. La cocina cobró vida al ritmo de los movimientos que los danzantes ejecutaban. Así como fluyó en orden orgánico la vida contenida en el angosto cuarto, las confidencias que no se permitieron antes por decisión propia y otro tanto por falta de más oportunidades fueron compartidas durante el inesperado baile. El cuerpo de Asdrúbal era exacto como Lena lo recordaba, cálido y firme. Ella, que nunca se había sentido demasiado guapa, aunque lo era, a su lado se percibía tan hermosa como Laureana. La mirada de Asdrúbal hacia su cuerpo la envalentonaba en una feminidad inesperada, nueva.

Satisfechos por el momento y temiendo que este se rompiera alcanzándolos en una situación que difícilmente pudieran explicar, volvieron a la mesa. Una vez sentados, Lena rompió el encanto pronunciando la palabra *ruido*. La mesa retornó a la mecánica suspendida y Camila y Lisandro se sumaron, junto con las demás cosas, al mundo y al cauce del tiempo donde Asdrúbal y Lena permanecían como dos extraños apenas mirándose.

Si la danza anterior había sido un descanso a la promesa hecha a la causa de Camila, muy pronto la visita inesperada de Catalina sería un recordatorio de los deberes que en su calidad de amiga se obligaba a saldar. Aunque recordaba a la perfección la belleza de la joven, aquella mañana Lena tuvo la certeza de que Catalina era aún más agraciada de lo que ya había constatado, parecía que el sol matinal de la gran ciudad la hiciera ver como una princesa mexicana de paseo por su principado.

Ambas mujeres se alistaron rápidamente para un recorrido en la misma periferia donde se habían conocido. Cuando Lena miró los dos caballos dispuestos para el trayecto asumió que Catalina no había llegado sin un plan previo. El paseo, pese a la intención, no dejó de entusiasmarla, la idea de hacerlo bajo el cielo azul del valle de México la emocionaba tanto que, anticipándose al precio que pagaría, abrazó con ánimo cualquiera que fuera la voluntad de Catalina.

El paisaje era indiferente al tiempo, o al menos parecía serlo. Mirando las colinas ocres, el verdor que revestía los árboles esparcidos en islas sobre el horizonte y el cielo azulado cuya extensión le recordaba el mar, Lena tuvo la certeza irrevocable de que la obtusa mirada del presidente estaba contenida en experimentos sociales de reducido alcance. La belleza, como al menos la entendía, era ese confín de tierra dorada donde ninguna mano con algún pretexto de progreso tuviera potestad. Al mismo tiempo reconoció la brevedad de aquella magnanimidad y recibió de golpe dentro de sus pensamientos una horrible visión. La imagen de urbanidad y castillos impostados se extendería más allá de los bordes conocidos no sin antes dejar a su lado una larga calzada de sangre y flores amarillas. El tiempo del páramo no sería siempre eterno, pensó Lena con tristeza.

Y como si la visión que acababa de padecer no fuera suficiente para preocuparla, en ese instante y por sorpresa Catalina cuestionó a Lena su cercanía con Asdrúbal. Solo entonces, bajo ese cuestionario, Lena se dio cuenta de lo que había querido pasar por alto, la verdad que había intuido desde que los vio conversando días antes tenía nombre. La prisa con que Catalina intentaba evidenciar lo que creía que aún existía entre ella y Asdrúbal causó pesar en el corazón de Lena, quien comprendió que era dolor, y no necesariamente amor, lo que movía la lengua de la hermosa princesa mexicana. En aquel instante de verdades expuestas Lena deseó tener la capacidad que poseía Evelina con las palabras y usarlas sin que una sola, por pequeña que fuera, hiriera aún más a Catalina. Decidida a evitar el mayor daño posible, Lena eligió con sumo cuidado cada palabra e incluso administró con mucha más precaución el uso de pausas entre ellas. Como mujer, pero esencialmente como una que ha padecido el desamor en carne propia, comprendía lo necesario que era para un corazón escuchar las frases que pudieran explicar lo que ya no tiene forma escrita ni oral.

El rostro de Catalina era el que ella había tenido cuando Laureana reveló la cercana amistad que sostuvo con Lisandro. Entonces también había querido saberlo todo y también había culpado, aunque sin tanta dureza como ahora Catalina lo hacía con ella misma, a la otra mujer. Entendía la mecánica de los celos como una especie de plaga que irrumpe en la tranquilidad y arrasa todo a su paso, no había nada con qué detener esa destrucción excepto asirse a algo más fuerte que el amor que ha sido herido. No conocía a Catalina para imaginar de qué manera podía rescatarla del círculo de dolor al que estaba por entrar y aun así intentó mitigar en la medida de lo posible lo que Catalina intuía como un nuevo interés en forma de mujer. Luego, cuando la miró a los ojos concluyó que esta se sabía perdedora. El desconsuelo y la rabia abrazaron el espíritu de Catalina, quien no parecía comprender por qué un hombre como Asdrúbal terminaba enamorado de Lena, una joven cuyos callos en los dedos exponía un origen contrario a su clase. El arrepentimiento que la había torturado por años, e incluso la intención que tenía por reparar el daño que le hubiera hecho al traicionarlo se vinieron abajo cuando pensó lo injusto que resultaba perder contra una mujer como Lena a quien consideraba muy por debajo de su estrato social.

Enfurecida, golpeó con el tacón de su zapatilla la parte baja del caballo en el que iba montada, provocando que este comenzara a galopar sin sentido. Lena supo que apenas tendría algunos minutos antes de que el caballo de Catalina se dirigiera a alguno de los precipicios escondidos en el horizonte, por lo que apuró la cabalgata del suyo y logró, debido a su presteza como jinete, colocarse paralela a Catalina. Frente a ambas mujeres se perfiló una línea zigzagueante que Lena identificó como un despeñadero. Al instante y sin dejar pasar más tiempo, Lena saltó sobre el caballo de Catalina, con otro movimiento rápido y contundente la tomó por la cintura y se arrojó al piso junto con la joven. Ambas mujeres rodaron por el terrero grumoso envueltas en una larga espiral de tierra levantada. Los cuerpos de Catalina y Lena se encontraban aún entrelazados cuando miraron cómo sus caballos seguían de frente por el camino y luego cómo desaparecían en cuestión de segundos en lo que debía ser una mortal caída libre. Todavía presa de la adrenalina, Lena se incorporó del suelo sin aparente daño físico que la afectara y palpó el cuerpo de Catalina, una dislocación en el brazo izquierdo anticipaba la inmediata asistencia médica. La distancia que las separaba de la ciudad preocupó a Lena, pues no podía imaginar a Catalina caminando en aquellas condiciones. Algunos segundos después, como si el destino respondiera a sus plegarias y más como un milagro que como una coincidencia, en el horizonte apareció Lisandro a caballo. Lena suspiró aliviada.

Lena supo en cuanto miró la silueta de Lisandro caminar hacia ellas que la había seguido y que los motivos que lo llevaron hasta aquel risco eran los mismos que había escuchado, aunque renovados. O al menos eso quiso creer cuando con cada paso Lena concretaba la ayuda que Catalina urgía. Luego, contrariando las intenciones que lo motivaron a seguir a ambas mujeres, Lisandro permaneció en silencio. Lena concluyó que era posible que incluso hubiera llegado a escuchar algo de lo dicho entre ella y Catalina, pero en el caso contrario, bastaba para saber que sí había atestiguado los eventos ocurridos minutos antes y suponer cuál había sido la razón de estos. Finalmente, todavía enmudecido, Lisandro levantó a Catalina entre sus brazos y la acomodó sobre el caballo. Después volvió el rostro hacia Lena. Por la mente de Lisandro pasaban un sinfín de oraciones que pese a la rabia mantuvo silenciadas. En cambio, y como si no estuviera a punto de estallar por lo que había visto y posiblemente concluido, obedeció la petición de Lena de apurar el paso. Catalina y Lisandro se perdieron en el paisaje ante la mirada de Lena que comenzó a caminar consciente de que el regreso le llevaría un par de horas.

Capítulo 67

Solo hasta que Lena salió del valle y entró a la ciudad fue consciente del daño que se había hecho a sí misma al salvar a Catalina. Quizá por la adrenalina del momento, el poder de algunas flores que siempre colocaba entre los paños de su ropa o la buena suerte no se dio cuenta de que tenía una dislocación de hombro como costo por haber ejecutado tan impensable maniobra. La consciencia física del dolor una vez pasados los efectos protectores en su cuerpo la hizo caer al suelo al entrar en la primera calle de la ciudad. Minutos después el vaivén con el que se deslizaban sus piernas en el aire la hizo abrir los ojos. Frente a su rostro estaba Asdrúbal, que la cargaba como si su consistencia, y era posible que así lo fuera, imitara la de una hoja. Aunque deseó hablar, no pudo.

En los ojos de Lena aún estaba presente el instante en que Catalina había preferido renunciar a su vida que tener que existir sin su amor. El dolor que se extendía en su cuerpo no era a causa de la dislocación, sino de las circunstancias que volvían a interrumpir sus aspiraciones. A sabiendas de que aquella sería la última vez que lo vería, Lena se permitió encadenar el recuerdo del rostro de Asdrúbal entre sus manos, por lo que cerró los ojos para dibujarlo mejor con los dedos. Entre sus yemas se colaba el aire citadino de las primeras horas de la tarde, el crepúsculo con sus cortinas ocres estaba por alcanzarlos a mitad de la calle mientras el sol brillaba detrás del rostro de Asdrúbal otorgándole una especie de halo. Extendió la totalidad de ambas palmas sobre el rostro varonil intentado sujetar aquella primavera improvisada cuyos olores de jazmines y nardos ignoraban el clímax del otoño que en la realidad sucedía. Sería mayo mientras Asdrúbal la sostuviera de camino a la casa y luego, dentro de la propiedad, en apenas unos segundos, un día cualquiera del invierno.

Camila abrió la puerta y observó a Asdrúbal entrar con Lena en brazos, sus pasos al andar sonaban como olas golpeando la costa. Camila miró a la pareja sin sorpresa alguna de la unidad que formaban incluso en aquellas circunstancias. Cuando Lena despertó una hora después observó que llevaba desde su hombro y hasta el codo una compresa cuyo olor penetrante la hizo identificar la mezcla con que había sido hecha: peperomia, pegahueso y floripondio blanco. El dolor que la acompañaba se topó de frente con la preocupación que el destino de Catalina le merecía. Había evitado introducir en la mente de Catalina cualquier palabra que corroborara su temor y en cambio había sido el silencio el que terminó por impulsarla a la aniquilación. Solo el amor, reflexionó Lena, tenía la extraordinaria capacidad de trabajar tanto para la vida como para la muerte. Aún mantenía en su mente los ojos vacíos de la joven mientras cabalgaba buscando el abismo, y cómo después de haberla empujado a la tierra y vuelto a mirar esos mismos ojos sintió que solo había salvado el cuerpo de Catalina pues su alma había logrado su oscuro propósito de destrucción total. No se permitió juzgarla, ella también había visitado las habitaciones oscuras del dolor.

Más calmada, Lena reconstruyó el rostro de Asdrúbal. Entre sus dedos persistían los contornos de sus facciones, lo recordaba no con los ojos, sino con la memoria de la piel. Camila puso al tanto a Lena acerca de la salud de Catalina, había sido el propio Lisandro quien se presentó en la casa preocupado por Lena y quien de camino al hospital había pedido a Camila que informara a Asdrúbal lo ocurrido. Una extraña pero esperada cadena de sucesos eran los que Lena había tenido el infortunio de constatar en primera fila. Aunque deseaba ver a Asdrúbal, la reconfortaba más saber que acompañaba a Catalina. Sin embargo estaba consciente de que el veneno que recorría las venas de la joven impedía aún que cualquier cosa que Asdrúbal dijera ayudara a un corazón que acababa de conocer el vacío. Cualquier posible futuro entre ambos con que Asdrúbal intentara alentar a Catalina no bastaría para la joven que ahora sabía que los sentimientos del hombre que aún amaba tenían ya otro epicentro.

Resuelta a responsabilizarse de la parte que creía pendiente, Lena echó mano de los recursos conocidos. Se levantó de la cama con relativa sencillez gracias al alivio de la compresa y de la posterior colocación del hueso en su lugar realizada por Camila, y caminó por el pasillo rumbo al primer piso. Dentro de la cocina, Lena subió al mueble donde en estricto orden yacían colocadas decenas de cacerolas y ollas de diversos materiales y tomó una cuya capacidad oscilaba entre los dos litros o litro y medio, luego buscó carbón molido, sal y gotas de mercurio. Más importantes que los ingredientes convencionales serían los que estaba por aportar ella misma, por lo que desenredó la larga trenza con la que se había peinado y arrancó desde la raíz un aproximado de veinte cabellos, después cortó las uñas de ambas manos y las agregó al mortero. Finalmente tomó un cuchillo y lo pasó por el dedo índice de su mano izquierda para después acercarlo al fogón donde ya hervía el agua antes colocada. Los hervores comenzaban a incendiar con su calor la amplia cocina y marchitaron toda planta que en ella estuviera dispuesta. Lena lamentó ver cómo la sábila y el romero que yacían sobre la mesa como centros decorativos se secaron en cuestión de segundos. El mismo trance mortal atacaba a las demás especias cercanas al fuego e incluso a los bules que ya de por sí secos colgaban sosteniendo en su interior artilugios de todo tipo. Lena, que siempre se había preguntado cómo era el mundo de espíritus que Faustina veía, se sorprendió al observar que la muerte existía incluso dentro de la misma muerte.

Un último ingrediente era necesario para que la destrucción requerida no tuviera vuelta atrás. Caminó de regreso por el pasillo y subió al último piso. Era una noche fría y silenciosa, ni las estrellas ni la luna eran visibles y Lena necesitaba la luz de una estrella blanca. Aspiró profundamente y soltó con fuerza el aire contenido en dirección al cielo, al instante fueron visibles cientos de diminutas estrellas.

Luego, calculando la distancia desde donde se encontraba y hasta la cocina, distribuyó los fragmentos de un espejo que había roto unos minutos antes a modo de camino entre ambos puntos. Colgó el último trozo en un ángulo de noventa grados sobre la altura de la olla donde hervía el peculiar brebaje. El reflejo del cuerpo celeste quedó atrapado en la superficie del agua y después un segundo hervor borró su presencia. El ritual estaba hecho. Si Asdrúbal aún conservaba algo de amor por Catalina, el hechizo se encargaría de impulsarlo a repetir la memoria de días pasados. Pero si por el contrario ya no la amaba, la magia no intervendría en el curso de los hechos, fueran favorecedores o no para Catalina.

La noche había entrado violenta y gélida en la ciudad. Eran las últimas horas de un largo otoño. Antes de que pasara el último auto por la calle, Lisandro entró a la recámara de Lena. El propósito que guiaba sus pasos era claro. Los ojos de Lisandro recordaban el sol de la costa al mediodía, Lena interpretó el fuego que en ellos había como una desesperación apenas contenida. La amaba con desesperación, como si el amor que en su primera juventud había experimentado hubiese duplicado su magnitud al paso de los años y apenas pudiera controlar el furor del sentimiento. De cierta forma los celos incentivaban aún más el apego que sentía y las palabras que estaba por decir. Caminaba de un lado al otro de la habitación buscando las oraciones correctas para su discurso. Lena lo miraba presa de una comezón súbita que había entrado por los ojos y la hacía rascarse primero con sutileza y luego con severa incomodidad las manos, brazos y cuello. Como solía hacerlo cada noche antes de dormir, Lena buscó en el cajón de su buró un poco de hierbabuena que comenzó a untar sobre las áreas de la piel que le picaban, la molestia aminoró y entonces pudo ser la primera en hablar. La serenidad con que Lena revistió sus primeras oraciones apagó el fuego con el que Lisandro intentaba quemarla al principio. Una vez que la comezón se fue y con ella el enojo de Lisandro, este se arrodilló frente a la cama de Lena y pidió su mano. Lena miró incrédula el espectáculo que en otra vida la hubiera llevado a la cumbre del cielo mismo. No tenía nada que agregar al momento excepto una sola palabra. Antes de decirla volteó hacia la ventana por donde aún se colaba el frescor capitalino. Aunque estaba a varias cuadras de distancia, Lena era capaz de ver la calle en donde Asdrúbal la había besado. La respuesta que brotó de sus labios lo hacía desde un lugar que ella no conocía, que no recordaba haber visitado, desde un espacio de su ser que no sentía suyo en absoluto.

Luego de aceptar la propuesta, Lena se desmayó y cayó en un sueño de doce días al cual ninguna voz ni remedio conocido logró entrar.

Capítulo 68

Una vez que Lena despertó, se puso a contestar una a una las cartas que sus hermanas habían escrito y que habían ido llegando apenas cinco días antes de volver en sí. La escritura de las misivas, así como las demás cosas que hizo ese día y los que siguieron, fueron realizadas con una mecánica extraña que hacía verla como un espíritu arrastrado desde la ultratumba para continuar con las diligencias que en vida aún estuvieran pendientes. El asunto de los preparativos corrió con la misma intención cansina, aunque no por ello dejaron de resolverse asuntos ligados a la celebración como la elección de las flores que decorarían la iglesia o el número de platillos que se servirían. Camila había aconsejado a Lena dejar hasta el último mes la elección de su ajuar de novia especialmente porque a causa de la comezón que había iniciado desde el día en que se comprometió había aumentado hasta cinco kilos que iban y volvían dependiendo la zona del cuerpo donde brotaran las ronchas, cuyo tamaño había alcanzado varios centímetros de largo y hasta tres de grosor.

Solo cuando por algún motivo personal Lisandro no alcanzaba a presentarse en la casa de Camila, Lena descansaba del eczema que por entonces ya había llegado a cubrir hasta un setenta por ciento de su cuerpo. Consciente de que la presencia de Lisandro provocaba la irritación cutánea, Camila disponía anticipadamente a la hora en que este se presentaba veinte metros de vendajes que humedecía desde un extremo hasta el contrario con un coctel de hierbabuena machacada, caléndula y zarzaparrilla con el fin de mitigar las molestias que se manifestaban en Lena. El preparado, no obstante la frescura de los ingredientes que lo componían, apenas permitía que la joven disfrutara de unos diez minutos antes de que la incomodidad la obligara a rascarse incluso sobre las vendas que cubrían con decenas de vueltas cada área irritada de su cuerpo.

Los días avanzaban mientras Camila inventaba mejores compostas para la urticaria que parecía aumentar sus síntomas en tanto el día de la boda se aproximara. Faltaba poco más de un mes para que el matrimonio se celebrara y Lena todavía no informaba a sus hermanas y padre acerca del inminente evento. La ausencia de noticias sobre Asdrúbal y Catalina podía significar tanto una ruptura definitiva o la reanudación del afecto mutuo. Decidida a escribir las cartas que había evitado durante semanas, Lena comenzó la redacción. Se había vendado las manos con las compresas de siempre mojándolas antes con una nueva mezcla de especias que incluía tierra de río y la tarea que hubiera concluido en dos horas le llevó toda la noche porque las ámpulas que le nacieron entre las falanges imposibilitaban que sostuviera el lapicero por demasiado tiempo. Tan concentrada estaba en la escritura que fue incapaz de escuchar a Camila entrar en su habitación. La mujer pegó un grito de horror cuando observó que el suelo estaba cubierto por largos cabellos negros. La urticaria que Lena y Camila habían asumido estaba restringida solo a la piel había llegado a su clímax invadiendo la cabeza de Lena. Con dificultad, Lena caminó hasta el espejo del tocador y supervisó los huecos donde en vez de cabello podía verse solo piel enrojecida. Enseguida comenzó a desprenderse de los vendajes y miró su cuerpo desnudo como una enorme granada reventada, hasta las plantas de sus pies estaban llenas de ámpulas y de extensas ronchas. Lena no podía entender qué era lo que pasaba con su cuerpo. Entonces el llanto de Camila inundó la habitación con una estridencia que Lena nunca antes había escuchado. Desesperada y todavía llorando, Camila salió corriendo de la habitación. Luego de algunos minutos regresó con un cirio encendido que al instante arrojó sobre la cama.

Las llamas que incendiaban las sábanas llegaban hasta el techo de la habitación y luego, como si de una explosión de pólvora se tratara, inició una sinfonía de estruendos que solo concluyó una vez que la cama fue consumida en su totalidad. Las cenizas que dejó el incendio fueron reconocidas por Lena, quien horrorizada miró a Camila. No podía creer lo que sus ojos veían sobre el suelo: Camila, la mujer que de algún modo logró ocupar el lugar de Chilo, había usado la magia en ella. Esa acción no hubiera afectado a Lena, quien también había hecho lo propio con sus hermanas y con quien considerara que necesitara un buen encantamiento, sin embargo, Camila había alterado con alevosía y ventaja las intenciones de la magia usurpando sus propiedades más allá de los límites establecidos. La magia que la mujer empleó había alterado con tanta fuerza el equilibrio natural de los eventos que a la par cobró un alto costo a su paso. Las ronchas, ámpulas y demás molestias ocasionadas por la fuerte urticaria tenían un origen mágico. Lena entendió que sus dolencias eran una forma de resistencia a la orden comandada por quien hasta aquel momento había prometido cuidarla.

Hasta que vio la mirada de Lena sobre ella, Camila entendió la gravedad de lo que había hecho. Se arrojó a sus pies y pidió perdón. Lena la observó alterar su forma en todos los rostros que le había visto tomar, era evidente la descomposición que Camila sufría más allá de las apariencias. Lena supo que Camila realmente estaba arrepentida, conmovida la abrazó. Al instante desapareció el sarpullido y las calvas en su cabeza recuperaron los cabellos perdidos. Camila besó las manos de Lena y explicó, todavía llorando, las razones que la habían llevado a usar la magia. No solo era la madre de Lisandro, sino que su llegada a Chilpancingo como una eficiente guardiana con conocimientos en medicina y demás ciencias había sido con la intención de llevarla hasta Lisandro. Lena comprendió que Camila, en su papel de mecenas, había recibido la revelación por parte de él acerca de su amor por ella y de la orden paterna que había hecho a Lisandro abandonar Chilpancingo. Camila, quien no podía enfrentar a Rafael de ninguna forma, decidió corromper el don otorgado y usar la magia para llegar hasta Lena y luego para llevársela con la premisa de que le enseñaría las áreas de la magia que aún no conocía. Su posterior reencuentro con Lisandro en la Ciudad de México había sido un evento planeado por Camila con la intención de que el amor puro salvara a Lisandro del futuro al que su vanidad estaba por conducirlo.

La larga lista de confesiones hecha por Camila incluía que también había sido por ella que Catalina reapareció en la vida de Asdrúbal. El amor que Camila no lograba entregar a Lisandro en su papel de madre llegaba hasta él no sin herir a los demás involucrados en su vida. Lena se había vuelto una víctima del amor que Camila sentía por su hijo. Aun así, Lena perdonaba a Camila sin exigir más explicaciones de su parte. La culpa que ahora embargaba el corazón de su amiga, lo supo, la perseguiría durante muchos años más en tanto no confesara a su hijo el vínculo que la unía a él.

La mañana siguiente Lena alistó sus maletas. Junto a los rayos del sol que entraban a su recámara se introducía también el ruido de la ciudad. El fragor de los automóviles, pocos aún, que invadían las calles capitalinas, aunado a la resonancia del sonido de pasos y de las voces que siempre protestaban por la falta de justicia hacía que todas las cosas, pequeñas y grandes, vivas y materiales, se unificaran en un solo ser. Amorfa o divina, la vida era un poco esa ruina y esa gloria apretadas en un mismo andar. Lena sabía lo mucho que extrañaría aquella rutina desordenada de estridencia, color y gente acumulándose. Aunque una parte mínima de ella deseaba quedarse, en su alma reconocía el apetito por continuar la búsqueda de algún lugar donde, de ser posible, nadie resultara herido. Ni siquiera ella.

Antes de cruzar la puerta besó a Camila en la frente. La decisión de irse estaba tomada desde la noche previa. La distancia que Lena necesitaba poner entre ella y la ciudad incluía a quien había sido su mentora y amiga. Pese al engaño, Lena no odiaba a Camila, el agradecimiento y afecto que sentía por ella estaba más allá de las acciones que esta hubiera hecho con desesperación y desde su papel de madre.

Capítulo 69

Mientras caminaba calle tras calle, Lena se convenció que de seguir en Las alumbradas ni ella ni sus hermanas habrían llegado a conocerse como ahora lo hacían. La catástrofe y eventuales acontecimientos las obligaron a profundizar en los lugares menos conocidos de sus corazones. El valor que la vida les había exigido y las posteriores decisiones que tomarían jamás habrían sido llevadas a cabo en Las alumbradas. El amor y cobijo paterno las habría hecho felices en otro modo. A la distancia, como siempre sucede, los eventos que Lena recordaba no parecían tan graves y se convenció asimismo de que pasado algún tiempo ella también sería capaz de mirar sobre sus pasos sin tristeza.

En aquel último día de estancia los caminos todavía la sorprendían por su forma, sonido y movimiento. Eso era la Ciudad de México, un estado permanente de asombro. El sol del mediodía golpeaba furioso su frente y cuello. El calor que subía desde los adoquines y llegaba hasta sus huesos sería un hermoso recordatorio de las costuras que unían la capital del país. No sabía qué sería de Catalina o cómo enfrentaría Lisandro el abandono que ahora él viviría, y menos aún qué pasaría con Asdrúbal y el hechizo que tenía por intención borrarla del mapa siempre y cuando él todavía amara a Catalina. Lo que Lena ignoraba era que Camila, al haber incendiado la cama, también había deshecho el encantamiento que silenció a Lisandro de confesar que había sido él el hombre por el que Catalina había abandonado a su amigo años antes. Lisandro asumió, por primera vez en su vida, la responsabilidad de sus acciones y pidió perdón a Asdrúbal por el daño que su vanidad le hubiera causado. Asdrúbal lo amaba como un hermano y los perdonó a él y a Catalina.

La larga caminata desde la casa de Camila hasta la estación del tren tomó a Lena poco más de una hora. Finalmente cuando su destino apareció y Lena entró en la estación escuchó no muy lejos de ahí que una voz conocida la nombraba. Frente a ella se encontraba Catalina. Lena observó que en el rostro de la joven ya no existía aquel sesgo de resentimiento con el que reclamó el corazón de Asdrúbal, su voz y en general todo su aspecto eran otros. Catalina explicó a Lena que había ido a buscarla a casa de Camila y que ella le había informado que con suerte y prisa la encontraría en la estación. Luego, como si no hubieran sido casi dos rivales, Catalina confió a Lena la relación por la que en el pasado había abandonado a Asdrúbal. El nombre de Lisandro volvía a reclamar su participación en el orden de los eventos. La inesperada revelación surgía después de un largo periodo de análisis al que Catalina se había entregado los días posteriores al suceso que casi le costaba la vida. Lo había entendido a destiempo y quería que Lena lo supiera, no había perdido a Asdrúbal por su causa, sino tiempo atrás por su desliz con otro hombre. El tiempo, y especialmente Lena, le había señalado que era momento de enfrentar a los culpables de su desgracia. Lena miró a Catalina ya no como a una princesa que se familiarizara con su corte, sino como una niña que hacía las paces con otra y comprendió que de ahí en adelante lo único que esperaba a Catalina sería un periodo de dolor en apariencia interminable, una tristeza que pese al anuncio hallaría su consuelo una tarde de abril bajo el fresno más alto de una calle todavía no inventada. Catalina parecía conforme con su destino cuando susurró que era justa la dolencia después del goce. Luego tomó la mano de Lena y le agradeció por salvarla y poner un alto a su terquedad ya que aunque amaba a Asdrúbal comprendía que su tiempo junto a él había agotado sus horas. Lena y Catalina se despidieron como dos amigas que no tuvieron, en esa vida al menos, oportunidad de serlo.

Mientras veía a Catalina salir de la estación, Lena pensó en Camila y en la verdad a la que ella también habría de enfrentarse ese día o más tarde. El momento de revelarse a Lisandro como su propia madre estaba cerca, tan próximo que Lena supo que Lisandro la perdonaría no sin antes arrojarle dos o tres verdades. Antes de llegar hasta su asiento, un recuerdo más acorraló a Lena. Rememoró la tarde en que parada en lo alto de uno de los cerros que rodeaban a Las alumbradas deseó con todas sus fuerzas que todo le pasara. En efecto, el anhelo se había cumplido. Ese todo inexacto y al mismo tiempo inabarcable donde se incorporaban por igual dulzura y amargura, placer y dolor que había implorado como se anhela un don imposible, como se añora un instante de infinita satisfacción, se había consumado. Lena supo que aun ahí, sin casi nada, lo tenía todo. Estaba preparada para afrontar los días próximos, para empezar de cero, para creer que podía encontrar en ese lugar o en cualquier parte del mundo su propia casa. Lena era, a su modo, su hogar. Amaría a Las alumbradas como una extensión de su propio cuerpo que debía dejar ir, atesoraría su primera casa del modo exacto en que sus hermanas lo habían hecho. Mientras pensaba en la hacienda vio a Demetria y a Emanel entrar como marido y mujer a la propiedad. Las alumbradas no era y nunca había sido un lugar, sino cada una de las mujeres que en ella hubieran vivido. Lo supo cuando recordó a sus hermanas como pequeños fuegos iluminando a sus familias y a ella misma en la distancia. No era tarde para que ella también iniciara su propia hoguera. Cientos de kilómetros a la distancia, su padre había encontrado su propio fuego cuando, de camino a visitar Las alumbradas con la intención de quemar en el cerro donde Micaela estaba enterrada las cartas que había escrito por petición directa de Lena, mirara a una yegua a punto de parir. Aquel inesperado suceso extinguió la culpa que por años lo había acongojado por haber perdido la hacienda. Supo al tener al potrillo entre sus manos, del mismo modo en que su abuelo Irineo lo había sabido cuando años atrás vivió un momento similar, que recibía una segunda oportunidad para continuar el legado familiar extraviado.

Esperanzado por el futuro, don Ismael pensó que Lena tenía razón cuando dijo que Las alumbradas, más que un espacio único en la geografía, eran ellos mismos y lo que más querían.

Sentada bajo el número diez echó una última mirada a la ciudad que dejaba atrás. El sol del mediodía salpicaba cada centímetro de la naciente urbe. Curiosa, se preguntó hasta dónde crecería la gran metrópoli y qué tanto del cielo llegaría a cubrir con sus palacios. Luego un reflejo conocido en el cristal de la ventana atrajo su atención. Cuando Lena regresó la mirada hacia su derecha encontró a Asdrúbal sentado junto a ella. Sobrecogida ante lo que veía, Lena se preguntó qué había ocurrido con el hechizo. La magia, concluyó sin asombro, podía convocar ciertos actos, empujar algunas acciones mas no irrumpir en el corazón de un hombre y cambiar sus afectos.

Debajo de los pies de ambos el movimiento del tren advertía su inminente salida. De las manos de Asdrúbal saltó un objeto conocido para Lena. La señal que hubiera pedido estaba ahí, brillando como una flama atrapada entre la mano que la sostenía. Lena tomó la llave y abrió, desde el lugar donde lo había guardado, el cofre que contenía su corazón. Todo el amor contenido que habían estancado sus propias manos saltó sobre ella iluminando su rostro con una verdad simple, ella también era una alumbrada. Conmovida volvió la vista hacia el rostro de Asdrúbal.

El tren inició su viaje con ellos tomados de la mano. Ninguno tenía claro a dónde irían, pero sabían que llegado el momento volverían a la gran ciudad posiblemente para ser testigos de un cambio. Lena se vio a sí misma abriéndose paso entre lo que parecían ser miles y miles de manifestantes y a Asdrúbal hablando por aquellos que no pudieran hacerlo. Estaba conforme con el presente, entusiasmada por los días invisibles. De menos a más, como siempre sucede con las cosas importantes, el movimiento del tren subió por el cuerpo de Lena y luego hacia el de Asdrúbal, marcando cómo sería el ritmo de las otras cosas, igual de importantes y todavía más necesarias. El tren avanzó primero como un largo gusano de metal sobre el valle mientras levantaba espesas columnas de tierra a su alrededor y después ya no como un gusano, sino como un tren y luego como una línea traslúcida que se funde con el paisaje y de la que se desconoce, además del destino, el regreso.

Las alumbradas de Vanessa Hernández
se terminó de imprimir en el mes de julio de 2023
en los talleres de Diversidad Gráfica S.A. de C.V.
Privada de Av. 11 #1 Col. El Vergel, Iztapalapa,
C.P. 09880, Ciudad de México.